Sina Beerwald

Pfotenglück – Dackel Max auf Spurensuche

Zu diesem Buch

»Wir müssen Lisa finden und sie überreden, mit uns zurückzukommen! So ist zumindest der Plan. Es fängt aber schon damit an, dass wir gar nicht bis zum Campingplatz zurückkommen. Ich meine, auf den ersten Metern verläuft noch alles in geordneten Bahnen. Ich trabe als Rudelführer entschlossenen Schrittes voran, und meine Truppe eilt mir hinterher. Nun gut, wenn man es genauer betrachtet, schleppe ich mich mit vollgefressenem Bauch vorwärts. Mein Rudel, das allesamt deutlich längere Beine hat als ich, macht Tippelschritte wie Ballerinas auf Spitzenschuhen um mich nicht zu überholen.«
In gewohnter Manier stellt Dackel Max mit seinem Hunderudel wieder ganz Sylt auf den Kopf. Egal, ob der Kampener Campingplatz, die Promenade von Wenningstedt oder das Kapitänsdorf Keitum: Keinen Ort lassen die Spürnasen aus, um Lisa zu finden! Doch die Spur ihrer Ermittlungen gleicht eher dem Weg einer Lawine …

Sina Beerwald, 1977 in Stuttgart geboren, hat sich bislang mit über zwanzig erfolgreichen Büchern, darunter historische Romane und Sylt-Erlebnisführer, einen Namen gemacht. Sie ist Preisträgerin des NordMordAward und des Samiel Award. 2008 wanderte sie mit zwei Koffern und vielen Ideen im Gepäck auf die Insel Sylt aus und lebt dort seither als freie Autorin.

Sina Beerwald

Pfotenglück

Dackel Max auf Spurensuche

Ein Sylt-Roman

PIPER

Mehr über unsere Autorinnen, Autoren und Bücher:
www.piper.de

Wenn Ihnen dieser Roman gefallen hat, schreiben Sie uns unter Nennung des Titels »Pfotenglück – Dackel Max auf Spurensuche« an *empfehlungen@piper.de*, und wir empfehlen Ihnen gerne vergleichbare Bücher.

Von Sina Beerwald liegen im Piper Verlag vor:
Dackel Max auf Sylt:
Band 1: Pfotenglück – Dackel Max sucht seine große Liebe
Band 2: Pfotenglück – Dackel Max auf Spurensuche

Unser Versprechen für mehr Nachhaltigkeit
• Klimaneutrales Produkt
• FSC®-zertifiziertes Papier
• Hergestellt in Europa

FSC
www.fsc.org
MIX
Papier | Fördert gute Waldnutzung
FSC® C021394

Originalausgabe
ISBN 978-3-492-31952-2
April 2024

Vermittelt durch die Literaturagentur Lesen & Hören, Anna Mechler.
Redaktion: Lisa Wolf
Umschlaggestaltung: FAVORITBUERO, München
Umschlagabbildung: Bilder unter Lizenzierung von Shutterstock.com genutzt
Satz: Satz für Satz, Wangen im Allgäu
Gesetzt aus der Baskerville
Gedruckt von ScandBook in Litauen
Printed in the EU

Für Lauris

Bevor es mit unserem zweiten Urlaub auf der Insel losgeht, möchte ich mein Sylter Urlaubsrudel kurz vorstellen, denn als Dackel bin ich zwar stur, aber ich weiß auch, was sich gehört. Jawohl, ich bin ein Dackel mit äußerst guten Manieren, das ist eine meiner Hauptspeisen, ich meine, eines meiner Hauptmalmerkel. Mein Frauchen hingegen ist der Meinung, dass mein Benehmen meist zu wünschen übriglässt. Aber was kann ich dafür, wenn ihre Regeln nicht zu meinen Vorhaben passen? Aber das ist ein anderes Thema. Also, zurück zu meinem Rudel. Zur Chaotenbande, ich meine, zu meinen treuen Gefährten auf dem Kampener Campingplatz gehören:

Camper, der Hund unseres Platznachbarn, dessen Name Programm ist, weil er seit seiner Welpenzeit auf dem Campingplatz lebt. Seine Rasse kennt kaum einer, er ist ein Chebo, und Camper ist mit seinem weißen langen Fell und dem Steh- und Schlappohr ohnehin etwas Besonderes und immer gut drauf. Auf ihn kann man zählen, und wir mussten uns sogar schon gegenseitig das Leben retten, das war weniger lustig. Wobei – im Nachhinein betrachtet schon.

Hans-Gert, der afghanische Windhund, der am liebsten mit gestylter Mähne in Kampens Edelbars sitzt, wenn er uns nicht gerade aus der Patsche hilft.

Bobbi, der Bobtail, lässt kein Fettnäpfchen aus und tapst wegen des dichten Fells, das ihm vor den Augen hängt, ziemlich blind durchs Leben, ist aber immer zur Stelle, wenn man ihn (nicht) braucht.

Chiwa, die Chihuahua-Hündin mit der großen Klappe, die aber mutig wie eine Löwin sein kann, wenn's drauf ankommt.

Herr König, seine Majestät, der Königspudel, bringt seinem Herrchen nicht nur die Zeitung, sondern liest sie auch selbst und macht nur Platz, wenn es ihm genehm ist.

Rotti, der Rottweiler, der Hund des Platzwarts, unser Rudelführer im Ruhestand, der früher mal Diego hieß und im vergangenen Sommer am Rande eines Nervenzusammenbruchs den Fressnapf hingeworfen und den Posten an mich übergeben hat, weil ich das Kleingedruckte nicht gelesen habe. Womit wir wieder bei der Chaotenbande wären und damit bei mir, dem Rudelführer.

Mein Name ist Maximilian von Großbeeren, kurz Max, aber ganz sicher nicht Maxl oder Maxlchen, wie mein Frauchen behauptet. Und da, wo ich bin, ist das Chaos nicht weit, denn der Abstand zwischen zwei Katastrophen beträgt genau eine Dackellänge. Meine Dackellänge.

Seit etwa einem Jahr stets an meiner Seite: die hübscheste aller Golden-Retriever-Damen, meine große Liebe Goldie. Sie lässt mich keine Sekunde aus den Augen, was allerdings auch daran liegen könnte, dass sie mich sehr gut kennt und weiß, dass ich gern mit Anlauf von einer Patsche … ich meine, von einer Pfütze in die nächste springe.

Tja, und dann gibt es da noch die durchgeknallteste Dackelhündin, die ich kenne und die es ausgerechnet auf mich abgesehen hat: Lotti. Noch Fragen? Ich frage mich jedenfalls immer nur, wo der nächste Baum ist, auf den ich mich vor ihr retten kann. Nur leider gibt es auf diesem sturmumtosten Sandknust so wenige davon – und ja, das Problem ist auch, dass ich gar nicht klettern kann. Das wiederum liegt selbstverständlich nur an meinen kurzen Beinchen, niemals nicht an meinem Feinkostgewölbe.

Was Lotti wiederum mit dem Flohtaxi Ronny zu tun hat, einem Straßenkater, der in Kampen sein Revier verteidigt, und warum wir Lisa und Lasse suchen mussten, das klären wir noch, denn das führt uns schon zu unseren Leinenhaltern und damit in die Geschichte, die hier ihren Anfang nimmt:

Kapitel 1

Endlich Urlaub! Wer hätte gedacht, dass ich mich jemals auf diese Zeit freuen würde?

Mein bisheriges Dackelleben lang habe ich die Gewohnheit meines Frauchens, mindestens vierzehn Tage im Jahr das Revier zu wechseln, aus tiefster Seele gehasst.

Warum? Ja, Frauchen fragt sich und mich auch jedes Jahr aufs Neue, warum ich mich weigere, ins Auto einzusteigen, sobald da Koffer drin sind. Kann sie denn nicht verstehen, dass ich mich in fremden Revieren unwohl fühle und an meine angestammte Laterne pinkeln will? Zudem nervt mich der Stress mit unbekannten frei laufenden Artgenossen – und vor allem habe ich keinen Bock auf kilometerlange Strandspaziergänge, die mir nichts als platte Pfoten und Sand im Maul bescheren.

Mit langen Autofahrten an sich habe ich kein Problem, wie ich in den vergangenen Stunden von München bis nach Niebüll mal wieder bewiesen habe, und auch jetzt harre ich noch geduldig im Kofferraum aus.

Wobei wir mittlerweile nicht mehr fahren. Wir stehen auf dem Autozug und warten auf dessen Abfahrt nach Sylt. Laut Frauchen hätte es schon vor einer halben Stunde losgehen sollen. Christian rutscht unruhig auf seinem Sitz hin und her und mahnt seine Kinder mit zunehmender Verzweiflung zur Ruhe, weil er keinen Streit im Urlaub haben will – erst recht nicht im Auto.

Ich kuschle mich an Goldie, denn wir liegen zusammen in einer Autobox im Kofferraum, so ist mehr Platz für das Gepäck, und der Versuch, uns zu trennen, wäre ohnehin zum Scheitern verurteilt gewesen.

Ich rolle mich ein in das Nest, das sie mit ihrem Körper formt, versuche das Gezanke zu ignorieren, schließe die Augen und denke an den vergangenen Sommer zurück, in dem ich Goldie wiedergetroffen habe – meine Jugendliebe, die ebenfalls auf Sylt Urlaub gemacht hat. Was hab ich sie gesucht, über die gesamte Insel bin ich ihrer Spur gefolgt – und habe dabei möglicherweise auch ein klitzekleines Chaos hinterlassen. Wirklich kaum der Rede wert. Gut, mein Frauchen war ziemlich fertig mit den Nerven und hat einige Rechnungen bezahlen müssen, die nicht nur von der Tierärztin stammten, aber die Hauptsache ist doch, dass ich überlebt habe und am Ende meine Goldie gefunden habe. Seitdem sind wir bis über beide Ohren verliebt – aber nicht nur wir beide.

Mein Frauchen und Christian – das Herrchen dieser wunderschönen Retriever-Hündin – haben sich nicht gesucht und trotzdem gefunden. Die beiden passen super zusammen, nicht nur weil beide schon steinalt sind – so ungefähr Mitte dreißig, beide kochen auch gern, machen viel Sport zusammen und treffen sich mit Freunden.

Außerdem ergänzen sie sich sehr gut, oft beginnt einer einen Satz, und dann fällt ihm der andere ins Wort. Nur beim Packen waren sie sich ausnahmsweise mal nicht einig. Christian besitzt ein riesiges Bügelbrett, das er unbedingt mitnehmen wollte. Das war für Frauchen erst in Ordnung, doch als sie das Bügeleisen einpacken wollte, hat Christian gesagt, dass sie das im Urlaub doch nicht brauche und das würde nur Platz wegnehmen. Das hat Frauchen nicht verstanden und ich noch viel weniger. Da schnallt er so ein riesiges Bügelbrett aufs Dach, und Frauchen soll das Bügeleisen zu Hause lassen? Das hat sie nicht eingesehen. Richtig so. Da ist Frauchen auch mal stur wie ein Dackel geblieben. Meine Hochachtung.

Wobei ich gegen beide immer noch Hochhaus gewinne, wenn es um den Grad der Sturheit geht, denn bisher sind sie erst auf dem Level eines Esels. Aber auch Christian zeigt gute Ansätze, denn er weigert sich strikt, sich von seiner Fetzenhose, wie Frauchen seine Lieblingsjeans nennt, zu trennen. Die ist oberhalb der Knie so ausgefranst, als ob ich daran gezerrt hätte. Aber ich bin unschuldig, diesmal wirklich.

All das wäre vielleicht anders, wenn Christian bei uns wohnen würde, aber das ist leider nicht der Fall – noch nicht –, und deshalb sehe ich meine Goldie immer nur an den Wochenenden.

Aber jetzt – Urlaub! In den kommenden vierzehn Tagen werden wir unzertrennlich sein, und deshalb freue ich mich wie verrückt auf diese Zeit.

Mein Glück ist perfekt.

Fast perfekt. Irgendeinen Haken gibt's ja immer, in meinem Fall sogar zwei. Die heißen Lasse und Lisa und sind keine ganzen Geschwister, nur halbe.

Lasse ist der vierjährige Sohn von Christian, der während der Ferien zwei Wochen bei seinem Papa verbringen soll und deshalb mit uns im Auto sitzt. Seine Mutter, die Ex-Frau von Christian, hält es nämlich für eine ganz tolle Idee, dass ihr lieber Sohn mit uns in den Urlaub fährt, während sie mit ihrem Neuen auf ein Schiff gegangen ist und so eine Fahrt mit drei Kreuzen macht.

So, und das Problem ist, dass Klein-Lasse zwar grundsätzlich ein netter Kerl, aber ein Sack Flöhe gegen ihn ein Rentnerverein ist, und als wäre das nicht schon genug, ist auch noch Christians vierzehnjährige Tochter aus erster Ehe mit uns unterwegs, weil Lisa sich mit ihrer Mutter gestritten hat und keinesfalls mit ihr die Sommerferien verbringen will.

Letzteres war für Lisa tatsächlich eine noch schlimmere Vorstellung, als mit ihrem halben Bruder die Sommerferien verbringen zu müssen – und das will was heißen. Die beiden sind nämlich wie Blitz und Donner. Sobald sie zusammen sind, gibt's Krach.

Beide haben blonde Haare wie ihr Vater, und das war's dann aber auch schon mit den Gemeinsamkeiten zwischen den halben Geschwistern. Wobei, blond stimmt bei Lisa auch nicht mehr. Genau genommen hat sie sich die Haare vor der Abreise noch lila gefärbt. Ihr Vater hat das nur mit hochgezogenen Augenbrauen kommentiert. Lasse hat sich seine Haare selbst geschnitten und auf den entsetzten Blick seines Vaters hin stolz erklärt, er wolle eines Tages Friseur werden, woraufhin seine Schwester meinte, sie würde ihm eher empfehlen, einen Laden für Glatzenträger zu eröffnen.

Jetzt gibt's anstelle von Krach aber erst mal Begeisterungsrufe von Christian und Frauchen, weil sich der Autozug in Bewegung setzt.

Also damals, bei der ersten Überfahrt, fand ich es ja höchst merkwürdig, dass man mit dem Auto auf einen scheinbar endlos langen flachen Zuganhänger drauffährt und damit auf Schienen über diesen Hindenburgdamm rollt, wo doch schlicht und ergreifend eine Straße sein könnte. Zudem erinnere ich mich noch sehr gut daran, wie ich auf der holprigen Strecke derart durchgeschüttelt wurde, dass ich am Ende meine Knochen neu sortieren musste.

Darum erschließt sich mir nicht, warum mein Frauchen

und Christian so freudig aufgeregt sind – aber Menschen muss man ja nicht immer verstehen.

Die Hoppelei geht also los, und jetzt bin ich doch froh, dass ich mein Beinchen auf der Autobahnraststätte an so einem ekligen Laternenpfahl gehoben habe, wo vor mir bereits hundert andere Hunde waren. Wenn die wenigstens treffen würden, aber nein, stattdessen muss man sich möglichst würdevoll in die Suppe des Vorgängers stellen, um sich zu erleichtern, weil es keine andere Möglichkeit gibt.

Goldie hebt den Kopf. »Was ist denn das für eine schlechte Straße?«, fragt sie verschlafen.

»Da-a-as i-i-st de-e-er Hi-i-indeeenbu-u-urgda-a-amm«, bringe ich hervor und komme aus dem Nicken nicht mehr heraus.

Goldie betrachtet mich amüsiert. »Ich habe plötzlich so eine Ahnung, bei welcher Gelegenheit der Erfinder des Wackeldackels auf seine Idee gekommen ist.«

»Se-e-ehr w-i-i-i-tzig«, entgegne ich und verziehe eine Lefze.

»Allerdings«, kichert Goldie und legt ihre Pfote übers Maul, um ihr Lachen zu verbergen.

Da ertönt der begeisterte Aufschrei meines Frauchens, der einer Möwe alle Ehre gemacht hätte. »Das Meer! Wie schön!«

»Wunderschön!«, seufzt Christian. »Fast so, als ob wir übers Meer fahren würden, so nah kommt das Wasser an den Damm. Und ich glaube, da ist auch schon die Insel. Siehst du da ganz weit hinten den Leuchtturm?«

Goldie setzt sich auf, so als sei sie diejenige, die ihr Herrchen gefragt hätte, und schaut aus dem Fenster. Sie hat es gut. Ich kann nämlich nix sehen, weil ich zu klein bin.

Allerdings hieße ich nicht Maximilian von Großbeeren – oder auch Max, aber niemals Maxl, wie mein Frauchen behauptet –, wenn ich mir nicht zu helfen wüsste.

Wie ein Gummiball hüpfe ich auf den Hinterbeinen auf und ab, recke den Hals, wobei ich mich leider zu spät auf die Suche nach meinem Gleichgewicht begebe.

Zum Glück falle ich weich auf meine Goldie.

»Oh, wau«, sagt Goldie. Wobei sie wider Erwarten nicht meine astronomische Showeinlage, sondern die Aussicht meint. »Am liebsten würde ich gleich ins Wasser springen, mich juckt es jetzt schon in den Pfoten.«

Puh, mir wird ganz anders, wenn ich an die Nachwirkungen des Salzwassers denke, das ich im vergangenen Sommer geschluckt habe und das mein Gedärm auf rechts oder links gedreht hat. Keine Ahnung, in welche Richtung genau, ich verwechsele rechts und links manchmal, und mein Gedärm war da wohl auch unentschlossen, denn das hatte sich am Ende ziemlich verknotet. Eines steht jedenfalls fest wie die Kirchenmauer auf der Erde, nein, das ist so festgemauert wie die Glocke in der Kirche: In diesem Urlaub werde ich Goldie zuliebe über das Wasser gehen und in den Schatten springen müssen.

Na ja, aber man muss es ja nicht gleich übertreiben. Ich könnte ja damit anfangen, eines meiner kurzen Beinchen noch viel kürzer ins Wasser zu halten – es muss ja nicht gleich wieder ein Bad im Hafenbecken sein.

»Ach, Christian, ich freue mich so sehr auf den Urlaub mit dir«, sagt Frauchen und streicht sich ihre leicht gewellten Haare hinters Ohr, die im gleichen Farbton glänzen wie Goldies Fell, und schickt einen Luftkuss zu Christian rüber, der freiwillig auf dem Beifahrersitz Platz genommen hat. Er meinte, das sei besser so, damit er seine Kinder trennen kann, bevor es zu Kurzschlüssen kommt, und tatsächlich war das bereits einige Male der Fall.

»Noch freust du dich …«, antwortet Christian mit einem

gequälten Lächeln und wirft einen Blick über die Schulter zu seinen Kindern. »Ich hoffe, ihr habt mich verstanden. Das auf der Fahrt hat gereicht. Ich will keinen Streit im Urlaub. Ihr reißt euch beide zusammen. Und schaut doch mal raus, da ist das Meer!«

Seine Kinder halten die Köpfe gesenkt, was mit dem Tablet auf Lisas Schoß zusammenhängt. Auch Lasse findet den Film, der darauf läuft, viel spannender als die Bilder in seinem Buch oder den Blick nach draußen.

»Das wird schon werden«, sagt Frauchen lächelnd.

»Noch hast du den Duracell-Hasen und das Zicklein keine vierzehn Tage am Stück in Aktion erlebt. Glaub mir, danach verstehst du mich.«

Frauchen legt die Hand auf Christians Oberschenkel und wirft über den Rückspiegel einen Blick auf die Kinder. »Das bekommen wir schon hin. Nicht wahr, ihr zwei?«

Lasse und Lisa schweigen und halten ihre Blicke weiterhin gesenkt. Aber das scheint Frauchen nicht zu stören, offenbar hat sie gar keine Antwort erwartet, denn sie redet bereits gut gelaunt weiter. »Das wird ein wunderschöner Urlaub!«

Ja, denke ich. Immerhin herrscht gerade mal kein Kleinkrieg zwischen Lasse und Lisa, und Frauchen glaubt wirklich, dass wir alle unseren Spaß haben werden.

Die ganze Fahrt über hat sie nur über die Streitereien von Lisa und Klein-Lasse gelacht und darüber geredet, was wir im Urlaub alles unternehmen könnten.

Überhaupt, seitdem sie mit Christian zusammen ist, kommt es mir so vor, als würde sie die Welt um sich herum nur noch in den allerbuntesten Farben sehen. Mal angenommen, in ihrem Garten würde eine Bombe einschlagen, dann würde sie sich darüber freuen, dass sie nicht mehr Rasen mähen muss.

»Ich habe da meine Zweifel …«, sagt Christian und schiebt

sich die Sonnenbrille nach oben, damit er Frauchen besser ansehen kann. »Aber ich will hoffen, dass du recht behältst, Ronja. Wenn wir diese vierzehn Tage gemeinsam im Wohnwagen überstehen, dann können wir wirklich beruhigt zusammenziehen.«

»Allerdings!«, lacht Frauchen. »Ich denke, wir können den Schritt auf jeden Fall wagen, denn das Einzige, was mir auf die Nerven geht, ist unsere Wochenendbeziehung. Deine Kids und ich kommen klar, keine Sorge. Und wenn ich mal ganz unromantisch sein darf, durch das Zusammenziehen würden wir auch viel Geld sparen.«

Na ja, denke ich, das stimmt schon, das Zusammenziehen würde Geld sparen, aber was ist mit meinen Nerven? Besonders mit Klein-Lasse werde ich es nicht lange aushalten. Es reicht ja schon, wenn wir am Wochenende mal einen Ausflug zusammen unternehmen. Zugegeben, auch mir fällt jede Menge Blödsinn ein, aber gegen Klein-Lasse bin ich ein alter Schoßhund im Ruhestand, und Lasse ist nur wirklich glücklich, wenn er sein Umfeld in den Wahnsinn treiben kann.

»Den finanziellen Aspekt sehe ich ja auch …«, entgegnet Christian zögerlich. »Aber nach dem Urlaub denkst du womöglich anders darüber.«

»Ganz bestimmt nicht«, sagt Frauchen entschieden.

»Na, hoffentlich.« Christian grinst schief.

Frauchen fügt mit einem verschmitzten Grinsen hinzu: »Frauen haben immer recht.«

»Hast du gehört, Lasse?«, lässt sich Lisa vernehmen. »Merk dir das.«

»Ich höre nichts!«, ruft Lasse und schnappt sich blitzschnell den weißen Knopf aus Lisas Ohr. Zu ihren lilafarbenen Haaren trägt sie übrigens ein dunkelgrünes T-Shirt, zumindest laut ihrem Vater, ich kann das nämlich aufgrund meiner Rot-

Grün-Schwäche gar nicht erkennen. Aber er meinte vor der Fahrt mit Blick auf seine Tochter, dass es für einen Tannenbaum noch reichlich früh sei im Jahr und er gar nicht wusste, dass wir einen mit in den Urlaub nehmen.

»Ey, gib mir sofort meinen AirPod wieder.«

»Meiner, meiner!«, ruft Lasse und versucht, sich das Ding ins Ohr zu stecken.

»Lasse …« Christians Stimme hat einen drohenden Unterton. »Gib deiner Schwester den Ohrstöpsel zurück.«

»Wenn er so mit mir reden würde«, flüstere ich Goldie zu, »würde sogar ich auf der Stelle Platz und Sitz machen.«

»Du meinst erst Sitz und dann Platz«, schmunzelt Goldie. »Und das will ich sehen, dass du mal auf Kommando tust, was man dir sagt. Aber genau diese Sturheit liebe ich ja an dir.«

»Ich gehorche nur, wenn ich es für sinnvoll erachte – etwas anderes ergibt ja auch keinen Sinn«, sage ich im Brustton der Überzeugung.

Goldie seufzt. »Ich wäre manchmal gern so stur wie du, aber mein Herrchen muss mich nur angucken, dann tue ich, was er von mir will.«

»Ich will aber auch Musik hören!«, kräht Lasse.

»Gib Lisa den Ohrstöpsel zurück. Sofort!«, wiederholt Christian.

»Boah, Papa, das sind keine Ohrstöpsel, sondern AirPods«, beschwert sich Lisa und rollt mit den Augen. »Und jetzt gib mir das Ding her!«, fordert sie von ihrem Halbbruder und gerät mit ihm in ein Handgemenge, bei dem er schnell den Kürzeren zieht.

»Aua!«, schreit Lasse und stimmt ein ohrenbetäubendes Geheul an, so als hätte Lisa ihm einen Finger abgebissen. »Lisa hat mir wehgetan!«

»Hab ich nicht!«, giftet Lisa zurück. »Hör auf mit dem Theater, und sei still, ich will jetzt den Film weiter … igitt – da klebt jetzt dein Ohrenschmalz dran, du bist so eine widerliche Kröte!«

»Papa, Lisa hat widerliche Dröte zu mir gesagt!«, schreit Lasse und heult noch lauter.

Noch ehe Christian etwas entgegnen kann, ruft Lisa dazwischen: »Lern du erst mal richtig sprechen, bevor du dich beschwerst. Sag mal Kröte, Kröte, Kröte!«

»Ruhe!«, donnert Christian. »Wir sind im Urlaub, und es wird nicht mehr gestritten, hab ich gesagt!«

»Safe«, sagt Lisa.

»Hör auf mit diesem Safe«, entgegnet Christian. »Das nervt.«

»Was soll ich denn sonst sagen?«

»Das heißt: Ja, Papa.«

»Ja, Papa«, äfft Lisa ihren Vater nach, doch der seufzt nur.

»Außerdem sind wir im Auto«, sagt Lasse mit wichtiger Miene. »Noch nicht im Urlaub. Wenn wir da sind, streiten wir nicht mehr.«

Na, da bin ich ja mal gespannt, denke ich. Denn Lasse und Lisa nehmen beide kein Brett vor den Mund, und überhaupt, wenn es um einen Rinderknochen gegangen wäre, hätte ich diesen Streit ja noch nachvollziehen können, aber mir erschließt sich ohnehin nicht, warum sich die Menschen diese Knöpfe ins Ohr stecken, ich dachte, das gehört nur bei Rindviechern so – und bei diesen Teddybären.

Aber ich bin ja auch davon ausgegangen, dass das ein entspannter Urlaub mit meiner geliebten Goldie wird, bis wir erfahren haben, dass diese Tornados auf zwei Beinen mit uns kommen.

Tja, und nun sollen es vierzehn Tage Sylt sein. Auf dem

Kampener Campingplatz. Im Mietwohnwagen. Zwei Erwachsene, ein Sack Flöhe und eine vierzehnjährige Ziege.

Herrliche Aussichten!

Generell bin ich ja der Meinung, dass Menschen so einen Urlaub mit einem Umzug verwechseln. Es könnte doch so einfach sein: Trinknapf, Fressnapf, Kuscheldecke, Körbchen – was braucht man mehr? Gut, einen Kauknochen noch, und für Goldie einen Ball, aber das war es dann auch schon.

Keine Ahnung, was die Menschen immer alles mit sich herumschleppen.

Allein Lisa hat zwei Koffer dabei. Was für ein Glück, dass mein neues Herrchen so ein großes Auto samt so einer langen Box auf dem Dach hat. Oder auch sein Pech, denn er stöhnt ganz schön beim Ausladen. Überhaupt leuchtet mir nicht ein, was an dieser Box so praktisch sein soll, denn schon das Beladen hat ewig gedauert. Christian hat, auf dem Tritt der offenen Fahrertür balancierend, die Taschen von links nach rechts geschoben, weil sich das Ding nicht schließen ließ. Kein Wunder, die hat nämlich einen speziellen Mechanismus. Erst nachdem Christian etwa fünfzig verschiedene Flüche ausprobiert hat, ging sie endlich zu.

Aber so sind die Menschen. Die kaufen gern komplizierte Dinge und machen sich damit das Leben schwer – sogar im Urlaub.

Ich habe mich mit Goldie in eine Ecke des Vorzelts verzogen, zwangsläufig, weil Frauchen uns da angebunden hat.

Na gut, sie hat nur mich angebunden, weil sie mir nicht über den Weg traut – dabei bin ich doch im vergangenen Urlaub auf Sylt gar nicht sooo oft abgehauen. Abgesehen davon hatte ich allen Grund dazu, nachdem ich Goldies Fährte auf der Uwe-Düne erschnüffelt hatte.

Jetzt habe ich keinen Grund mehr auszubüxen, denn wo meine geliebte Golden-Retriever-Lady ist, bin auch ich – und umgekehrt, denn Goldie lässt auch mich nicht mehr aus den Augen.

Nun gut, das könnte ich als Kompliment sehen, aber ich weiß schon, warum sie das macht. Schließlich gibt es diese einfache und bekannte Gleichung, bei der man den Abstand zwischen zwei Katastrophen berechnet und exakt meine Dackellänge herauskommt.

»Was machen wir jetzt?«, frage ich und gucke Goldie mit geneigtem Kopf unternehmungslustig an.

»Was wohl? Warten«, entgegnet sie mit aller Gemütsruhe, während sie sich hinlegt und dabei beobachtet, wie ihr Herrchen schnaufend einen Koffer durch das Vorzelt zieht, an den sich Klein-Lasse wie ein Äffchen klammert.

Ich seufze. »Deine Geduld möchte ich haben …« Und die von meinem neuen Herrchen auch, denke ich bei seinem Anblick. Er ist zwar ein ziemlich sportlicher Typ, aber auch seine Energie hat Grenzen, und ich sehe ihm an, dass er bald am Ende seiner Kräfte und damit am Ende seines Geduldsfadens angelangt ist.

Frauchen kommt ins Vorzelt, sie hat sich bereits ihr hellblaues Strandkleid übergeworfen, ist barfuß und hat die Arme voller Sandspielzeug. »So, hier habe ich Ablenkungsmaterial. Schau mal, Lasse.«

»Ja, Sand spielen!«, jubelt Lasse und springt vom Koffer.

Christian zieht die Augenbrauen hoch und blickt in Richtung Frauchen. »Ich glaube kaum, dass du Lisa zum Burgenbauen überreden kannst.« Auch sein graues Lieblingsshirt, mit den bunten Brettern und den Wellen drauf, passt zur erwartungsvollen Urlaubsstimmung.

»Warum Lisa?«

»Weil wir Lasse nicht allein lassen können.«

»In Sichtweite ist doch der schöne Sandspielplatz, da könnte er allein hin und ein bisschen buddeln. Wir hätten ihn immer im Blick.«

»Nicht, solange wir hier ausräumen.«

»Ich bitte dich, wir gehen doch ständig rein und raus.«

»Glaub mir, Lasse hat viel zu viel Blödsinn im Kopf. Dem reicht eine Sekunde ohne Aufsicht.«

Eine Sekunde. Wow, ich muss schon sagen, das beeindruckt mich. Unter drei Sekunden hab ich es noch nie geschafft. Klingt nach einer Herausforderung.

»Wo steckt Lisa überhaupt?«, fragt Frauchen.

Christian hebt die Hände. »Keine Ahnung, eigentlich wollte sie sich nach der Fahrt nur kurz im Waschraum frisch machen. Aber es kann gut sein, dass sie sich extra lange Zeit lässt, weil es hier viel zu tun gibt.« Christian guckt ziemlich finster in Richtung Waschhaus. »Das gibt nachher eine Ansage – uns hier mit dem ganzen Kram allein zu lassen und stattdessen vor dem Spiegel Pirouetten drehen, also wirklich!«

Frauchen winkt mit einem Lächeln ab. »Ich hätte in dem Alter auch keine Lust gehabt, auf meinen kleinen Bruder aufzupassen oder Koffer zu schleppen – und um ihre eigenen Sachen kann sie sich ja auch später noch kümmern.«

»Na schön«, seufzt Christian, und kaum, dass er den Koffer wieder in die Hand genommen hat, ist Klein-Lasse auch schon wieder draufgehüpft.

»Hüa, hüa, Pferdchen!«, ruft er und hopst auf dem Koffer auf und ab, als ob er in einem Sattel sitzen würde. Sein gelbes T-Shirt mit Cowboy und Pistole passt dazu perfekt.

»Der hat ein Temperament«, sage ich ehrfürchtig zu Goldie.

»Ja, da staunst selbst *du*«, antwortet sie und knabbert liebevoll an meinem Ohr. »Aber ich liebe dein Temperament. Meistens …«, setzt sie augenzwinkernd hinzu.

Ja, wir sind ein ziemlich ungleiches Paar, ich gebe es zu – und das äußert sich nicht nur in unserem Temperament, sondern fängt schon beim Aussehen an.

Wenn wir zusammen unterwegs sind, drehen sich die Zweibeiner und die Vierbeiner nach uns um. Die Menschen finden uns total süß, von unseren Artgenossen hingegen kommen schon mal so gehässige Kommentare wie »Ach, guck mal, das schmale Frettchen und die Riesenhündin – da hat wohl jemand einen Mutterkomplex, und sie verwechselt den Rüden mit einem Welpen.«

Ich habe keine Ahnung, was komplexe Mütter sind, allerdings ist das noch einer der freundlicheren Sprüche, die wir zu hören bekommen.

Aber da stehen wir drüber – wobei, ich laufe eher drunter weg, und falls es einer ganz genau wissen will, ja, auch die schönste Sache der Welt, und damit meine ich nicht das Verspeisen eines Rinderknochens, funktioniert so halbwegs zwischen uns, wir üben noch, aber ich spare mir diskret alle weiteren Details.

Leider kommt es jedoch nur sehr selten zu diesem Vergnügen, denn erstens müssen wir einen unbeobachteten Moment erwischen, und zweitens lässt Goldie mich nur an sich ran, wenn sie läufig ist.

Eines steckt, ich meine, steht jedoch fest: Auf die Größe kommt es nicht an – das hat Frauchen damals auch zu ihrem letzten Freund, Mausebär, gesagt.

Goldie legt den Kopf auf diesem künstlichen Grasteppich

ab. Gras, das man nicht bepinkeln darf, so was können sich auch nur Menschen ausdenken.

Unglaublich, dass Goldie nach der langen Autofahrt keine Hummeln im Ohr, nein, ich meine, Flöhe im Hintern hat.

Ich möchte mir dringend die Beine vertreten, meine Ankunft auf dem Campingplatz an jeder Laterne mitteilen und natürlich meine Freunde wiedersehen. Mein Rudel.

Unsere Leinenhalter haben nämlich vereinbart, dass wir uns in diesem Jahr zur selben Zeit auf dem Campingplatz wiedertreffen.

Okay, es ist nur ein Urlaubsrudel, das vierzehn Tage lang auf mein Kommando hört, aber ich bin schon ziemlich stolz darauf, dass ich im vergangenen Sommer als kleiner Dackel von einem Rottweiler diese ehrenvolle Aufgabe übertragen bekommen habe.

Nun gut, es war mehr ein Akt der Verzweiflung von Rotti, weil er in seinem Alter der nervlichen Belastung nicht mehr gewachsen war, die mit diesem verantwortungsvollen Posten zusammenhängt, drücken wir es mal so aus und reden nicht mehr von seinem Fressnapf, den er am Rande eines Nervenzusammenbruchs hingeworfen hat.

Warum er durchgedreht ist? Nun ja, unsere Truppe ist ein … Wie soll ich mich ausdrücken? Sagen wir, ein bunt zusammengewürfelter Haufen, der immer für eine Überraschung gut ist. War die Umschreibung freundlich genug für einen Chaotenhaufen, bei dem Bier und Korn verloren sind?

Ehrlich gesagt wollte ich den Job zunächst nicht machen, aber Rotti hat mich praktisch dazu genötigt, sonst wäre die Suche nach Goldie im Sande verlaufen – im wahrsten Sinne des Wortes.

Und so wurde ich Rudelführer von sechs Hunden, wie

sie unterschiedlicher nicht sein könnten – vorsichtig formuliert.

»Ob wohl schon alle da sind?«, denke ich laut nach.

»Ich freue mich schon sehr darauf, sie alle endlich richtig kennenzulernen«, sagt Goldie.

Ich nicke beklommen, weil mir schlagartig bewusst wird, dass es auch nach hinten losgehen könnte, wenn Goldie mich als Rudelführer dieses Chaotenhaufens erlebt. Sie könnte enttäuscht von mir sein, und ich wäre nicht mehr der große Held, als den sie mich kennengelernt hat.

Am Ende des letzten Urlaubs mussten Camper und ich am Hundestrand vor dem Roten Kliff von Kampen nämlich ganz schön viel Fell und beinahe unser Leben lassen, um einen durchgeknallten Rüden in die Flucht zu schlagen, der sich an Goldie rangemacht hatte.

Seitdem weiß ich übrigens, was Klöten sind. Das hat mir Lotti beigebracht, eine Dackelhündin, die mich mit Maulkorb kennengelernt und deshalb gedacht hat, dass ich auch auf härtere Sachen stehe – aber das ist eine andere Geschichte. So wenig ich Lotti jedenfalls am Anfang mochte, so sehr habe ich sie am Ende für ihren Mut bewundert. Ich freue mich richtig auf ein Wiedersehen mit ihr, denn auch ihr Herrchen hat dieses Jahr den Campingplatz gebucht.

»Ich bin mal gespannt, ob Lotti auch einen Antrag auf Aufnahme in mein Rudel stellt«, sage ich nachdenklich, womit wir wieder zurück bei der Chaotentruppe wären.

»Na ja, so wie ich Lotti kennengelernt habe, ist Unterwürfigkeit nicht so ihr Ding«, bemerkt Goldie mit einem Schmunzeln.

»Ach was, du wirst schon sehen, wie sie auf mich hört«, gebe ich mich großspurig und baue mich mit stolzgeschwellter Dackelbrust vor Goldie auf. Dabei zieht die Leine ordentlich an meinem Halsband. »Was für ein Mist, warum hat Frauchen mich angebunden? Ich würde so gern über den Platz laufen und nachsehen, wer schon da ist.«

»Tja, warum hat dein Frauchen das wohl gemacht?« Goldie grinst. »Ach, Max, du dürftest doch ohnehin nur in Begleitung eines Menschen über den Campingplatz spazieren.«

»Irrtum, das sieht der Platzwart anders. Hunde, die ihm bekannt sind, dürfen sich frei bewegen. Und falls sich doch mal einer danebenbenimmt, sorgt Rotti für Ordnung.« Ich mache eine kurze Denkpause. »Oh, hoppla, das ist ja jetzt meine Aufgabe. Bei allen Rinderknochen, ich muss dringend los, damit ich meinen Job machen kann!« Ich ziehe an der Leine und prüfe, ob ich mich irgendwie aus dem Halsband befreien kann.

Aussichtslos.

Flehend blicke ich Goldie an. »Was mache ich denn jetzt?« Ich sitze wie auf glühenden Koffern.

Amüsiert schüttelt Goldie den Kopf und richtet den Blick auf Frauchen und Christian, die unablässig zwischen Auto und Vorzelt hin und her pendeln. »Abwarten und Wasser saufen, bis die beiden mit dem Auspacken fertig sind, dann gehen sie bestimmt mit uns Gassi. Im Moment scheinen sie etwas beschäftigt zu sein.«

Etwas beschäftigt. So kann man es auch ausdrücken. Christian sieht eher so aus, als ob er am Rande eines Nervenzusammenbruchs steht.

Kapitel 2

Lasse, bitte, renn mir nicht ständig vor die Füße!«

»Ich darf nicht mehr auf dem Doffer reiten, hast du gesagt, also bin ich jetzt ein Rennpferd!«

»Aber nicht vor meinen Füßen! Ich wäre fast über dich drübergefallen. Willst du, dass ich mir wehtue?«

»Dann puste ich«, antwortet Lasse mit treuherzigem Blick.

Christian schüttelt den Kopf und stellt seufzend den Korb ab, in dem jede Menge Sachen sind, die Menschen gern essen, aber so wie ich das rieche, ist da leider nix für uns dabei.

»Lasse, kannst du nicht mal eine Minute still sitzen?«

Der Junge guckt seinen Vater ratlos an. »Das weiß ich nicht. Wie lange ist eine Minute?«

Christian kniet sich vor seinen Sohn hin und legt ihm die Hände auf die Schultern. »Okay, Lasse, pass mal auf, ich habe eine Idee. Du setzt dich hier hin, mitten ins Vorzelt. Ich hole noch was aus dem Auto und zähle dabei bis sechzig. Dann ist eine Minute um, und du sitzt immer noch genau auf dieser Stelle. Schaffst du das?«

»Ich schaffe alles!«, ruft Lasse und lässt sich mit Begeisterung auf die Knie seines Vaters fallen.

»Aua!«, schreit Christian. »Vor allem schaffst du mich!«,

fügt er hinzu und guckt dabei so, als ob er nicht weiß, ob er heulen oder lachen soll.

»Wie meinst du das, Papa?«, fragt Lasse und guckt noch ratloser als vorhin.

Christian seufzt erneut, dieses Mal noch tiefer. »Egal. Also, du bleibst jetzt eine Minute einfach mal still sitzen.« Er schiebt seinen Sohn von den Knien runter und rappelt sich auf. Bevor er das Vorzelt verlässt, wirft er noch einen prüfenden Blick auf Lasse und geht dann zum Auto, wo auch Frauchen ist.

»Jetzt bin ich gespannt«, sage ich zu Goldie und beobachte den kleinen Kerl erwartungsvoll. Überraschenderweise bleibt er tatsächlich sitzen.

Wobei das mit Stillsitzen wenig zu tun hat. Lasse streckt die Ärmchen und greift in den Korb mit dem Essen. Zielsicher zieht er eine offene, durchsichtige Tüte heraus und schiebt sich ein süßlich riechendes, weiches weißes Teilchen nach dem anderen in den Mund.

»Lasse! Was machst du da?«, ruft Christian, als er mit zwei weiteren Einkaufstaschen ins Vorzelt zurückkehrt.

»Nichts.« Lasse kaut und schluckt. »Ich sitze hier, wie du es gesagt hast. Und die Mamellos habe ich mir als Belohnung genommen.«

»Belohnung? Die Marshmallows darfst du nicht essen!«

Klein-Lasse macht große Augen. »Warum nicht? Die sind doch zum Essen da, und die Packung war offen.«

»Aber die gehören deiner Schwester, das weißt du ganz genau. Außerdem gibt es vor dem Abendessen keinen Naschkram.«

Lasse schiebt die Unterlippe vor, und es sieht so aus, als ob er jeden Moment in Tränen ausbrechen würde. Dem armen Kerl ist echt eine Wurst über die Leber gelaufen, und ich bekomme direkt Mitleid mit ihm.

»Aber ich sitze hier immer noch. Ganz brav. So wie du es gesagt hast. Dafür darf ich eine Belohnung. Du kannst Lisa ja neue Mamellos kaufen.«

»Nein und nein.« Christian stellt die Einkaufstaschen ab. Als er sich wieder aufrichtet, fasst er sich mit einer Hand an den Rücken und verzieht das Gesicht.

»Biiiittttteeeeee, Papa!« Lasse setzt einen Blick auf, der meinem Dackelblick alle Ehre macht, das muss ich schon zugeben. Aber mein neues Herrchen bleibt hart.

»Nein.«

Allerdings wäre Lasse nicht Lasse, wenn er sich davon beeindrucken lassen würde. »Dann will ich ein Eis.«

Christian seufzt und hält sich mit schmerzverzerrtem Gesicht den Rücken. »Wenn schon, dann heißt das: Ich möchte bitte ein Eis.«

»Ich möchte bitte«, verbessert sich Lasse prompt.

Sein Vater grinst schief und schüttelt den Kopf. »Da würde ich ja arm werden und du kugelrund, wenn ich *eine* Minute still sitzen mit einem Eis belohnen würde. Du musst schon ein bisschen länger durchhalten.«

»Wie lange denn?«, fragt Lasse interessiert.

Christian überlegt. »Sagen wir zehn Minuten. Wenn du das schaffst, dann kaufe ich dir nachher ein Eis am Kiosk. Aber das gilt nur für heute.«

Lasse legt den Kopf schräg. »Wie lange sind denn zehn Minuten?«

»Zehnmal so lang wie eine Minute«, sagt Christian, während er den Inhalt einer Einkaufstasche in ein Schränkchen im Vorzelt räumt.

Mich würde ja mehr interessieren, wo meine Leckerlis sind, aber so wie ich Frauchen kenne, hat sie die besonders gut versteckt, und ich muss irgendeinen Quatsch dafür machen wie

Pfötchen geben oder bei Fuß gehen, was ich echt mühsam finde.

»Zehnmal so lange?«, wiederholt Lasse ungläubig. »Das ist zu viel. Langweilig! Das mach ich nicht. Außerdem hast du gesagt, dass das nur heute gildet. Morgen kriege ich also ein Eis ohne Stillsitzen.«

»Ganz schön clever, dein Sohn«, sagt Frauchen lachend, während sie noch eine weitere Einkaufstüte ins Vorzelt schleppt.

»Also, ich finde das auch«, sage ich. »Klein-Lasse kann echt nervig sein, aber seine Einstellung gefällt mir.«

»Ich hoffe nur, dass da mindestens ein Rinderknochen für uns dabei ist …«, sagt Goldie mit einem sehnsüchtigen Blick auf die Einkaufstüte. Für Klein-Lasse interessiert sie sich überhaupt nicht.

»Ich rieche leider keinen«, stelle ich ganz zu meinem eigenen Bedauern fest.

»Aber ich habe sooo einen Hunger«, jammert Goldie.

»Wann hast du mal keinen Hunger?«, frage ich belustigt. Goldie könnte wirklich den ganzen Tag futtern, und wenn ich sehe, welche Portionen sie verdrückt, dann frage ich mich immer, wie sie im Gegensatz zu mir ihre schlanke Figur behält. Okay, es könnte daran liegen, dass sie etwas lauffreudiger ist als ich, aber ich bewege mich angesichts meiner kurzen Beine wirklich viel, und eines möchte ich bei der Gelegenheit mal betonen: Ich habe keinen Hängebauch – das ist ein Feinkostgewölbe.

»Ich habe immer Hunger!«, bekräftigt Goldie keineswegs beleidigt, denn für sie ist das schlicht eine Tatsache. »Hoffentlich gibt's vor dem Spaziergang noch was zu futtern, bis zum Abend halte ich das nicht aus. Wegen der Fahrt ist ja mein Frühstück ausgefallen.«

»Das schaffst du schon«, sage ich beschwichtigend. »Ich bekomme auch nur einmal täglich was.«

»Ich bin aber nicht du!«, jammert Goldie. »Mein Hunger wird immer schlimmer.«

»Dann setz dich vor dein Herrchen, und mach ihm klar, dass du dringend was zu futtern brauchst.«

Traurig schüttelt Goldie den Kopf. »Nein, das bringt nix. Der lässt sich nicht erweichen. Vor heute Abend gibt der mir nix, das weiß ich.«

Liebevoll stupse ich Goldie an. »Okay, pass auf, ich habe eine andere Idee. Ich setze bei Frauchen meinen Dackelblick ein – der wirkt, erst recht, wenn sie in Urlaubsstimmung ist –, und ganz gleich, welches Leckerli sie hervorzaubert oder womit sie sogar meinen Napf füllt, das bekommst du.«

»Du bist wirklich ein ganz großer Schatz«, sagt Goldie mit glänzenden Augen. Hach ja, manchmal kann es so einfach sein, ein Weibchen glücklich zu machen.

»Kein Problem«, sage ich leichthin, denn Hunger habe ich im Moment tatsächlich keinen. »Ich hoffe nur, dass Frauchen auf meinen Dackelblick anspringt, weil sie doch so im Stress ist.«

»Du schaffst das. Und ich werde auf unserem Spaziergang alles dafür tun, um dein Frauchen davon zu überzeugen, dass sie dich von der Leine lässt.«

»Das ist ein Deal!«, rufe ich erfreut. Wir ergänzen uns eben perfekt.

»Max ist ziemlich unruhig«, stellt Frauchen fest, als ich mit einem Jaulen auf mich aufmerksam mache.

»Ja, Goldie hat gerade auch schon gejault«, entgegnet Christian und fügt hinzu: »Ich glaube, die beiden müssen Gassi!«

»Ja!«, rufe ich. »Aber erst mal braucht Goldie dringend

was zu futtern. Hast du was für mich, Frauchen?« Wegen der Leine komme ich nicht so nah an sie ran, wie ich gern möchte, aber mein Gefühl sagt mir, dass mir mein Dackelblick ganz hervorragend gelungen ist.

»Ach, mein armer kleiner Maxl …« Frauchen beugt sich zu mir runter und krault mich hinter den Ohren.

Sage ich es nicht? Wenn man davon absieht, dass sie mich schon wieder Maxl genannt hat, läuft mein Plan wunderbar. Als sie mir im letzten Urlaub den Herzchenanhänger gekauft hat, auf dem groß und breit Max steht, war ich ja guter Hoffnung, dass sie endlich lernt, wie ich richtig heiße. Aber Frauchen braucht zum Lesen nun mal eine Brille, und die hat sie nie auf, wenn sie mich anguckt. Leider.

So, jetzt bin ich aber gespannt, was sie mir Leckeres zum Trost anbietet. Vielleicht hat sie ja doch einen Rindfleischknochen gekauft? Davon würde ich dann allerdings zwei, drei Bissen nehmen, okay, vielleicht auch fünf bis sieben – aber natürlich würde ich Goldie den größten Anteil überlassen.

Damit mein Frauchen auch wirklich genug Mitleid mit mir bekommt, jaule ich zur Sicherheit noch ein bisschen, während sie mich krault.

»Ja, Maxl, ist ja gut …«

»Ich heiße Max!«, beschwere ich mich lautstark. »Meinetwegen auch Maximilian von Großbeeren – aber nicht Maxl!«

Frauchen dreht sich zu Christian um. »Weißt du, wie froh ich bin, dass du nicht gleich an die Decke gehst, wenn Maxl mal bellt oder jault?«

»Warum sollte ich?«, fragt mein neues Herrchen irritiert. »Lasse, nein, nicht die Küchenrolle abwickeln!« Er nimmt seinem Sohn das Ding aus der Hand, mit dem auch ich so gern spiele, wenn ich es mal in die Pfoten kriege. Das macht so richtig Spaß, die zu zerfetzen. Ich verstehe gar nicht, warum man das nicht darf. Ist doch ein total unverfängliches Vergnügen.

Frauchen seufzt. »Ach, bei mir kam gerade nur so eine Erinnerung an den letzten Urlaub hoch.«

»Lasse! Finger weg von der Sonnencreme. Das mache ich nachher!«, ruft Christian, und zu Frauchen sagt er: »Stimmt, dein damaliger Freund war nicht so der Hundefreund, obwohl er so getan hat. Wie hieß der Typ noch gleich?«

»Mausebär!«, rufe ich und bemerke erleichtert, dass Lasse die Sonnencreme weggelegt hat. An die habe ich auch keine guten Erinnerungen.

»Carsten hieß er«, entgegnet Frauchen knapp und krault mich so liebevoll, dass ich mich instinktiv auf den Rücken drehe, die Beinchen anziehe und ihr meinen Bauch anbiete. Das muss jetzt sein, in dieser Zeit wird Goldie bestimmt nicht verhungern.

»Hat er sich mal wieder gemeldet?«, fragt Christian, während er die Kaffeepackung öffnet. »Ich brauche jetzt einen Kaffee. Möchtest du auch?«

Mich fragt mal wieder keiner. Ich mag zwar ein Hund sein, aber ich liebe Kaffee. Trinken darf ich den allerdings nicht. Frauchen sagt, da ist Koffein drin, und das ist gefährlich für mich. Als ich mal in einem unbeobachteten Moment aufs Sofa gesprungen bin, um ein bisschen was davon aus ihrem Becher zu schlabbern, gab's ganz schön Ärger.

»Nein, danke, dafür ist es mir zu spät. Und von Carsten habe ich nichts mehr gehört. Gott sei Dank. Ich hab ihn ja damals aus gutem Grund in die Wüste geschickt. Nur von Weitem habe ich ihn mal gesehen, in München, an der Ecke zur Maximilianstraße, mit einer aufgebrezelten Tussi, das kannst du dir nicht ausdenken! Die Lippen und Brüste so aufgespritzt, dass ich dachte, sie stünde kurz vorm Platzen.

Aber das Beste war, die Frau hatte einen Pekinesen auf dem Arm.«

»Wieder eine Frau mit Hund? Das ist ja unfassbar! Hat der wirklich nichts dazugelernt?«

»Offenbar nicht. Aber vielleicht ist sie ihn auch schon wieder losgeworden. Als sie den Hund abgesetzt hat, hat der Pekinese ihm ans Bein gepinkelt.«

»Das nennt sich dann wohl Karma«, sagt Christian, schüttet etwas von dem schwarzen Pulver in die Kaffeemaschine und lacht.

»Tja, Geschichte wiederholt sich eben, wenn man nichts aus ihr lernt.«

Ja genau, denke ich. Da bin ich ganz der Meinung von Frauchen, und tatsächlich hat sie einiges dazugelernt und mit meinem neuen Herrchen die richtige Wahl getroffen. Wobei, genau genommen bin ich ja der Fährte gefolgt, die uns beide zum Glück geführt hat, auch wenn Frauchen am Anfang noch Schwierigkeiten hatte, das zu erkennen, sagen wir es mal so.

Frauchen hat nach dem Urlaub jedenfalls nie wieder ein Wort darüber verloren, was ich alles angestellt habe, also schweige auch ich, und wir vergraben den abgenagten Knochen von gestern.

Apropos Knochen – da war doch noch was. Schnell rolle ich mich aus meiner Rückenlage zurück auf den Bauch, um Frauchen flehend anzusehen.

»Goldie hat Hunger und ich …«

»Ja, mein Kleiner, ich versteh dich schon.«

Das ist gut, denke ich erleichtert. Sehr gut. Mir fällt ein Herz vom Stein, denn mit unserer Kommunikation ist das ja manchmal so eine Sache …

»Ich weiß, du willst Gassi. Wir machen uns gleich auf den Weg.«

»Nein, du verstehst mich nicht!«, jammere ich. »Gassi ist super, aber davor brauche ich noch was zu futtern. Du hast doch bestimmt was Feines für mich – also für Goldie?« Noch ein Dackelblick. Und zwar einer von der Sorte, der ganz klar ausdrückt, dass ich kurz vorm Hungertod stehe. Also, jetzt *muss* sie es doch kapieren.

Prompt spiegelt sich eine Erkenntnis in Frauchens Augen, begleitet von einem sorgenvollen Stirnrunzeln. »Geht's dir nicht gut, mein Kleiner? Dein leidender Blick gefällt mir gar nicht.«

»Ich leide nicht! Goldie leidet, weil sie Hunger hat!«, protestiere ich.

»Ist dir vielleicht übel? Kommt das noch von der Autofahrt?« Fragend blickt sie erst mich und dann mein neues Herrchen an.

»Vielleicht liegt es auch an der Luft im Vorzelt«, sagt Christian nachdenklich und schaltet die Kaffeemaschine an. »Es ist ja doch etwas stickig hier drin.«

»Daran wird es liegen! Im Auto hatte er ja auch keine frische Luft. Vielleicht sollten die beiden doch im Schatten vor dem Vorzelt …«

»Lasse, nein, nicht hier drin mit dem Ball spielen!«, ruft Christian. »Außerdem gehört der Gol…«

Weiter kommt er nicht, denn wenn es ums Spielen geht, dann ist Goldie die Erste am Ball. Im wahrsten Sinne des Wortes.

Ich kann nicht mehr genau sagen, wer zuerst an dem Schränkchen war. Goldie oder der Ball. Dort stand jedenfalls das offene Päckchen mit dem Kaffee.

Ja, es stand dort. Jetzt liegt es auf dem Boden, und das Pulver hat sich großzügig über den künstlichen Grasteppich verteilt.

»O nein!«, ruft Christian. »Auch das noch!«

»Alles halb so wild«, entgegnet Frauchen beruhigend.

Na, wenn sie das auch mal zu mir sagen würde, nachdem ich mit einem Sofakissen gekämpft habe, das sich mit mir angelegt hat …

»Was für eine Bescherung!«, ruft Christian noch immer fassungslos und rauft sich die Haare.

Also, eine Bescherung sieht wirklich anders aus – die gibt's nur einmal im Jahr, und zwar, wenn es ein Festmahl für mich gibt und zum Nachtisch einen Geschenkpapierhaufen, garniert mit Kartons, in den ich mich genüsslich stürzen darf.

Okay, *dürfen* ist vielleicht etwas weit gegriffen. Es ist eher so, dass ich abwarte, bis Frauchen mit einem gefüllten Trinknapf in der Hand am Ende des Heiligabends selig und erschöpft auf die Couch sinkt – dann gehört das Papier mir, und ich weiß, dass sie nicht in der Stimmung ist, um mit mir zu schimpfen. Das ist dann eine wirkliche Bescherung, so wie es danach im Wohnzimmer aussieht.

»Ich kümmere mich darum«, sagt Frauchen und lenkt Christian an den Schultern sanft in unsere Richtung. »Bring du bitte die Hunde nach draußen, nicht dass sie von dem Pulver was auflecken. Das wäre gefährlich.«

»Geht klar«, sagt Christian, doch kaum, dass er sich um uns kümmern will, kräht Lasse hinter seinem Rücken:

»Ich baue dir eine Burg, Papa. Eine schwarze Burg, da wohnt ein gefährlicher Ritter drin!« Lasse holt sich seine Schaufel und stößt sie in die Luft, als ob sie ein Schwert wäre. »Ein ganz gefährlicher Ritter!«

»Da bekomme ich aber Angst!«, ruft Christian lachend, dann wird er wieder ernst. »Ich glaube, das ist keine gute Idee, Lasse. Aber ich habe sowieso einen viel besseren Vorschlag.

Wie wäre es, wenn du mit den Hunden vor dem Vorzelt Ball spielst?«

Lasse legt den Kopf schräg und sieht dabei alles andere als begeistert aus, aber dann scheint ihm etwas einzufallen. Er strahlt und ruft: »Ja, ich will Ball spielen!«

»Na, dann komm. Aber mach keinen Blödsinn, ich habe dich im Blick«, warnt ihn sein Vater, während wir hinausgehen.

Na ja, denke ich, wenn er meint. Dieses Glänzen in den Augen seines Sohnes hat er wohl übersehen? Lasse führt doch schon wieder was im Schilde. Aber gut, wir sind ja wirklich nicht weit weg, und wenn was schiefläuft, dann bellen wir einfach.

Ach nein, Moment, ich habe noch eine viel bessere Idee, denke ich, kaum dass wir draußen sind. Goldie wird mit dem kleinen Wildfang Ball spielen, und ich checke mal, wer von meinem Rudel schon da ist, und sage ihnen Hallo. Seitdem der Ball aufgetaucht ist, scheint Goldie ihren Hunger ohnehin vergessen zu haben.

Ich halte meine Nase in den Wind. Christian beugt sich zu mir und nimmt den Karabiner in die Hand.

»Maxl bleibt aber an der Leine, den bindest du draußen an«, höre ich Frauchen rufen.

Das darf ja wohl nicht wahr sein! Ich war einen Klick von meiner Freiheit entfernt!

»Ernsthaft, Ronja? Das ist doch Folter für Max!«, ruft Christian. »Wenn Goldie Ballspielen darf und Max nicht.«

»Ach Unsinn, Maxl ist viel zu faul zum Ballspielen, erst recht bei der Wärme«, antwortet Frauchen.

»Na dann«, sagt Christian und bindet mich an der Verlängerung vom Wohnwagen an, an der normalerweise die Autos ziehen. »Hier hast du ein bisschen Schatten.«

»Nicht dein Ernst!«, protestiere ich, obwohl ich bereits ahne, dass ich mit meinem Gebell nichts bezwecken werde.

»Tut mir leid, Max«, sagt er schulterzuckend und ruft dann Frauchen zu: »Das sehe ich ja erst jetzt. Der Fahrradverleih hat die E-Räder mit den Anhängern schon geliefert und hier hinten angeschlossen. Perfekt! Aber wo sind die Schlüssel?«

»Müssten an der Rezeption sein!«, ruft Frauchen zurück. »Ja, das hat super geklappt.«

Super? Verzweiflung keimt in mir auf. Ich hasse Anhänger fahren, hat Frauchen das denn schon vergessen? Das letzte Mal vor ein paar Jahren ist mir noch sehr gut in Erinnerung geblieben – oder sagen wir besser: meinem Magen. »Das ist eine ganz blöde Idee mit dem Anhänger«, rufe ich Frauchen zu.

»Ruhe, Maxl! Huch, warum funktioniert denn der Staubsauger nicht?«

»Ich komme!«, ruft Christian und wirft erneut einen mahnenden Blick auf seinen Sohn. »Und du spielst schön Ball mit Goldie.«

»Wird gemacht!«, sagt Lasse.

Na, denke ich, da kann ja wirklich nicht viel schiefgehen. Eigentlich.

Goldie wedelt erwartungsvoll mit ihrer buschigen Rute, sie hechelt und springt vor Lasse hin und her, der ihr den roten Ball präsentiert. An ihren Hunger scheint sie wirklich nicht mehr zu denken.

So aufgeregt erlebt man sie selten, denn normalerweise ist Goldie die Geduld in Person, sie kann stundenlang in aller Seelenruhe auf ihrem Platz ausharren, aber sie muss nur das Wort »Ball« hören, und schon vergisst sie alles um sich herum.

So wie jetzt, als Lasse den Ball in meine Richtung wirft und Goldie mich fast umgerannt hätte.

Sie sieht nur noch den Ball, schnappt ihn sich, trägt ihn zurück zu Lasse und legt ihn vor seinen Füßen ab – bereit für die nächste Runde.

Lasse wirft erneut, und das Spiel beginnt von vorn. So geht es noch ein drittes Mal, und ich lasse mich seufzend ins Gras fallen, das wenigstens angenehm kühl ist.

»Merkwürdig …«, höre ich Christian sagen. »Ich sehe mal beim Stromkasten nach, vielleicht ist die Sicherung raus.«

»Gute Idee«, sagt Frauchen. »Ich gucke mir das auch mal an.«

»Sehr schön, Lasse, du spielst ja wirklich ganz lieb mit Goldie!«, bemerkt Christian begeistert, als er mit Frauchen aus dem Vorzelt kommt. Dann gehen die beiden auf die andere Seite des Wohnwagens zu diesem Stromkasten, den sie offenbar ansehen wollen. Na, wenn das was hilft?

Goldie hingegen scheint jetzt aufzufallen, dass es zum Ballspielen doch etwas zu warm ist. Obwohl sie sich nicht besonders anstrengen musste, kommt sie hechelnd auf mich zu. Die Zunge hängt ihr seitlich aus dem Maul, was ich besonders niedlich finde, und sie lässt sich neben mich ins Gras fallen.

»Goldie, spielen!«, ruft Lasse und winkt mit dem Ball.

Vergeblich.

Wenn Goldie nicht mehr will, dann will sie nicht. Da ist sie genauso stur wie ich.

»So erschöpft?«, frage ich und stupse ihr liebevoll in die Seite.

»Allerdings«, hechelt sie. »Und ich hab Hunger.«

Lasse lässt den Ball achtlos fallen und nimmt stattdessen das unbewachte Vorzelt ins Visier.

Was ihm wohl in den Sinn gekommen ist? Genauso gucke

ich, wenn ein Hase in mein Blickfeld gerät. Voll innerlicher Vorfreude, die sich als Glanz in meinen Augen spiegelt.

Klein-Lasse huscht schnell wie eine Maus ins Vorzelt und ist genauso schnell wieder draußen.

Hm, merkwürdig.

Als sein Vater vom Stromkasten zurückkehrt, sitzt Lasse bei uns, als ob nichts gewesen wäre.

»Was machst du da?«, fragt Christian argwöhnisch.

»Mit den Hunden duscheln«, sagt Lasse. Wie zur Bestätigung legt er den Kopf auf Goldies Bauch ab.

Aus meiner Perspektive kann ich erkennen, dass er unter seinem Körper die Tüte mit den Mamellos versteckt. Die hat er also aus dem Vorzelt stibitzt. Aber ich vermute, da ist noch nicht alles.

»Das ist aber schön«, sagt Christian zufrieden, und an Frauchen gewandt fügt er hinzu: »Merkwürdig, die Sicherung ist drin, Strom haben wir also. Theoretisch. Jetzt stecken wir mal den Staubsauger im Wohnwagen ein, und wenn er dort auch nicht funktioniert, dann muss ich mir das Gerät mal ansehen. Lasse, du bist weiter schön brav!«

»Ich bin ganz brav, ich streichle nur die Hunde«, versichert Lasse erneut.

Erstaunlicherweise scheint Goldie es zu genießen, dass die Kinderhände unkoordiniert auf ihrem Körper herumpatschen, oder sie hat die Aussicht auf Futter aufgegeben, jedenfalls hält sie die Augen geschlossen, während ich Lasse aufmerksam beobachte. Ich traue ihm nicht.

Zu Recht.

Kaum sind Christian und Frauchen im Vorzelt verschwunden, greift Lasse zu seiner Beute. Und nun sehe ich auch, was er sich außer den Mamellos geschnappt hat: Die Sonnencreme.

Na bitte, soll er sich einschmieren, denke ich noch, doch

meine Gelassenheit verwandelt sich schnell in Panik, als er die geöffnete Flasche über Goldies Bauch hält.

»Goldie, schnell, steh auf!«

»Was ist denn?«, entgegnet sie schläfrig.

»Das Zeug kenne ich, das kriegst du kaum mehr aus dem Fell!« Das weiß ich aus leidvoller Erfahrung.

»Was denn für ein Zeug? Lasse streichelt mich doch nur«, entgegnet Goldie, ohne die Augen zu öffnen.

»Von wegen!«

Lasse hat die Creme bereits großflächig in ihrem Fell verteilt und kommentiert sein Tun mit ernster Miene: »Eincremen ist wichtig. Sonst gibt es Sonnenbrand. Dich muss ich auch noch eincremen.« Damit meint er mich. Ich, der ich an der Leine bin und nicht flüchten kann.

Nur Frauchen kann mich jetzt noch retten.

»Nein, nein, nein!«, belle ich. »Frauchen? Hörst du …«

Der Staubsauger. Mein Erzfeind. Er funktioniert wieder. Lautstark und über jedes Hundegebell erhaben.

Meine kurze Leine lässt nicht zu, dass ich mich unter dem Wohnwagen verstecken kann. »Goldie, hilf mir!«

Sie guckt mich verwundert an. »Nun hab dich doch nicht so. Das Zeug riecht gut und kühlt angenehm.«

»Du musst ewig duschen, um das wieder aus dem Fall zu bekommen!«, jaule ich. Aber jetzt ist es sowieso zu spät, denke ich schicksalsergeben, während ich mich in einen weißen Dackel verwandle.

»Duschen ist doch nicht schlimm … und du siehst lustig aus«, kichert Goldie. »Wie ein Retriever-Welpe …«

»Sehr witzig«, gebe ich zurück. »Wenn du erst unter der Dusche stehst, dann vergeht dir schon noch das Lachen.«

»Warum? Hast du vergessen, dass ich es liebe zu duschen? Ich könnte den ganzen Tag im Wasser verbringen. Liegt wohl an meinen Genen. Meine Vorfahren mussten dem Jäger die geschossene Beute bringen, und das waren gern auch mal die Enten aus dem See.«

»Ich kann nur in Fuchs- und Kaninchenbauten krabbeln und das Wild rausscheuchen, dem Jäger vor die Füße. Aber ich bin nun mal wasserscheu! Frauchen! Hilfe!«

Goldie erhebt sich und schüttelt sich. »Oha, das klebt tatsächlich ganz schön im Fell. Fühlt sich doch nicht so toll an!«

»Sag ich doch!«, rufe ich verzweifelt, weil ich mich schon unter der Dusche sehe. Unter der Campingplatz-Hunde-Außendusche, die ich im vergangenen Sommer schon kennenlernen durfte, wo es keinen Sichtschutz gibt.

Schon mal was davon gehört, dass auch ein Hund seine privaten Sphären haben möchte? Erschwerend kommt hinzu, dass ich Gefahr laufe, mich zum Gespött meines Rudels zu machen.

»Ballspielen!«, ruft Lasse, nachdem Goldie aufgestanden ist.

Aber die schüttelt sich erneut und beschnüffelt ihr beschmiertes Fell.

»Nicht ablecken!«, warne ich sie.

»Bah, jetzt hab ich das Zeug auch noch in der Nase!« Goldie schnaubt.

»Ballspielen!«, beharrt Lasse und wirft Goldie ihr Lieblingsspielzeug hin.

Demonstrativ wendet sie sich von dem kleinen Quälgeist ab und streckt ihm den Hintern zu. Goldie hat anscheinend die Nase voll – im wahrsten Sinne des Wortes.

Das begreift auch Klein-Lasse, aber er wäre nicht Klein-Lasse, wenn er sich damit abfinden würde.

Er greift zu der Tüte mit den Mamellos und schiebt sich eines davon in den Mund.

Na, meinetwegen, denke ich erleichtert. Soll er die Dinger

futtern, bis er Bauchweh bekommt. Hauptsache, er lässt uns in Ruhe.

Zumindest ist das für einen Moment lang meine Hoffnung. Aber natürlich wird Lasse das schnell langweilig. Schließlich will er Ballspielen. Und wenn wir nicht mit ihm spielen, spielt er eben mit uns – und er wäre nicht Lasse, wenn er nicht immer noch ne Schrippe drauflegen würde. Nein, keine Schrippe, sondern Mamellos.

Das erste Mamello landet auf mir. Lasse jubelt, schiebt sich ein Mamello in den Mund, das nächste wirft er nach Goldie, und so geht das abwechselnd weiter.

Innerhalb kürzester Zeit sehen wir aus wie nach einer Schneeballschlacht, nur mit dem Unterschied, dass die Bälle kleiner sind und teuflisch im Haar kleben.

»He, ihr beiden, wie seht ihr denn aus?«

»Camper!«, rufe ich aus, als ich meinen Freund erblicke, dessen Fell auf natürliche Art weiß ist. Ich will auf ihn zustürmen, aber meine Leine hält mich mit einem kräftigen Ruck zurück. »Ich freue mich so, dich zu sehen!«

»Und ich erst!«, bellt Camper. »Vor allem freue ich mich, euch so glücklich miteinander zu sehen. Da hat es sich gelohnt, dass ich im Kampf gegen Harro ein paar Federn gelassen habe.«

»Seit wann hast du Federn?«, frage ich verwundert.

Camper lacht. »Du hast dich nicht verändert. Aber sag mal, trägt man das jetzt so?«, fragt er und mustert uns beide kritisch von oben bis unten.

Ich seufzte. »Ja, das trägt man jetzt so, zumindest, wenn man mit Klein-Lasse zusammenlebt. Nimm dich bloß vor ihm in Acht, der Kleine hat es faustdick hinter den Ohren.« Kaum dass ich ausgesprochen habe, landet so ein Mamello auch in Campers langem weißen Fell.

Von Lasse vorgekaut, damit es auch gut hält.

Camper beschnüffelt das weiße Ding neugierig. Seine Nase übrigens ist braun und nicht schwarz, wie das bei den meisten Hunden der Fall ist, aber die Natur hat bei ihm kein Schwarz vorgesehen. »Riecht nicht unbedingt genießbar, das Zeug, und sonderlich kleidsam ist es auch nicht. Boah, das klebt ja wie Hölle.«

»Sei froh, dass du nicht auch noch mit Sonnencreme …« beginnt Goldie und unterbricht sich selbst. »Zu spät«, sagt sie, als Lasse eine ordentliche Portion von der Creme über Camper schmiert.

»Ach guck an, hier ist ja was los …«

»Lotti!«, rufe ich meinem weiblichen Ebenbild zu. »Das ist ja cool, dass du auch schon da bist.«

Wenn mir vergangenen Sommer einer gesagt hätte, dass ich mich mal über ein Wiedersehen mit dieser durchgeknallten Dackelhündin freue, ich hätte denjenigen für verrückt erklärt. Umgekehrt geht es Lotti wohl nicht anders. Aber wir haben uns schätzen gelernt, und so schräg wie sie ist, so sehr habe ich sie ins Herz geschlossen.

»Veranstaltet ihr hier so was wie 'ne versaute Schlammparty?«, fragt Lotti.

So eine Frage kann auch nur von ihr stammen. Für versaute Dinge ist sie nämlich immer zu haben.

»Bei allen heiligen Klöten, bist du schon wieder läufig?«, kontere ich. Natürlich rieche ich, dass dem nicht so ist, andernfalls blieben mir keine drei Sekunden, um auf dem Baum zu sein. Jawohl, *mir* bliebe keine Zeit mehr, denn Lotti weiß genau, wen und was sie will.

»Immerhin hast du dir gemerkt, was Klöten sind«, sagt Lotti und grinst. »Und nein, ich bin nicht läufig, andernfalls wäre ich wohl kaum ohne Leine unterwegs. Aber was hast du denn schon wieder angestellt?«

»Was ich *schon wieder* angestellt habe?«, frage ich mit einer Unschuldsmiene, mit der ich gegen Klein-Lasse in einem Wettbewerb antreten könnte. Aber ganz im Gegensatz zu ihm habe ich diesmal wirklich nichts getan. Jedenfalls noch nicht.

Klein-Lasse wendet sich von Camper ab und scheint in Lotti ein neues Opfer gefunden zu haben, denn noch ehe ich sie warnen kann, hat sie die erste Portion Sonnencreme im Fell.

»Super, jetzt kann die Schlammparty ja steigen!«, ruft sie erfreut.

»Schlammparty?«, höre ich eine Windhund-Stimme fragen. »Na, wenn das gut für den Teint ist?«

»Hans-Gert!« Ich will den afghanischen Windhund anspringen, der sich mit höflicher Zurückhaltung vor uns hingesetzt hat, aber die Leine hält mich mit einem Ruck zurück. Dieses blöde Ding hatte ich vor lauter Wiedersehensfreude schon wieder vergessen. Hans-Gert hingegen würde niemals so überschwänglich reagieren, er gibt sich immer sehr gefasst und vornehm.

Um ihn ansehen zu können, muss ich meinen Kopf in den Nacken legen. Er ist ein Riese mit langem rotblond glänzenden Fell, voller Anmut und Stolz, gebildet und von einer beruhigenden Sanftmut.

Bei unserer ersten zufälligen Begegnung im vergangenen Sommer in einer Kampener Edelbar wirkte Hans-Gert ziemlich überheblich, aber das hat sich schnell gelegt. Wobei er … wie soll ich das sagen? Grundsätzlich etwas anders als andere Rüden ist.

Hans-Gert beugt sich mit einer eleganten Bewegung zu mir runter und beschnüffelt mich. »Oh, was ist das denn für ein bezauberndes Bouquet?«, fragt er schwärmerisch.

»Bukeh?«, entgegne ich mit gerunzelter Stirn.

»Ach stimmt, du sprichst ja kein Französisch. Ich meine diesen herrlich sommerlichen Duft, wie eine Blumenwiese, mit einem Hauch von Pfirsich und Zitrus und ein wenig Moschus im Abgang.«

Nach dieser Erklärung bin ich noch ratloser und gucke höchstwahrscheinlich ziemlich gestreift aus dem Fell.

»Ich meine, diese Creme, die du trägst«, erklärt Hans-Gert geduldig. Aber jetzt sieht auch er mich fragend an. »Moment mal, seit wann kennst du einen Wellnesstrend *vor mir?* Das hat mein Hundesalon noch nicht im Angebot, dabei war ich erst gestern zur Maniküre. Die Anwendung will ich auch ausprobieren! Bei wem kann man die buchen?«

»Bei dem kleinen Jungen da«, sagt Goldie.

»Ich weiß nicht, ob das so eine gute Idee …«, hebe ich zweifelnd an, aber da ist auch schon Klein-Lasse zur Stelle, und Hans-Gert erhält seine vermeintliche Wellness-Behandlung.

»Was für eine Wohltat!«, ruft er genießerisch und legt sich vor dem Jungen hin, damit der mit seinen Patschehändchen auch überall rankommt. Aber er hat es ja so gewollt. Er dreht sich sogar genießerisch auf den Rücken.

»Sonnencreme? Ist das ein neues Willkommensritual?«, höre ich eine mir wohlbekannte Stimme, die Herrn König gehört. Der Königspudel studiert die Aufschrift auf der Flasche, die Lasse abgelegt hat, da er als Einziger von uns lesen kann.

»Lichtschutzfaktor fünfzig. Wasserfest.« Zweifelnd guckt Herr König in die Runde. »Seid ihr von allen guten Geistern verlassen? Da mache ich nicht mit, aber ich freue mich, euch zu sehen.«

»Ich fürchte, du hast keine Wahl«, sage ich, und mit meiner Einschätzung liege ich natürlich richtig.

Kaum dass Herr König von Lasse bemerkt wurde, bekommt auch er eine Abreibung, oder sagen wir besser eine Einreibung.

Als ob sie alle vollkommen verrückt geworden wären, hüpft mein weißes Rudel vor mir herum. Sie bespringen sich sogar gegenseitig, um die Sonnencreme mit ihren Pfoten noch besser zu verteilen. Lasse hat die mittlerweile leere Flasche in die Ecke gepfeffert und widmet sich nun seiner zweiten Lieblingsbeschäftigung, dem Werfen mit diesen Mamellos.

»Was ist denn hier los? Ich glaub's ja nicht. Kaum dass ich nicht mehr das Kommando habe, ist schon ein Sauhaufen aus euch geworden.«

»Rotti, ich kann dir das alles erklären!«, rufe ich dem altehrwürdigen Rottweiler peinlich berührt zu. Die Situation wirft wirklich kein Glanzlicht auf meine Qualitäten als Rudelführer, das muss ich zugeben, aber was soll ich tun? »Schluss jetzt!«, belle ich energisch in die Runde. »Der Spaß ist vorbei! Lasse, du hörst auch sofort auf mit dem Blödsinn!«

Schnell wird mir klar, dass keiner auf mein Gebell achtet, Lasse erst recht nicht.

»Party!«, höre ich eine helle Stimme bellen, und ich kann gar nicht so schnell gucken, wie Chiwa angeflitzt kommt und sich ohne weitere Begrüßung ins Getümmel stürzt. Die Chihuahua-Hündin springt zwischen uns herum und versucht, die Mamellos im Flug zu fangen. Noch klebt keins davon in ihrem schwarz-beigen Fell, und ich will mir nicht ausmalen, wie sie nachher jault, wenn wir einen aus den langen Haaren an ihren Ohren pflücken müssen. Und da die Ohren fast größer sind als ihr Kopf, ist die Chance ziemlich groß, dass es so weit kommt.

Rotti wirft seine Stirn in dicke Falten und beobachtet mit müdem Blick das turbulente Treiben. Als Rottweiler hat er trotz seines Alters jedoch nichts von seiner imposanten Erscheinung eingebüßt, auch wenn sein Bart ziemlich weiß geworden ist. »Na ja, ist dein Problem«, sagt er so leise, dass ich ihn kaum verstehe, und wendet sich ab, um weiter seines Wegs zu trotten.

»Warte!«, rufe ich panisch. »Hilf mir doch, bitte, sonst nimmt das hier kein Ende! Und wenn es ein Ende nimmt, dann kein gutes! Die sind alle völlig durchgedreht, nicht dass sich noch einer verletzt.«

»Wie gesagt, ist nicht mehr mein Job«, gibt Rotti über die Schulter zurück und schlurft mit hängendem Kopf weiter. »Das musst du jetzt regeln. Und wenn du das nicht schaffst, sind doch bestimmt deine Menschen in der Nähe, die einschreiten können.«

»Meine Menschen denken wahrscheinlich, wir amüsieren uns prächtig. Die sind außerdem gerade mit anderen Dingen beschäftigt.«

»Tja, dann hast du tatsächlich ein Problem. Aber das schaffst du schon, da bin ich mir sicher.«

Sein Vertrauen in mich möchte ich selbst mal haben. Aber gut, denke ich, es bleibt mir ja nichts anderes übrig, vor allem, wenn ich mein Ansehen vor Goldie wahren will. Sie soll bloß nicht glauben, dass ich jetzt den Sand in den Kopf stecke. Ich meine, den Kopf in den Sand – aber das wäre jetzt auch keine gute Idee – in jeglicher Hinsicht nicht. Und es gibt noch ein Problem: Goldie hat offenkundig gerade sehr viel Spaß, und wenn ich ihr den jetzt verderbe …

»Aua«, kreischt Chiwa. »Passt doch auf! Jemand ist mir auf den Rücken getreten. Ihr macht mich ja platt!«

»Hörst du, Rotti? Es geht schon los!«

Rotti bleibt stehen.

Gott sei Dank. Wenn es um Chiwa geht, dann hatte er schon immer ein weiches Herz.

»Jaaa, ich höre das. Also tu was. Sofort!«, knurrt Rotti mich an.

Mir wird ganz anders. In meinem Gedärm macht sich Panik bemerkbar. O weia, wenn ich jetzt den flotten Harry kriege, dann geht meine Autorität im selben Tempo flöten – sofern die überhaupt jemals vorhanden war. Noch dazu, warum bin ich an dieser verdammten Leine? Ich könnte ansonsten viel besser einschreiten, ganz bestimmt.

»Aua!«, schreit Chiwa erneut. Allerdings macht sie keine Anstalten, sich zu ihrem eigenen Schutz aus dem Spiel mit ihren deutlich größeren Artgenossen rauszuziehen.

Also muss ich etwas tun. »Schluss jetzt, alle miteinander. Sofort!«, belle ich in der tiefsten mir möglichen Tonlage. Zumindest war das der Plan. Vor lauter Aufregung fiepe ich wie ein Welpe.

»So wird das nichts«, seufzt Rotti. Er wirft mir einen genervten Blick zu, macht kehrt, fletscht die Zähne und brüllt in die Runde: »Platz!«

Ich kann gar nicht so schnell gucken, wie sich alle an Ort und Stelle zu Boden werfen. Zu meiner noch größeren Verwunderung liegt Lasse ebenfalls auf dem Bauch, und dann stelle ich fest, dass auch ich mich reflexartig hingeworfen habe, so als ob sich ein Raubtier genähert hätte. Wobei Rotti mit seinen gefletschten Zähnen wirklich sehr Furcht einflößend aussieht.

Jetzt schließt er sein Maul und guckt uns nicht minder überrascht an. »Huch, das klappt ja noch.«

»Hab ich was verpasst?«, ertönt eine aufgeregte Bobtail-Stimme. Bobbi trabt eilig zu uns her, also zumindest peilt er unsere Richtung an und setzt sich nach einem Zusammenstoß mit Rotti vor ihn hin.

»Hey, Max, altes Haus, du bist in einem Jahr ganz schön gewachsen, und zugenommen hast du auch – das ist ja ein ganz schön dicker Bauch.«

Ich räuspere mich. »Ähm, ich liege hier.«

Bobbi pustet sich die Haare vor den Augen weg. »Ach guck an, *da* bist du. Moment mal, wie jetzt …? Oha, 'tschuldigung, Rotti«, bringt er kleinlaut hervor, als ihm sein Fehler bewusst wird. »Das mit dem dicken Bauch war natürlich nicht so gemeint.«

»Das will ich hoffen«, sagt Rotti versöhnlich, dessen gute Laune mit Sicherheit noch von seinem auch für ihn überraschenden Erfolg als Rudelführer herrührt.

Als Rottis Blick auf mich fällt, sage ich resigniert: »Du solltest den Posten wieder übernehmen. Ich bin ihm nicht gewachsen, im wahrsten Sinne des Wortes.«

»Wow, ich soll den Job des Rudelführers machen?«, ruft Bobbi begeistert. »Boah ey, wie cool. Das ist ja eine Ehre. Da hab ich total Bock drauf.«

»Ähm, Bobbi …«, sage ich mit leichter Verzweiflung. »Ich habe mit Rotti gesprochen.«

»Oh.« Bobbi pustet sich erneut die Sicht frei. »Tut mir leid, ich wollte mich natürlich nicht einmischen. Rotti ist natürlich der beste Rudelführer …«

»Aber ich mach den Job nicht mehr, definitiv«, sagt Rotti entschieden. »Und wenn Max zurücktreten will, dann weiß ich auch nicht. Bobbi, bevor deine Menschen dir nicht die Haare hochbinden, kommst du als Rudelführer nicht infrage, ich bin mal so direkt.«

»Ich weiß«, sagt Bobbi mit gesenktem Kopf, wodurch ihm seine grau-weißen Haare erst recht wieder über die Augen fallen. »Und das werden meine Menschen nicht tun, weil sie das bei einem Rüden lächerlich finden.«

»Tja dann«, seufzt Rotti. »Sonst jemand, der den Job übernehmen will?«

Er blickt reihum in die schweigsame Runde. Ich kann mich wirklich nicht erinnern, wann es zuletzt so ruhig unter uns war.

Selbst Klein-Lasse scheint den Ernst der Lage zu spüren, denn er liegt immer noch still auf dem Boden. Sein Vater wäre so stolz auf ihn.

Mein Blick fällt auf Goldie, die mich bittend ansieht.

»Wenn sich niemand meldet«, lässt sich Rotti vernehmen, »dann haben wir ein Problem.«

Der hat gut reden, denke ich. Das Problem hatten wir schon vorher.

»Warum willst du nicht weitermachen, Max?«, fragt Bobbi arglos. »Du kannst das doch. Ich höre jedenfalls auf dich.«

Na, das wäre ja immerhin ein Anfang, denke ich und seufze innerlich.

»Ich …«, hebe ich an.

»Na also«, unterbricht mich Rotti. »Damit wäre die Kuh vom Eis. Sehr schön.«

Na super, ich fühle mich gerade eher wie ein Esel auf dem Glatteis. Ein Esel mit sehr kurzen Beinen. Aber angesichts des stolzen Blicks von Goldie leiste ich keinen Widerspruch mehr.

»Große Güte, was ist denn hier los?«, höre ich Frauchens entsetzte Stimme.

»Wie seht ihr denn aus?«, ruft Christian, als er uns erblickt. »Lasse, was hast du angestellt?«

Na, das sieht man doch, denke ich, und überlege zugleich, wie schnell ich ein Loch buddeln könnte, um darin zu verschwinden. Denn ich ahne bereits, was jetzt kommt.

»Alle mir hinterher!«, ruft Frauchen. »Abmarsch unter die Dusche! Lasse, du auch.«

Ohne mich, denke ich, aber da setzt Frauchen schon nach: »Max, du auch. Ich kenne dich.«

»Ich will aber nicht duschen«, kräht Lasse.

Da sind wir ausnahmsweise mal einer Meinung.

»Mitkommen«, sagt Christian streng und nimmt seinen Sohn an die Hand.

Mein Rudel trabt mir zur Hundedusche hinterher. Es kommt mir so vor, als würde ich sie direkt ins Tierheim führen – wobei das in meinen Augen nicht so schlimm ist wie die Hundedusche.

»Was hast du da nur angestellt, Lasse?«, seufzt Christian. Er nimmt den Schlauch in die Hand und stellt das Wasser an. »Jetzt müssen wir eine ganze Hundemeute duschen. Der Urlaub fängt ja gut an.«

Allerdings, denke ich, und weigere mich, auch nur einen Schritt weiterzugehen.

»Du solltest dich auch sauber machen lassen, wenn du nachher wieder mit mir kuscheln willst«, sagt Goldie. Diese unterschwellige Androhung von Liebesentzug wirkt sofort.

»So ist es brav, Maxl …«, lobt mich Frauchen.

Von wegen brav. Ich ergebe mich meinem Schicksal. Was tut man nicht alles für die große Liebe, denke ich, während sich ein Wasserschwall über mich ergießt und ich einem begossenen Pudel alle Ehre mache.

Kapitel 3

Endlich Ruhe.

Zumindest vor Klein-Lasse, denn es ist mitten in der Nacht. Trotzdem liege ich schlaflos im schmalen Gang des Wohnwagens, weil ein Gewitter über uns hinwegzieht. Ich finde Blitz und Donner gruselig, während Goldie seelenruhig weiterschläft.

Ich kuschle mich noch enger an sie, warte angespannt auf den nächsten Donnerschlag und höre dem Starkregen zu, der aufs Dach trommelt.

Immerhin habe ich ein Dach über dem Kopf und werde nicht nass. Keinen Tropfen lasse ich mehr an mein Fell. Unter der Hundedusche war es furchtbar, und ich habe dort mindestens so viel Zeit verbracht wie Lisa im Waschraum. Ärger hat sie übrigens keinen bekommen, weil Frauchen und Christian viel zu sehr mit uns beschäftigt waren. Allerdings wurde Lisa, als sie endlich rauskam, gleich zum Mithelfen verdonnert.

Nachdem ich endlich unter der Dusche hervordurfte, habe ich mich vor Klein-Lasse geschüttelt, sodass es diesem Gewitterregen alle Ehre machte, aber das fand dieser Zwerg auch noch lustig. Da wird doch das pfeifende Schwein in der Pfanne verrückt.

Frauchen und Christian lassen sich in ihrem Schlaf ebenfalls nicht stören, sie liegen in dem Doppelbett auf der einen Seite des Wohnwagens. Im anderen Teil sind die Stockbetten, wo Lisa sich unruhig wälzt und Klein-Lasse oben schläft.

Geschlafen hat.

Der Duracell-Hase, wie ihn sein Vater nennt, ist offenbar vom Gewitter aufgewacht, wobei er nicht etwa Angst hat und nach seinem Vater ruft. Nein, er trommelt mit seinen Fingerchen gegen die Wand, um sich mit den Tropfen ein Wettrennen zu liefern.

Ernsthaft jetzt? Ich hebe meine linke Augenbraue und blicke zu ihm rüber, wage jedoch nicht, mich zu rühren, um nicht sein Opfer zu werden.

Klein-Lasse hört mit dem Trommeln auf.

Gespannt horche ich mit zuckenden Dackelohren in seine Richtung. Ist ihm die Batterie ausgegangen? Oder gibt er etwa freiwillig Ruhe?

Nein, natürlich nicht.

Ihm fehlt sein genervtes Publikum. Und in seinem vierjährigen Köpfchen scheint ein Plan gereift zu sein, wie er die Aufmerksamkeit auf sich lenken könnte, denn er setzt sich im Bett auf, so viel kann ich im Halbdunkel erkennen, und macht sich am Fenster zu schaffen.

Will er etwa abhauen?

Zutrauen würde ich es diesem Wildfang, denn er ist schon ein paarmal seiner eigenen Wege gegangen, zwar nicht weit weg, und er wurde schnell wieder gefunden, aber die Sorge war trotzdem groß. Vielleicht ist ihm dadurch klar geworden, dass er durch ein nächtliches Ausbüxen große Aufmerksamkeit auf sich ziehen kann?

Wenn das wirklich sein Plan ist, dann muss ich meiner Pflicht nachkommen und Alarm schlagen – wobei ich es ehrlich gesagt im Grunde meiner genervten Dackelseele nicht allzu schlimm fände, wenn ich mal eine Pause von Klein-Lasse hätte. Aber nicht auszudenken, was ihm alles zustoßen könnte.

Das leise Quietschen verrät mir, dass er sich im Verlauf des ersten Tages genau abgeguckt hat, wie man die Fensterriegel bewegen muss, um sie zu öffnen.

Wenn er jetzt Anstalten macht, aus dem Fenster zu klettern, muss ich bellen.

Aber Klein-Lasse scheint doch andere Pläne zu haben.

»Es regnet, es regnet, mein Bettchen wird nass!«, singt er aus voller Kehle, sodass im nächsten Moment nicht nur schlagartig alle wach sind, sondern Lisa zudem einen Schlag gegen den Kopf bekommt, als sie vor Schreck hochfährt und gegen die Latten von Lasses Bett knallt.

»Aua«, schreit Lisa. »Bist du verrückt geworden, Lasse?«

»Was ist denn los?«, ruft Christian alarmiert, wobei seine Stimme so klingt, als ob er ziemlich viel Schlaf getrunken hätte, und genau so torkelt er aus dem Bett.

Ohne Licht und leider auch ohne einen Gedanken daran, dass Goldie und ich im Weg liegen könnten – wobei es in diesem Wohnwagen nicht viele Wege gibt, außer diesem einen schmalen Gang –, und deswegen legt Christian sich jetzt mit einem satten Schlag der Länge nach hin.

Erschrocken macht Frauchen das Licht an. »Ist dir was passiert?«

Christian rappelt sich auf. »Ich glaube, meine Knochen sind heil geblieben. Gibt wohl nur blaue Flecken. Kinder, was ist denn los?«

Immerhin ist er auf diese Weise ziemlich schnell bei den beiden angelangt und kann sich ein Bild von der Lage machen, die wegen Lisa ziemlich laut und wegen Klein-Lasse ziemlich nass ist.

»Ich krieg eine Beule!«, kreischt Lisa. »Mann, Lasse, echt ey!«

»Ich hab nix gemacht!«, ruft Klein-Lasse. »Gar nix!« Er hebt die Hände und kneift die Augen vom Licht geblendet zusammen, so als ob er bei einem Verhör sitzt. Er ist grundsätzlich der Überzeugung, dass er nicht der Täter, sondern das Opfer sei, aber seine Unschuldsmiene misslingt ihm. »Lisa, du hast dir den Dopf selbst angehauen!«

Da muss ich ihm recht geben – aber was die Kenntnisse der deutschen Sprache und die Glaubhaftigkeit seiner grundsätzlichen Unschuld anbelangt, hege ich da doch so meine Zweifel. Da wäre es wohl besser, er würde sich ein fettes Stück von meiner Fleischwurst abschneiden, dann klappt das vielleicht auch mit dem Dackelblick.

»Mach sofort das Fenster zu!«, herrscht Christian seinen Sohn an.

Klein-Lasse hebt seelenruhig die Schultern. »Ich weiß nicht, wie das geht. Ich weiß nur, wie aufmachen geht.«

»Das tropft zu mir runter!«, kreischt Lisa, während sie die Flucht aus dem Bett ergreift.

»Aus dem Weg!«, raunzt ihr Vater sie an, weil er eilig auf das obere Stockbett klettern will, um das Fenster zu schließen.

»Soll ich mich in Luft auflösen?«, keift Lisa zurück. »Hier ist es verdammt noch mal eng!«

»Ja, das hat ein Wohnwagen so an sich, aber du bist kein Elefant, also mach Platz!«

»Töröööööö!«, ruft Lasse. Er thront putzmunter auf seinem Bett, und ihm gefällt offenkundig, dass nun alle wach sind und er die Aufmerksamkeit auf sich gezogen hat. »Spielen wir was?«

»Nein, wir spielen jetzt nicht«, presst Christian zwischen

zusammengebissenen Zähnen hervor, während er die Leiter zum Bett raufklettert.

Er streckt sich zum Fenster hin und macht sich fluchend an der Verriegelung zu schaffen. Das ist offenbar wie mit der Dachbox, denke ich.

Frauchen ist unterdessen aufgestanden und fragt: »Wie viel Uhr ist es eigentlich?«

Als ob das jetzt das Wichtigste auf der Welt wäre.

»Keine Ahnung!«, gibt Christian keuchend zurück. »Was ist das denn für eine Scheiße? Warum geht das Fenster nicht zu?«

»Scheiße darf man nicht sagen«, ermahnt Klein-Lasse seinen Vater.

Wo er recht hat, hat er recht.

»Ich krieg das Fenster nicht zu, verdammt! Hier wird alles klatschnass.«

»Geh mal beiseite, ich versuche es«, sagt Frauchen in ruhigem Ton. Ihre Gelassenheit rührt wohl auch daher, dass sie mit mir schon ganz andere Katastrophen erlebt hat. Oder sagen wir besser: überlebt.

Ich erinnere mich noch ganz genau an das unfreiwillige Bad im Hörnumer Hafenbecken. Da sind wir beide definitiv nasser gewesen als jetzt, also ist so ein offenes Wohnwagenfenster bei Starkregen mit Wind in unsere Richtung in der Tat nicht der Aufregung wert.

Frauchen klettert auf das Stockbett und schließt mit zwei Handgriffen das Fenster. »So, das hätten wir«, sagt sie, »jetzt können wir uns wieder schlafen legen.«

»Ich kann nicht mehr schlafen!«, fährt Lisa auf. »Ich hab Kopfschmerzen, weil dieser Knallkopf mitten in der Nacht das Fenster aufgemacht hat!«

»Papa, Lisa hat Nalldopf zu mir gesagt!«

»Ruhe jetzt, alle beide!«, seufzt Christian erschöpft, schlüpft in seine Turnschuhe und öffnet die Wohnwagentür zum Vorzelt.

»Wo willst du denn hin?«, fragt Frauchen irritiert.

»Ich brauche mal eben frische Luft.«

»Aber es regnet doch?«

»Glaub mir, es ist besser, wenn ich einen Moment Abstand ha…«

Weiter kommt er nicht, weil der Abstand zwischen dem Wohnwagen und dem Vorzeltboden ziemlich groß ist, denn da, wo sonst die Trittstufe steht, steht keine Trittstufe mehr – und deshalb steht Christian jetzt leider auch nicht mehr.

»Ich hab nix demacht!«, ruft Klein-Lasse prolyphaktisch in die Flüche seines Vaters hinein. »Gar nix!«

»Hast du dir wehgetan?«, fragt Frauchen und eilt besorgt zu Christian, der am Boden liegt und sich mit schmerzverzerrtem Gesicht den Knöchel hält.

»Hoffentlich nur verstaucht. Kannst du aufstehen …?« Frauchen greift Christian unter die Arme, aber das gleicht in etwa dem Versuch, einen Berner Sennenhund hochzuheben.

Also, nicht dass mein neues Herrchen dick wäre, ganz im Gegenteil, der ist so durchtrainiert wie ein Jagdhund. Na gut, eher wie ein Jagdhund, der schon etwas länger nicht mehr jagen war. Frauchen kann ihm jedenfalls nur mit Müh und Not aufhelfen, und als er versucht aufzutreten, schreit er auf.

»Oha«, sagt Frauchen. »Das sieht nicht gut aus. Damit müssen wir morgen früh gleich zum Arzt. Und bis dahin hochlegen und …«

»Kühlen, kühlen, kühlen – ich weiß …«, seufzt Christian.

Da er seinen Fuß nicht belasten kann, muss er ziemlich umständlich in den Wohnwagen klettern und sich an dem Schränkchen, auf dem der Fernseher steht, hochziehen.

Wobei er sich wohl mehr am Sockel vom Fernseher als am Schränkchen festhält, denn im nächsten Moment fällt das Gerät mit einem lauten Krachen herunter.

»Aua! Scheiße!«, entfährt es ihm, als der Fernseher mit der Kante auf dem Fuß landet, auf dem er steht. Na ja, so richtig stehen kann er auf dem Fuß jetzt auch nicht mehr.

»Scheiße sagt man nicht!«, kräht Lasse aus dem Hintergrund.

»Den Fernseher hast du gut abgefangen«, bemerkt Frauchen trocken. »Ich glaube, der ist ganz geblieben, und ausgesteckt ist er jetzt auch, das hätten wir bei dem Gewitter ohnehin tun sollen.«

»Ich dreh noch durch!«, ruft Christian, während er durch den Wohnwagen zum Bett hüpft.

»Ach, wie gut, dass niemand weiß, dass ich Humpelstilzchen heiß«, singt Lisa.

»Das ist nicht lustig!« ruft Christian über die Schulter, wobei er so klingt, als ob er vor Schmerzen nicht weiß, ob er heulen oder lachen soll.

»Aber es sieht zugegebenermaßen lustig aus«, kichert Frauchen.

»Ehrlich gesagt ist mir eher zum Heulen zumute.« Christian lässt sich aufs Bett fallen.

»Tut mir leid«, sagen Frauchen und Lisa wie aus einem Mund.

Anschließend hüpft Lisa in Shorts und T-Shirt an uns vorbei ins Vorzelt und öffnet dort den Kühlschrank.

Das ist das Kommando für Goldie und mich, ihr nachzuspringen. Wobei das für mich wegen der fehlenden Trittstufe ein todesmutiger Sprung in die Tiefe ist, aber für Käse tue ich alles. Diese Vorliebe habe ich erst durch Goldie entdeckt, und sobald sich die Kühlschranktür öffnet, stehen wir parat.

»Was willst du denn jetzt am Kühlschrank?«, ruft Frauchen Lisa verwundert nach. Die kann aber auch Fragen stellen. Das ist doch ganz egal. Hauptsache, wir bekommen unseren Käse – und den gibt Lisa uns immer, das weiß ich aus Wochenenderfahrung. Sie mag zwar eine übellaunige Teenagerin sein, aber ein Häppchen für uns ist immer drin, wenn wir schwanzwedelnd hinter ihr stehen.

»'ne Dose Cola holen«, gibt Lisa in einem Ton zurück, als sei das mitten in der Nacht eine Selbstverständlichkeit.

»Wenn ich nicht solche Schmerzen hätte …«, lässt sich Christian mit gepresster Stimme vernehmen.

Lisa gibt uns jeweils ein Stück Käse und geht dann mit der Coladose zurück in den Wohnwagen.

Mein Bellen klingt auch ziemlich gepresst, was daran liegt, dass mein Feinkostgewölbe, nein, in diesem Fall war es tatsächlich mein Hängebauch, beim Versuch, zurück in den Wohnwagen zu springen, seinem Namen alle Ehre gemacht und hängen geblieben ist. Mit den Hinterpfoten stehe ich noch im Vorzelt, und es geht weder vor noch zurück.

»Goldie, hilf mir!«, winsle ich. »Ich schaff das nicht.«

Goldie, die es mit einem Sprung in den Wohnwagen geschafft hat, läuft aufgeregt vor mir auf und ab.

Normalerweise ist sie ja die Ruhe selbst, aber wenn es um mich geht, wird sie schnell nervös. Sie hat mich im vergangenen Jahr oft genug in Aktion erlebt und schnell gelernt, dass der Abstand zwischen zwei Katastrophen genau einen Max beträgt.

»Ich sage deinem Frauchen Bescheid!«, sagt Goldie, und im nächsten Moment ist sie auch schon verschwunden.

Frauchen versucht offenbar gerade, Christian den Schuh auszuziehen.

»Ich hab ihn gleich über der Ferse. Tut es sehr weh? Gleich

hab ich es geschafft. Ich bin auch ganz vorsichtig. Nein, Goldie, nicht mich anstupsen, das ist gar keine gute Idee. Ab mit dir! Ich kümmere mich um dein Herrchen, versprochen. Du kannst mir nicht helfen.«

»Ich will auch nicht helfen – aber ich brauche Hilfe, also vielmehr Max!«, bellt Goldie aufgebracht.

»Aua!«, brüllt Christian noch lauter.

Offenbar hat Goldie mit einem Stupser nachdrücklich auf sich aufmerksam gemacht, aber wenigstens scheint das Schuhproblem gelöst zu sein, denn Frauchen kommt mit den Dingern in der Hand zur Wohnwagentür, wo ihr Lisa im Weg steht.

»Also, ich habe ja wirklich für vieles Verständnis, aber …«, beginnt Frauchen mit Blick auf die Coladose. Erst dann bemerkt sie mich und meine Not. »Ach herrje, Maxl!«

Doch noch ehe sie die Schuhe abstellen und sich zu mir bücken kann, ist Lisa in die Knie gegangen.

»Na komm, mein Kleiner!«, sagt sie und hebt mich in den Wohnwagen.

Wow, die kann ja doch ganz nett sein.

»Ich will auch eine Dola!«, ruft Klein-Lasse, dem es auf seinem Bett-Thron offenbar zu langweilig und vermutlich auch zu feucht geworden ist, denn er klettert bereits die Leiter runter.

»Ih, du hast ja in die Hose gemacht!«, kreischt Lisa, »bleib mir bloß von der Pelle, und Cola ist nix für kleine Jungs – erst recht nicht, wenn man so wie du *Cola* nicht mal aussprechen kann und noch Windeln braucht.«

»Ich hab nicht in die Hose gemacht, Windeln brauch ich auch nicht mehr, und ich will Dola!«

»Könnt ihr bitte aufhören …«, ertönt Christians schmerzgeplagte Stimme vom Bett her. »Lisa, du ziehst deinem Bruder jetzt eine neue Unterhose samt Schlafanzug an und stellst die Cola zurück in den Kühlschrank. Sofort!«

»Never ever«, entgegnet Lisa. »Außerdem ist das mein Halbbruder, und ich bin nicht sein Kindermädchen!«

»Lisa!«, sagt Frauchen ungewohnt streng. »Du tust jetzt, was dein Vater gesagt hat. Du siehst doch, was er für Schmerzen hat.«

»Ja, das sehe ich. Ich bin ja nicht blind. Aber deshalb wechsle ich nicht Lasses vollgepinkelte Hosen.«

»Ich habe nicht gepinkelt!«, quäkt Lasse. »Das war der Regen!«

»Okay«, sagt Frauchen und seufzt. »Komm her, Lasse, ich mache das. Und du, Lisa, du stellst die Cola zurück in den Kühlschrank.«

»Aber sofort!«, setzt ihr Vater nach.

»Safe.«

»Hör auf mit diesem safe!«, ruft Christian.

»Safe«, entgegnet Lisa. »Ich weiß zwar nicht, womit Papa stattdessen seinen Fuß kühlen will, aber bitte, wie ihr wollt.«

Einen Moment lang sagt vor Überraschung keiner was, dann ruft Christian. »Warte! So war das nicht gemeint. Entschuldige. Das ist ja eine tolle Idee!«

»Tja, das hättest du von deiner doofen Tochter gar nicht erwartet, oder?«, bemerkt Lisa schnippisch und begibt sich zu ihrem Vater, um ihm die Dose zu geben. »Aber manchmal neige ich auch zum Mitdenken. Eiswürfel haben wir ja leider nicht. Und eine zweite Coladose auch nicht, weil ich die eine schon auf der Fahrt getrunken habe. Aber ich könnte dir noch die Milchpackung bringen für den anderen Fuß.«

»Vielen Dank, Lisa, das ist lieb von dir, aber die Milch lassen wir lieber mal im Kühlschrank. Ich werde die Nacht schon irgendwie überstehen. Haben wir Schmerztabletten dabei?«

»Natürlich, ich habe an alles gedacht«, sagt Frauchen, während sie in einem Schränkchen nach neuer Kleidung für Lasse sucht. »Ich muss nur kurz überlegen, wo ich das rote Täschchen hingepackt habe.«

»Meinst du diesen riesigen roten Beutel mit den weißen Kordeln?«, fragt Lisa. »Den habe ich auf deine Anweisung hin ins Bad gebracht und dort in das obere Fach gequetscht. Was ist denn da überhaupt alles drin? Damit kann man ja ein ganzes Lazarett versorgen.«

»Alles, was man so braucht«, entgegnet Frauchen. »Holst du es bitte?«

»Ach so, also wohl auch Mittel gegen Moskitos, Cholera, Typhus …«, sagt Lisa, während sie sich in das kleine Bad quetscht.

Ich habe keine Ahnung, wovon Lisa da spricht, aber mir ist klar, dass Frauchen für jeden denkbaren und undenkbaren Fall gerüstet ist – sie ist ja schließlich mit mir unterwegs.

»Immerhin hast du in Biologie gut aufgepasst«, entgegnet Frauchen mit hochgezogenen Augenbrauen, als Lisa mit dem Täschchen aus dem Bad kommt, das wirklich mehr einem Beutel entspricht. »Da sind auch Medikamente für die Hunde drin. Also, in der Tasche findest du einen Verband, eine Salbe bei Verstauchungen und Schmerztabletten«, sagt Frauchen, während sie Klein-Lasse die Hose runterzieht.

»He, Lisa, guck nicht so. Niemand darf gucken!«

»Ich guck doch gar nicht!«, keift Lisa. »Glaubst du, ich finde deinen Minirüssel interessant?«

»Papa! Lisa hat gesagt, dass ich einen Minirüssel habe!«

Vom Bett her ertönt lediglich ein Seufzer.

»Ich will ins Bad!«, ruft Klein-Lasse.

»Da ist es zu eng für uns beide«, seufzt Frauchen, »aber wir können ins Vorzelt gehen. Ich hole nur mal eben den Tritt.«

»Wo ist der überhaupt hingekommen?«, fragt Christian schwach. »Warum war der nicht an seinem Platz?«

»Ähm …«, sagt Frauchen zögerlich, »den habe ich gestern Abend schnell genommen, als der Regen so plötzlich eingesetzt hat, damit ich die Dachluke schließen konnte.« Frauchen macht ein zerknirschtes Gesicht.

»Stimmt, du hast noch gesagt, ich soll liegen bleiben, weil ich so erschöpft war. Aber warum hast du ihn nicht zurückgestellt?«

»Das Nudelwasser ist übergekocht, weil ich den Gasherd noch nicht im Griff habe, deshalb habe ich den Tritt nur schnell unter Lisas Bett geschoben. Danach habe ich ihn vergessen …«

»So was nennt man wohl eine Verkettung unglücklicher Umstände«, seufzt mein neues Herrchen. »Hoffentlich kommt da nicht noch mehr hinterher …«

Ich schiele zu Klein-Lasse rüber. Na ja, denke ich, Hoffnung kann man ja haben.

Kapitel 4

Puh, ich bin hundemüde. Ich kann kaum noch geradeaus denken. Erst musste ich mir die Ohren um die Nacht schlagen, und dann wurde ich auch noch vor dem Morgengrauen geweckt. Aber nicht etwa, weil ein Wecker gekräht oder Lasse geklingelt hätte, sondern weil Frauchen und Christian schon so früh auf den Beinen waren.

Na gut, Christian stand nur auf einem Bein, und da er die restliche Nacht vor Schmerzen kein Auge zugetan hat, haben er und Frauchen bereits um sechs Uhr beschlossen, ins Krankenhaus zu fahren.

Ohne Frühstück für uns.

Wahrscheinlich dachten sie, dass sie schnell wieder zurück sind, aber jetzt ist es schon neun Uhr, wie Lisa gerade festgestellt hat, und wir gucken immer noch auf unsere leeren Näpfe. Ich zumindest mit einem halben Auge.

Lisa hat von ihrem Vater die Aufgabe übertragen bekommen, auf ihren Halbbruder und uns aufzupassen. Dagegen hat sie zwar zunächst protestiert, aber ihr Vater konnte ihr wohl klarmachen, dass sie in dieser Situation schlichtweg keine andere Wahl hätten. Frauchen meinte noch, sie kämen bestimmt schnell wieder zurück, hat dann Goldie und mich im Eingang zum Vorzelt angebunden, und weg waren sie.

Das mit dem Anbinden hätte sie mal besser mit Klein-Lasse tun sollen. Der hockt nämlich vor dem Vorzelt und scheint sich mächtig zu langweilen. Zumindest hat er bereits an jedem Grashalm in seiner erreichbaren Nähe gerupft, und ich bin gespannt, wie viele Sekunden er noch braucht, bis er irgendeinen Blödsinn ausgeheckt hat.

Ich hoffe nur, dass er uns dieses Mal in Ruhe lässt. Aber Lisa ist ja zum Glück ganz in der Nähe, und sie hat Lasse in den vergangenen drei Stunden gut im Griff gehabt und beschäftigt.

Nachdem sie ihre lilafarbenen Haare gebürstet und ihr verschwitztes Shirt gegen ein knallgelbes mit schwarzen Sternen getauscht und dazu noch eine schwarze kurze Hose und rote Turnschuhe angezogen hat, lässt sie sich Lasse gegenüber auf den Campingstuhl fallen, steckt sich wieder diese Knöpfe ins Ohr und tippt auf dem Handy herum.

Lasse steht auf und stellt sich dicht neben seine große Halbschwester, um einen Blick auf das Display zu erhaschen.

»Was machst du da?«

»Ich höre Musik.«

Lisa hat sogar in einem recht freundlichen Ton geantwortet. Überhaupt muss ich sagen, dass sie sich überraschend liebevoll um ihren halben Bruder gekümmert hat. Auch mit uns hat sie sich beschäftigt, wobei ich es im Gegensatz zu Goldie nicht so prickelnd fand, für ein Leckerli Pfötchen zu geben oder Platz zu machen. Ich hab mich mit ein paar Streicheleinheiten begnügt, aber wenn ich gewusst hätte, dass es so lange dauert, bis Frauchen zurückkommt, wäre ich doch lieber nicht so stur gewesen und hätte mich dazu herabgelassen, mir meine Leckerlis mit albernen Spielchen zu verdienen.

»War das dein Magen oder meiner?«, fragt Goldie und holt mich damit aus meinen Gedanken, wo ich vor meinem geistigen Auge gerade einen üppig gefüllten Fressnapf gesehen habe.

»Keine Ahnung, ich habe jedenfalls auch ziemlich Hunger.«

»Weißt du, was …« Goldie steht entschlossen auf. »Ich werfe Lisa meinen Fressnapf vor die Füße, ich will nicht mehr länger auf mein Herrchen warten«, sagt Goldie und steht auf.

Gute Idee, denke ich, während sie ins Vorzelt geht, und hoffe, dass ihre Leine so weit reicht, denn unsere Wassernäpfe stehen direkt am Eingang. Die hat Lisa bereits frisch befüllt, aber irgendwie ist sie noch nicht auf die Idee gekommen, uns unser Frühstück zu servieren.

»Ich will auch Musik hören!«, fordert Lasse und greift nach dem Knopf in Lisas Ohr.

Aber dieses Mal ist Lisa schneller und hält seine Hand fest. »Nein«, sagt sie bestimmt, aber für ihre Verhältnisse immer noch recht freundlich.

»Aua!«, ruft Lasse. »Lass mich los!« Seine Stimme klingt, als ob er sich gleich in eine Heulboje verwandelt.

»Lasse, bitte …«, sagt Lisa in ruhigem Ton. »Ich hab dich überhaupt nicht fest angefasst. Mach jetzt bitte kein Theater. Du hast Papa gehört. Wir müssen miteinander auskommen, bis er und Ronja wieder zurück sind, sonst gibt's Ärger.«

»Wie lange dauert das noch?«, fragt Lasse und schiebt seine Unterlippe vor.

»Keine Ahnung …« Lisa wirft einen prüfenden Blick auf ihr Handy. »Sie haben sich noch nicht gemeldet.«

»Und mit wem schreibst du da? Ist das dein Freund?«

»Das geht dich gar nichts an.«

»Lisa ist verliiiiebt! Lisa ist verliiiebt!« Lasse grinst übers ganze Gesicht.

»Halt die Klappe«, sagt Lisa. Ihrem Ton nach zu urteilen, ist ihr Geduldsfaden deutlich kürzer geworden.

»Du musst nett zu mir sein, hat Papa gesagt, und du musst mit mir spielen!«

»Ich habe zwei Stunden lang mit dir gespielt, ich brauche jetzt mal eine Pause.« Demonstrativ klappt Lisa die Rückenlehne ihres Stuhls nach hinten.

»Ich will aber jetzt Verstecken spielen!«

»Später. Lass mich jetzt bitte kurz chillen, und beschäftige dich mal ein bisschen allein. Du könntest zum Beispiel deine ganzen Autos, die hier draußen rumliegen, in die Garage fahren.«

»In welche Darahsche denn?«, fragt Lasse mit hochgezogenen Augenbrauen.

»Garage heißt das«, verbessert Lisa ihn gewohnheitsmäßig, und mit einem Seufzer fügt sie hinzu: »Du sollst sie ins Vorzelt bringen, da, wo sie vorhin auch standen.«

»Dann heißt das aber Vorzelt und nicht Darahsche!«, sagt Lasse und setzt eine altkluge Miene auf.

Lisa entgegnet nichts mehr. Stattdessen holt sie eine bunte Dose aus ihrer Hosentasche, schiebt sich einen kleinen weißen Happen in den Mund, lehnt sich genüsslich kauend zurück und schließt die Augen.

»Ich will auch einen Daudummi!«, ruft Lasse.

Lisa öffnet die Augen, guckt in den Himmel und sagt: »Das heißt Kaugummi. Und dafür bist du noch viel zu klein. So, und jetzt räum deine Autos auf. Danach spielen wir wieder, wenn Papa und Ronja immer noch nicht zurück sind.«

»Okay«, sagt Lasse zu meiner Überraschung, aber ich habe keine Zeit, mir darüber Gedanken zu machen, weshalb er so schnell eingelenkt hat, da Goldie mit ihrem Fressnapf aus dem Vorzelt kommt.

Sie geht damit direkt zu Lisa und stupst sie mit dem Blechnapf an.

»Lasse, was soll das? Ich habe gesagt …« Lisa fährt aus ihrer Liegeposition auf. »Ach, Goldie! Du warst das. Oje, du hast Hunger, nicht wahr?«

»Ich auch!«, melde ich mich lautstark zu Wort.

»Hm, was gebe ich euch denn?«, denkt Lisa laut nach.

»Einen saftigen Rindfleischknochen zum Beispiel oder Kalbsbrust, Fleischwurst am Stück oder meinetwegen auch frisch gekochtes Hühnchen mit Karotten, wenn du Schnittersilie und Dittlauch weglässt«, schlage ich vor.

Goldie ist wie immer vernünftiger, denn sie geht mit ihrem Napf zurück ins Vorzelt und setzt sich dort vor das Schränkchen, in dem unser Futter drin ist.

Lisa deutet die Geste sofort richtig und öffnet die Tür zum Paradies, in dem es immerhin Dosenfutter mit Rind gibt und Trockenfutter, das zwar lecker nach Rind riecht, aber nach nix schmeckt.

Wobei mir mittlerweile ziemlich egal ist, was ich zu futtern bekomme, Hauptsache, da landet gleich was im Napf. Goldie ist derselben Meinung. Hechelnd und schwanzwedelnd schaut sie Lisa erwartungsvoll an.

»Ja, was gebe ich euch denn? Dieses Dosenfutter stinkt so fürchterlich, sorry, aber euch das zu geben, kriege ich auf nüchternen Magen nicht hin, ohne mich zu übergeben. Also, nehmen wir das Trockenfutter … mal sehen …« Lisa holt die Tüte heraus, doch anstatt uns die Näpfe zu füllen, liest sie, was auf der Packung steht.

Boah, muss das sein? Ich habe dieses Mädchen noch nie mit einem Buch in der Hand gesehen, aber jetzt muss sie unbedingt das Kleingedruckte studieren? Nicht zu fassen!

Mit einem energischen Bellen mache ich darauf aufmerksam, dass ich den Hungertod sterben werde, wenn ich nicht innerhalb der nächsten Sekunden was kriege.

»Ist ja gut …«, sagt Lisa. »Wartet. Ich muss erst noch rausfinden, wie viel ich euch geben darf. Ah, da ist ja eine Tabelle! Tja, wenn ich jetzt wüsste, wie viel ihr wiegt …«

»Sehr viel!«, rufe ich.

»Einfach rein in den Napf!«, ergänzt Goldie, aber nach Lisas kritischem Blick zu urteilen, scheint sie das anders zu sehen.

»Ich frage lieber mal nach. Ich will ja nichts falsch machen. Nicht, dass ihr nachher zu viel gefressen habt und Bauchschmerzen bekommt.«

Selbst von unserem herzerweichenden Jaulen und Fiepen lässt sie sich nicht umstimmen. Sie zieht ihr Handy aus der hinteren Hosentasche und tippt darauf herum.

Lisa hat dieses Ding wirklich immer bei sich, während mein Frauchen es an den unmöglichsten Stellen ablegt und ständig sucht.

Dafür hat Lisa die Kaugummis auf dem Campingstuhl liegen lassen, was Lasse natürlich sofort bemerkt hat.

Er nimmt einen nach dem anderen in den Mund, kaut darauf herum, so wie er es bei Lisa beobachtet hat, aber dann verzieht er das Gesicht und spuckt sie wieder aus. Allerdings nicht auf den Boden, sondern in seine Hand, und von dort wandern die klebrigen Dinger auf das schwarz-weiße Polster des Liegestuhls, schön verteilt, allerdings immer genau auf die weißen Stellen.

»Sein Handy ist aus, oder Papa hat keinen Empfang«, stellt Lisa fest und murmelt weiter vor sich hin: »Gut, dann probiere ich es mal bei Ronja.«

Kaum dass sie sich ihr Handy ans Ohr hält, klingelt es dumpf in unserer Nähe.

»Nee, oder?«, seufzt Lisa, während sie in Richtung meines Körbchens geht. Dort zieht sie das klingelnde Handy meines Frauchens hervor. Das hat sie wohl da liegen lassen, als sie mich heute Morgen gekrault hat.

»Also gut«, sagt Lisa, »dann müssen wir das jetzt anders machen. Ich gebe euch meine Geflügelwürstchen, damit mache ich nichts verkehrt, das weiß ich. Meine Portion Erbsensuppe esse ich heute Abend eben ohne Würstchen, und die anderen haben ja noch ihre Wiener.« Lisa öffnet die Verpackung, und jetzt bin ich wirklich auf Wolke im Paradies.

»Hm, da sind sechs Stück drin«, sagt Lisa nachdenklich. »Goldie, du bekommst drei, Max zwei, dann ist noch eines übrig.« Lisa überlegt kurz, dann ruft sie: »Lasse, möchtest du ein Würstchen haben? Lasse?«

Ich hebe kurz den Kopf, bevor ich mein zweites Würstchen verschlinge. Da wo Klein-Lasse eben noch stand, steht er jetzt nicht mehr. Aber weit kann er ja nicht gekommen sein.

Hoffentlich.

»Ach, da bist du ja, Lasse«, höre ich Lisa sagen. »Ich dachte schon, du wärest weggelaufen. Mensch, ich hab schon einen ganz schönen Schreck …«

Der Rest ihres Satzes geht in den Fahrgeräuschen eines Autos unter. Die fahren selten auf dem Campingplatz, auf dem es nur einen schmalen Weg gibt, der von der Schranke einmal im Kreis an den Wohnwagen vorbeiführt.

Das könnte bedeuten, dass Frauchen und Christian endlich zurückkommen.

Frauchen steigt aus und ruft zu uns rüber: »Puh, da sind wir wieder!«

Endlich! Aufgeregt bellend springe ich mit Goldie aus dem Vorzelt, bis mich meine Leine mit einem Ruck an einer überschwänglichen Begrüßung hindert.

Aber Frauchen hat sowieso keine Zeit für mich, sie redet gleich mit Lisa. »Hat alles gut geklappt? Max, nicht so laut! Ruhe!«

»Ruhe?«, entgegne ich aufgebracht und belle noch lauter. Ich soll ruhig sein, wenn mein Frauchen ein ganzes Jahr weg war? Ich möchte doch um deutlich mehr Aufmerksamkeit bitten, für den ärmsten Dackel auf der ganzen großen weiten Welt, der eine Ewigkeit lang frauchenseelenallein gelassen wurde.

Aber Frauchen denkt gar nicht daran, mir als Wiedergutmachung wenigstens einen Rinderknochen anzureichen oder mir stundenlang den Bauch zu kraulen. Das wäre ja wohl das Mindeste.

Stattdessen geht sie um das Auto herum und öffnet die Beifahrertür, um Christian beim Aussteigen zu helfen.

»Huch, dein Herrchen hat ja plötzlich vier Beine«, sage ich und weiche angesichts dieser gruseligen Metall-Dinger zurück.

»Das sind Krücken«, antwortet Goldie gelassen. »Die kenne ich, die hat er schon mal gehabt. Guck, er darf sein krankes Bein nicht belasten. Du musst immer schön Abstand halten, und renn auf keinen Fall zwischen die Krücken, ansonsten verliert er das Gleichgewicht.«

»Alles klar.«

Leider versteht Klein-Lasse weder unsere Sprache, noch hat er augenscheinlich eine Idee davon, was eine stürmische Begrüßung bei seinem Vater anrichten könnte, den er offenbar genauso sehr vermisst hat wie ich mein Frauchen.

Nur mit dem Unterschied, dass Lasse nicht von einer Leine zurückgehalten wird.

Besser wäre das gewesen, denn Klein-Lasse rennt mit Indianergeheul auf seinen Vater zu, springt an ihm hoch und klammert sich an ihm fest.

»Nicht!«, ruft Christian, aber da ist es schon zu spät. Er verliert das Gleichgewicht und landet unsanft auf seinem Hintern.

Lasse sitzt auf ihm wie auf einem Pferd und ruft: »Hüah, hüah!«

Frauchen eilt zu dem reitenden Indianer hin, der so auf seinem Vater herumhopst, als sei er im gestreckten Galopp unterwegs. »Lasse, nicht! Siehst du nicht, dass dein Vater verletzt ist?«

»Aua! Runter, Lasse!«, keucht Christian.

Klein-Lasse denkt nicht daran, schiebt stattdessen beleidigt die Unterlippe vor.

»Sofort!«, setzt Christian nach. Seine Stimme klingt fast weinerlich. »Runter! Ab ins Vorzelt mit dir!«

Jetzt kommt Bewegung in Lasse. Er senkt den Kopf, klettert von seinem Vater und trollt sich.

»Christian, hast du dir wehgetan? Kannst du aufstehen?«, fragt Frauchen besorgt und versucht, ihm aufzuhelfen.

»Ach, auf ein geprelltes Steißbein kommt es auch nicht mehr an«, antwortet er mit schmerzverzerrtem Gesicht, nachdem er endlich wieder steht – auf einem Bein und zwei Krücken.

»Was haben die im Krankenhaus gesagt, Papa?«, meldet sich Lisa zu Wort, die sich im Gegensatz zu ihrem stürmischen Bruder bis jetzt im Hintergrund gehalten hat.

»Bänderriss, aber zum Glück nichts gebrochen.«

»Und zum Glück muss der Bänderriss nicht operiert werden«, fügt Frauchen hinzu. »Das behandelt man heutzutage nach Möglichkeit konservativ.«

»Und das heißt?«, fragt Lisa. An ihrem leicht genervten Gesichtsausdruck wird deutlich, dass sie es hasst, nicht verstanden zu haben, was das Gesagte bedeutet, und deshalb nachfragen zu müssen.

»Das heißt, ich habe im Grunde richtig Glück gehabt«, sagt Christian mit einem schiefen Grinsen. »Ich hab so eine Orthese bekommen, eine Schiene, die meinen Fuß stützt. Die kann ich zum Duschen abnehmen, muss sie aber ansonsten Tag und Nacht tragen. Damit sollte ich bald halbwegs schmerzfrei sein, aber weit gehen kann ich damit natürlich nicht. Solange ich überhaupt nicht auftreten kann, hab ich Krücken bekommen, tragen muss ich das Ding etwa vier bis sechs Wochen.«

Lisa zieht eine Schnute. »Na toll, damit ist der Urlaub ja gelaufen …«

»Ach, Quatsch. Wir unternehmen trotzdem ein paar Sachen, ich kann eben nur nicht weit laufen oder an den Strand gehen.«

Letzteres ist die beste Nachricht des Tages, denke ich innerlich jubelnd.

»Na ja, und die Fahrradtour können wir uns auch abschminken«, fügt Frauchen hinzu.

Das wird ja immer besser, denke ich.

»Aber gemietet und bezahlt haben wir die Räder«, entgegnet Christian. »Vielleicht macht Lisa ja mal mit dir eine Tour. Lasse in den einen Anhänger und Goldie und Max in den anderen.«

»Das ist eine gute Idee. So hatte ich mir das ja auch überlegt, um Max an das Anhängerfahren zu gewöhnen, damit wir das auch zu Hause öfter machen können.«

»Das Leben ist grausam und schrecklich gemein«, jaule ich.

»Aber jetzt …«, Frauchen fasst Christian an die Schultern und dirigiert ihn liebevoll in Richtung Wohnwagen. »Jetzt legst du dich erst mal hin und ruhst dich aus. Ich kümmere mich um die Hunde und die Kinder.«

»Gern«, sagt Christian erschöpft. »Das war doch alles ganz schön anstrengend und hat ewig gedauert, da im Krankenhaus.«

»Du bist auch ziemlich blass. Schlaf mal eine Runde, und so lange gehe ich mit den Kindern und den Hunden an den Strand.«

Ich mache große Augen. Moment mal, also ich gehe da nicht mit, dass das schon mal klar ist. Christian scheint mit Frauchens Vorschlag allerdings auch nicht einverstanden zu sein, denn er runzelt die Stirn. »Willst du dir das wirklich antun? Das könnte ziemlich anstrengend werden, alle im Blick zu behalten.«

Wohl wahr, denke ich. Vor allem, weil ich im Vorzelt liegen bleiben werde.

»Ach was, das wird ganz entspannt. Ich hab ja deine Tochter dabei«, sagt Frauchen mit einem Lächeln zu Lisa hin.

Also, in welcher Welt auch immer Frauchen lebt, die muss ziemlich rosa sein. Das scheint sich auch Christian zu denken, denn er zieht seine Stirn noch mehr in Falten.

»Und du hast Lasse dabei …«, ergänzt Christian und sagt damit alles, was gesagt werden muss. Lisa sagt gar nichts. Sie steht nur ziemlich verloren da und kaut Kaugummi.

»Lisa hat drei Stunden lang wirklich toll auf Lasse und die Hunde aufgepasst«, entgegnet Frauchen, während sie zu Lisa hingeht und den Arm um sie legt. »Wirklich toll«, betont Frauchen.

»Das stimmt«, sagt Christian und nickt seiner Tochter anerkennend zu. »Ich hätte nicht gedacht, dass ich hier alles in bester Ordnung vorfinde, sondern habe eher mit Aufräumarbeiten wie nach einem Tornado gerechnet.«

»Sehr witzig, Papa«, sagt Lisa, guckt genervt und kaut weiter Kaugummi.

»So bin ich«, sagt Christian. »Immer für ein Späßchen zu haben.«

Also, ich muss Frauchen recht geben, Lisa hat wirklich ein großes Lob verdient, aber ihr Vater bringt das einfach nicht so richtig rüber. Im Gegenteil, so wie er seine Tochter jetzt ansieht, stört ihn irgendwas.

»Is was?«, fragt Lisa.

»Ja, es ist was. Bitte, nimm den Kaugummi raus, oder mach wenigstens den Mund zu – oder zählst du zur Gruppe der Wiederkäuer?«

»Haha. Wiederkäuer. Der Witz ist alt«, sagt Lisa und kaut unbeeindruckt weiter.

Als junger Hund hab ich mal so einen Kaugummi von der Straße aufgesammelt, fand den auch total lecker, aber ich konnte gar nicht so schnell gucken, wie Frauchen mir schimpfend das Maul aufgerissen und das Ding aus meinem Schlund geangelt hat. Christian macht den Eindruck, als sei er bei seiner Tochter kurz davor.

Mal sehen, wie lange das noch dauert, bis Christian im wahrsten Sinne des Wortes eingreift, weil seine Tochter nicht hören will.

»Lisa …« Christians Stimme hat einen drohenden Unterton. »Ich sage es nur einmal: Ab in den Mülleimer!«

»Safe«, entgegnet sie. »Der Kaugummi auch?«, fragt sie mit unschuldiger Miene.

Frauchen verkneift sich mühsam das Lachen.

»Haha. Sehr witzig«, sagt Christian und wendet sich ab. Doch kaum, dass er ein paar Schritte in Richtung Vorzelt gehumpelt ist, bleibt er vor dem Liegestuhl stehen. »Oha. Mein Kreislauf macht nicht mit, ich muss mich setzen.«

Frauchen ist sofort zur Stelle, um dafür zu sorgen, dass er auf dem Stuhl landet und nicht wieder auf seinem Hintern.

»Alles okay?«, fragt sie besorgt und hält Christian noch immer am Arm fest, obwohl er jetzt sitzt. Also, so wie man eben sitzt, wenn man eigentlich vor Schmerzen nicht sitzen kann.

Es dauert einen Moment, bis er antwortet. »Mir war kurz schwarz vor Augen«, sagt er matt. »Und ich weiß gerade gar nicht, was mir mehr wehtut, mein Hintern oder mein Fuß. Aber ich glaube, ansonsten ist alles okay.«

»Ach, das ist aber aufmerksam«, sagt Frauchen, als Lisa mit einem Glas Wasser aus dem Vorzelt kommt.

Ihr Vater nimmt das Glas mit einem Nicken entgegen. Erst nippt er nur daran, aber dann trinkt er es in einem Zug aus.

»Danke, jetzt geht's mir schon besser«, sagt er mit einem Seufzer.

»Willst du auch was essen?«, fragt Frauchen. »Soll ich dir Frühstück ans Bett bringen?«

»Das ist lieb«, sagt Christian, »aber vor lauter Schmerzen habe ich gar keinen Hunger. Später vielleicht, wenn ihr vom Strand zurück seid.«

»Gut, dann mache ich für uns ein paar belegte Brötchen fertig zum Mitnehmen und ... ach je, den Hunden muss ich ja auch noch was geben. Ihr seid aber wirklich geduldig heute ...«, fügt sie mit einem verwunderten Blick auf uns hinzu.

»Ich habe ihnen schon was gegeben«, sagt Lisa schnell.

Na toll, musste sie das unbedingt verraten? Wir hätten nichts gegen ein zweites Frühstück gehabt.

»Ach, das ist ja super!«, entgegnet Frauchen überrascht. »Was haben sie denn bekommen? Trocken- oder Nassfutter?«

»Würstchen.«

»Wie bitte? Unsere Würstchen?«, mischt sich Christian ungläubig ein, während er sich mit Frauchens Hilfe aus dem Stuhl erhebt.

»Meine Geflügelwürstchen«, betont Lisa. »Eure Wiener sind noch alle da. Goldie hat drei bekommen, Max zwei und Lasse eins.«

»Das macht die Sache nicht besser!«, schimpft Christian, während Frauchen ihn ins Vorzelt begleitet. »Die Hunde haben ihr eigenes Futter!«

»Aber vom Trockenfutter wusste ich nicht, wie viel ich ihnen geben darf, und vor dem Nassfutter ekele ich mich.«

»Dann hättest du anrufen und fragen können, wie viel du vom Trockenfutter geben sollst!«, schimpft Christian.

»Hab ich doch gemacht!«, braust Lisa auf. »Dein Handy war aus, und das von Ronja lag bei Max im Körbchen.«

»Huch, wie kommt es denn dahin?«, fragt mein Frauchen, so als sei ihr so etwas noch nie passiert. »Das ist ja ein Ding.«

Nach einem prüfenden Blick auf Christian, ob sein Kreislauf ihn auch wirklich begleitet und er mit den Krücken allein stehen kann, eilt sie zu meinem Körbchen, um ihr Handy herauszuholen.

Aus dieser gebeugten Haltung heraus fällt ihr Blick auf Christian, genauer gesagt, auf sein Hinterteil.

»Was hast du denn da?«, fragt sie und kehrt stirnrunzelnd zurück.

»Was soll ich wo haben?«, fragt Christian irritiert. Zum Glück kommt er nicht auf die Idee, eine seiner Krücken loszulassen, um mit der Hand zu fühlen, was da ist, aber dafür guckt er umso hilfloser.

»Das ist Kaugummi«, stellt Frauchen fest und kombiniert folgerichtig: »Du musst dich irgendwo reingesetzt haben.«

Christian wirft einen strafenden Blick auf seine Tochter. »Ich ahne, wo der herkommt.«

»Ich war das nicht!«, verteidigt sich Lisa sofort.

»Oh, da klebt ja noch einer auf deiner Hose und einer auf deinem Shirt!«

»Ist nicht wahr?«, fragt Christian fassungslos. »Lisa, deine Kaugummikauerei ist ja schon eklig, aber das ist jetzt wirklich widerlich, die Dinger am Liegestuhl zu entsorgen, weil du zu faul bist, um zum Mülleimer zu gehen.«

»Ich war das nicht!«, ruft Lisa erneut. »Das muss Lasse gewesen sein.«

»Hör auf, deinem Bruder die Schuld zu geben! Der hat nämlich im Gegensatz zu dir noch nie einen Kaugummi im Mund gehabt. Aber ich kann mir gut vorstellen, wie du drei Stunden lang kaugummikauend im Liegestuhl gechillt hast, anstatt mit deinem Bruder zu spielen.«

»Das stimmt überhaupt nicht!«, schreit Lisa, und ihre Stimme kippt.

»Dann fragen wir doch mal Lasse, was er dazu sagt … Lasse?«

Es bleibt still, bis auf das Möwengeschrei und das leise Knistern des Vorzelts im leichten Sommerwind.

»Lasse? Wo bist du?«, ruft Frauchen. Sie dreht sich im Vorzelt um die eigene Achse, dann schaut sie im Wohnwagen und anschließend draußen nach. Von dort kehrt sie atemlos zurück.

»Er ist weg!«, ruft sie.

»Wie weg?«, fragt Christian begriffsstutzig, so als wäre das Verschwinden seines Sohnes ein Ding der Unmöglichkeit.

»Weg!«, keucht Frauchen. »Er ist spurlos verschwunden.«

»Das gibt's doch nicht. Lisa, du solltest doch auf Lasse aufpassen!«

»Spinnst du?«, schreit Lisa. »Ich habe auf ihn aufgepasst –

die ganze Zeit! Bis ihr gekommen seid! Zuletzt hast *du* zu ihm gesagt, er soll sich ins Vorzelt verziehen.«

»Aber da ist er nicht! Und das hätte dir gerade auch schon auffallen können, als du das Wasser geholt hast.«

»Bin ich jetzt schuld, oder was?«, faucht Lisa. »Ich dachte, Lasse hätte sich in sein Bett gelegt und schmollt. Du warst schließlich ganz schön gemein zu ihm ...«

»Wie bitte? Willst du mir jetzt etwa die Schuld geben?«, fragt Christian und legt den Kopf schräg.

Lisa verschränkt die Arme vor der Brust. »Nein! Wie käme ich dazu? Natürlich bin ich als Einzige verantwortlich dafür, dass er verschwunden ist. Ich, deine nutzlose Tochter, die dir nichts als Ärger macht. Und überhaupt liebst du Lasse viel mehr als mich!« Jetzt kullert die erste Träne aus ihrem Augenwinkel.

»Hört auf zu streiten«, sagt Frauchen eindringlich. »Wir müssen Lasse suchen.«

Der Meinung bin ich auch und springe bellend an Frauchens Bein hoch.

»Gute Idee, Max«, sagt Frauchen, und ich bin erleichtert, dass sie mich ausnahmsweise mal sofort versteht. »Goldie, ja, du auch!«

Kapitel 5

Riechst du ihn?«, frage ich, nachdem wir das Vorzelt verlassen haben.

»Ja«, antwortet Goldie zu meiner Erleichterung, denn meine eigene Nase ist etwas überfordert. Ich nehme Lasses Geruch so stark war, dass ich nicht den Beginn einer Fährte ausmachen kann.

»Also, wohin?«, frage ich.

»Unter den Wohnwagen«, entgegnet sie und läuft schnurstracks dorthin. Frauchen und ich ihr hinterher.

Also, Frauchen natürlich nicht direkt. Sie kniet sich hin und sieht unter dem Wohnwagen nach. »Lasse! Da bist du ja! Was machst du denn da?«

»Ich spiele Verstecken!«, ruft Lasse vergnügt und krabbelt unter dem Wohnwagen vor. »Jetzt bist du dran, weil du mich gefunden hast.«

Frauchen nimmt ihn an die Hand. »Erst mal müssen wir deinem Papa sagen, dass ich dich gefunden habe, und dann machen wir noch etwas viel Tolleres … komm mal mit.«

Aber Frauchen muss gar nicht erst losgehen, denn Christian kommt bereits auf Krücken angehumpelt.

»Gott sei Dank!«, ruft er aus, als er seinen Sohn sieht. »Was machst du denn für Sachen?«

»Verstecken spielen!« Die Freude über die Aufmerksamkeit, die er damit auf sich gezogen hat, steht ihm mit einem breiten Grinsen ins Gesicht geschrieben.

Lisa ist ihrem Vater gefolgt. »Boah Lasse, ey, du bist echt so ein Knallkopf!«, ruft sie ärgerlich und erleichtert zugleich.

»Papa, Lisa hat schon wieder Nalldopf zu mir gesagt!«

Christian schüttelt den Kopf und setzt eine ernste Miene auf. »Das darf sie nicht zu dir sagen, das ist richtig, aber Lasse, man darf sich auch nicht einfach verstecken, ohne vorher Bescheid zu geben. Das muss man schon abmachen, damit der andere auch zählen kann, verstehst du?«

»Ich hab das mit Lisa abgemacht!«, ruft Lasse und schiebt die Unterlippe vor, »aber sie wollte lieber tschillen und Daudummi dauen. Später, hat sie zu mir gesagt. Und jetzt *ist* später. Nicht mit mir schimpfen, Papa, ich hab nix falsch gemacht!«

»Lisa?«, fragt Christian gedehnt. »Was höre ich da? Also doch. Was hast du dazu zu sagen?«

»Ihr könnt mich alle mal!«, schreit Lisa.

»Nicht in diesem Ton!«, brüllt ihr Vater, und es scheint den beiden egal zu sein, dass sämtliche Nachbarn sie hören können.

Ganz im Gegensatz zu Frauchen.

»Nicht so laut …«, mahnt sie. »Nicht streiten, wir sind doch im Urlaub. Lasse ist wieder da, und alles ist gut.«

»Gar nichts ist gut!«, schreit Lisa noch aufgebrachter.

»Ruhe!«, donnert ihr Vater so laut, dass selbst Lisa erstarrt. Sie guckt ihren Vater an wie eine Schlange das Kaninchen. Oder war das umgekehrt? Egal.

Nach dem ersten Schreck strafft Lisa ihre Haltung, verschränkt die Arme und sagt mit angespannter Stimme: »Okay, wie du willst. Von mir hörst du nichts mehr. Ich gehe.«

»Wohin denn?«, fragt Frauchen und blickt Hilfe suchend zu Christian. Dessen Miene hat sich verschlossen.

»Bin schon weg.«

»Aber Lisa, wohin denn?«, fragt Frauchen erneut und klingt zunehmend panischer, weil ihre rosa Welt schwarze Flecken bekommt.

»Nach Wenningstedt. Zum Beachvolleyball.«

»Wie kommst du denn jetzt auf die Idee?«

»Mein Vater«, betont sie, »hat mir das auf der Fahrt empfohlen, weil ich gern Volleyball spiele.«

»Aber Lisa, da ist doch um die Uhrzeit nichts los«, entgegnet Frauchen eindringlich und sichtlich darum bemüht, den Konflikt zu entschärfen.

»Mir egal. Dann warte ich dort eben.«

»Weißt du denn überhaupt, wo das ist?«

»Ich hab ein Handy.«

»Aber das sind bestimmt drei Kilometer Fußmarsch.«

»Na und?« Lisa wendet sich ruckartig ab und stapft los.

»Lisa …«, ruft Frauchen ihr nach, aber Lisa dreht sich nicht mehr um. Erneut wendet sich Frauchen Hilfe suchend an Christian. »Soll ich ihr nachlaufen?«

»Lass sie«, sagt Christian. »Sie muss ein bisschen schmollen. Danach geht's wieder.«

»Wenn du meinst …« Frauchen setzt einen zweifelnden Blick auf. »Hoffentlich kriegt sie sich schnell wieder ein.«

»Das wird sie. Ich kenne das Spiel«, entgegnet Christian gelassen und zugleich sehr erschöpft. »Ich muss mich jetzt dringend ausruhen.«

»Also gut«, seufzt Frauchen und wirft Lisa noch einen Blick hinterher, die gerade mit energischen Schritten um die Ecke in Richtung Campingplatz-Ausgang stapft. »Lasse, komm zu mir, wir nehmen uns ein paar Kekse zum Frühstück mit, packen deine Buddelsachen ein, und dann geht's an den Strand.«

»Ja, Strand! Und Dedse essen!«, ruft Lasse und hängt sich an Frauchen dran. »Baust du mit mir eine große, große Burg?«

»Eine ganz große Sandburg!«, erwidert Frauchen lächelnd. »Aber nur, wenn ich dich nicht zum Strand tragen muss, ansonsten habe ich dafür nämlich keine Kraft mehr.«

Lasse bleibt unbeeindruckt an Frauchen hängen und setzt eine schlaue Miene auf. »Dann musst du viele Dedse essen, dann bist du nämlich ganz stark.«

Frauchen hebt die Augenbrauen. »Hm, dann bleiben aber gar keine Kekse mehr für dich übrig.«

»Oje!«, ruft Lasse und stellt sich augenblicklich wieder auf seine eigenen Beine. »Dann laufe ich lieber.«

»Das ist eine sehr gute Entscheidung«, sagt Frauchen erneut lächelnd, während sie ins Vorzelt geht, um die Sachen zusammenzupacken.

Mich könnte sie tragen, denke ich. Dann würde ich mir nicht nur den Weg sparen, sondern bekäme auch nicht diesen widerlichen Sand zwischen die Pfoten.

»So, dann bringen wir jetzt noch den Papa ins Bett und dann ab ans Meer!«

»Ja, Meer, ans Meer!«, ruft Lasse, und Goldie springt mit ihm vor Freude im Kreis.

»Freust du dich denn nicht auch?«, bellt sie mich voller Überschwang an.

»Ich könnte mir nichts Schöneres vorstellen«, gebe ich zurück, doch meine Ironie verhallt ungehört in Goldies Begeisterung.

Der Schotterweg führt eine gefühlte Ewigkeit durch die Dünen. Kein Meer und kein Strand in Sicht. Mitten in dieser Ewigkeit lasse ich mich auf den Weg plumpsen. »Puh! Ich gehe keinen Meter mehr weiter«, bringe ich keuchend hervor.

»Was ist denn los, Maxlchen? Komm, weiter!«

Maxlchen, denke ich. Das wird ja immer schlimmer. Punkt Nummer eins: Ich heiße nicht Maxl und schon gar nicht Maxlchen. Das steht doch sogar auf dem Herzchen-Anhänger an meinem Halsband. Setz endlich deine Brille auf, Frauchen.

Durch einen leichten Ruck an der Leine versucht Frauchen, mich zum Aufstehen zu bewegen.

Also wirklich, wie lange leben wir schon zusammen? Ich bin jetzt sechs Jahre alt, und Punkt zwei lautet: Ich tue nur das, was *ich* will und wann ich es will – und wenn ich nicht will, dann will ich nicht. Ist das denn so schwer zu verstehen?

Aber gut, umgekehrt hat Frauchen mir manche Dinge auch schon tausendmal gesagt, aber damit wären wir wieder bei Punkt zwei, den Frauchen meine Sturheit nennt – und wenn sie, so wie jetzt, jammert, wie viele Nerven sie meinetwegen schon gelassen habe, dann weiß ich auch nicht, was ich dazu sagen soll. Schließlich wollte *sie* unbedingt einen Dackel.

Wobei ihr größtes Problem momentan in meinen Augen darin besteht, dass an ihren Armen in unterschiedliche Richtungen gezogen wird, denn Lasse will im Gegensatz zu mir unbedingt weiter Richtung Strand.

Angesichts der endlichen Dehnbarkeit ihrer Arme wäre es von Frauchen schlauer, wenn sie mich loslassen würde. Ich bleibe nämlich an Ort und Stelle, jawohl, ohne mit der Wimper zu zaudern, nein, zu zögern. Bis sie wieder vom Strand zurückkehren, würde ich hier ganz brav liegen bleiben und warten.

Vermutlich. Versprechen möchte ich das nicht. Ich weiß ja nicht, was mir in den nächsten drei Sekunden so einfällt.

Dessen ist sich Frauchen wohl auch bewusst, denn sie denkt gar nicht daran, einen von uns beiden loszulassen, und so macht sie weiter ihre Dehnübungen.

»He, Max, auf geht's!«, bellt Goldie mich an, die bereits ein Stück vorausgelaufen ist. »Gleich hast du es geschafft! Es ist nicht mehr weit. Ich hab den Hundestrand schon gesehen.«

Als ob der Strand ein Argument wäre, denke ich innerlich seufzend. Goldie kommt zu mir zurückgetrabt, setzt sich vor mich hin.

Ich seufze noch einmal laut auf. Wenn sie mich mit geneigtem Kopf, ihren großen dunklen Augen und dem treuen Blick so ansieht, kann ich ihr leider keinen Wunsch abschlagen. Außerdem bringe ich es nicht übers Herz, sie schon am ersten Urlaubstag zu enttäuschen. Irgendwann werde ich das tun müssen. Bei aller Liebe, Sand zwischen den Pfoten geht wirklich gar nicht. Aber einmal tue ich mir das jetzt eben an. Aus Liebe zu meiner Goldie.

Schwerfällig erhebe ich mich, strecke alle viere von mir und dehne meinen Rücken, weil ich mich doch noch nicht ganz dazu durchringen kann, mich endgültig in Bewegung zu setzen.

»Bitte, Max …«, sagt Goldie, mit unverändert geneigtem Kopf, aber jetzt auch noch mit Dackelblick obendrauf.

Leider muss ich feststellen, dass sie sich den Blick ziemlich gut bei mir abgeguckt hat – wer kann dem schon widerstehen? Und überhaupt: Wie könnte ich meine große Liebe enttäuschen?

Ein dritter Seufzer. Aus tiefster Dackelseele.

»Na schön, also gut.« Langsam, aber stetig, setze ich ein kurzes Beinchen vor das andere.

»Feiner Maxl«, lobt mich mein sichtlich erleichtertes Frauchen. »Brav weitergehen.«

Gehen ist ja wohl nicht der richtige Ausdruck für das Tempo, das meine Wegbegleiter in Erwartung von Strand und Meer vorlegen.

Goldie ist mit wenigen Sprüngen hinter der nächsten Wegbiegung verschwunden, und ich glaube, Klein-Lasse wäre ähnlich schnell, wenn Frauchen ihn von der Hand lassen würde.

Aber während sie zwei Schritte macht, muss ich … keine Ahnung, wie viele machen, so schnell kann ja kein Dackel zählen.

Vermutlich war es jedoch der dreiunddrölfzigste Schritt, bei dem ich außer Takt geraten bin. Ich habe die rechte Hinterpfote vor der linken Vorderpfote gesetzt oder die rechte Vorderpfote vor der linken Hinterpfote – wie auch immer: Ich liege auf der Schnauze.

Hinter mir ertönt bellendes Gelächter, ein leicht heiserer Klang, wie er nur von einer gewissen Dackelhündin stammen kann – und tatsächlich, da kommt Lotti angesprungen. Ohne Leine, mit wehenden Ohren und einem fetten Grinsen im Gesicht. Dicht dahinter folgen Camper und Bobbi.

Na bravo – und ich liege mitten auf dem Weg, das Kinn auf dem Schotter, die Beine unter dem Körper verknotet, und gucke nach meiner Bruchlandung ziemlich blöd aus dem Fell – und das als Rudelführer. Meine Güte, wie peinlich.

Schnell wieder Haltung annehmen, denke ich.

Ich springe auf die Pfoten, versuche so zu tun, als ob nichts gewesen wäre, und gucke die drei munter an. »Na, alles fit?«, frage ich lässig.

»Das muss ich dich fragen.« Lotti legt den Kopf schräg und

mustert mich herausfordernd. Leider kann ich sie mit dem umgeklappten Ohr, das nach dem Sprint noch nicht in seine Position zurückgefunden hat, nicht so ganz ernst nehmen.

Das Problem mit den umgeklappten Ohren kenne ich von dem ständigen Wind auf der Insel, aber an ihr sehe ich erst mal, wie dämlich das aussieht.

»Bei mir ist alles fit«, entgegne ich gelassen, »aber du solltest dein Ohr zurückklappen. Das wirkt intelligenter.«

Während Lotti noch nach Luft schnappt und dann den Kopf schüttelt, um ihren Ohrlappen wieder in Position zu bringen, mischt sich Camper ein.

Der hat von Natur aus ein Stehohr und ein Schlappohr, wodurch er zusammen mit den vorwitzigen Strähnen zwischen den Augen immer frech und gut gelaunt wirkt, und tatsächlich habe ich Camper noch nie miesepetrig erlebt.

»Also Max, an deinen Bruchlandungen solltest du noch etwas feilen«, bemerkt er grinsend. »Die B-Note ist ja ganz gut, das sah schon spektakulär aus, wie du mit dem Kinn gebremst hast, aber bei der A-Note gibt es, insbesondere bei der Landetechnik, noch Verbesserungspotenzial.«

»Der Meinung bin ich auch«, schließt sich Lotti an, die inzwischen wieder aufgeräumt aussieht. »Und Bobbi, was sagst du dazu?«

»Ich hab nix gesehen«, bedauert Bobbi, wobei das bei ihm so klingt, als ob er ausgerechnet in dem Moment in die falsche Richtung geguckt hätte, und nicht nach einem tatsächlichen Dauerzustand.

»Was macht ihr überhaupt hier?«, frage ich die drei, um vom ursprünglichen Thema und damit von mir abzulenken.

»Mir war langweilig«, sagt Camper, der immer Beschäftigung sucht, während sein Herrchen in einer Kampener Edelbar arbeitet, »da habe ich mich Lotti angeschlossen.«

»Mein Frauchen hat Migräne«, sagt Bobbi, »und deshalb hat sie Ansgar gefragt, ob er mich mit auf die Morgenrunde nimmt. Wir sind ja Nachbarn.«

»Morgenrunde mit Ansgar?«, entgegne ich irritiert und halte in die Richtung Ausschau, aus der die drei gekommen sind. »Ich sehe ihn nicht.«

»Huch.« Camper guckt sich ratlos um. »Eben war er noch hinter uns.«

»Mein Herrchen ist nicht so schnell wie wir«, sagt Lotti, »aber da kommt er doch schon«, setzt sie grinsend hinzu.

Und tatsächlich biegt Ansgar keuchend um die Ecke.

Bobbi hüpft aufgeregt vor mir hin und her. »Gleich darf ich an den Hundestrand!«

»Ach, Ansgar, da bist du ja!«, ruft Frauchen, die wohl ebenso nach ihm Ausschau gehalten hat. Ansgar habe ich übrigens zu verdanken, dass ich keinen Maulkorb mehr tragen muss. Er ist so ein amtlicher Tierarzt, der das entscheiden darf. Im vergangenen Urlaub war das durch – wie sagt man? Durch eine Verknotung verunglückter Unfälle leider der Fall. Ein riesengroßes Missverständnis, weil ich doch der liebste und bravste Dackel auf der ganzen großen weiten Welt bin.

Im Näherkommen sagt Ansgar um Atem ringend: »Lotti hat plötzlich zum Sprint angesetzt und die Ohren auf Durchzug gestellt – jetzt weiß ich ja, warum.« Er wirft einen liebevollen Blick auf mich. »Hallo, Max, mein Bester.«

Ich muss sagen, wenn er so guckt, sieht er einem Dackel ziemlich ähnlich. Aber es ist nicht nur der Blick aus seinen großen braunen Augen, es sind auch die dunklen Haare, der helle Kinnbart, die etwas zu großen Ohren und die im Vergleich zu seinem Oberkörper recht kurzen Beine, und es ist auch sein, ähm, leichter Hängebauch, der diese Ähnlichkeit bewirkt.

»Ach, und Goldie ist ja auch dabei …«, fügt er hinzu, nachdem sie durch ihr Bellen im Hintergrund auf sich aufmerksam gemacht hat. Ich glaube, er hätte es lieber gesehen, wenn aus Lotti und mir ein Paar geworden wäre.

»Wo Goldie ist, ist auch mein Maxl, und umgekehrt«, entgegnet Frauchen lächelnd. »Die beiden haben sich gesucht und gefunden.«

»Aber Max sieht nicht so aus, als ob er Lust auf den Spaziergang hat. Er ist ja auch der Einzige, der an der Leine geht.«

»Gut möglich, aber ...«

»Was aber ...?«, fragt Ansgar mit einem herausfordernden Lächeln.

»Das Aber bedeutet«, seufzt Frauchen, »dass ich seit dem vergangenen Urlaub ein gebranntes Kind bin und Maxl nicht mehr vertraue.«

Wow, das sitzt, denke ich, und muss mich erst mal setzen. Hab ich Frauchen wirklich so enttäuscht, dass sie mir nicht mehr vertrauen kann?

Ja, das habe ich, denke ich geknickt. Aber jetzt ist ja alles anders, und ich würde nie wieder weglaufen. Also, vermutlich. Man soll ja niemals nie sagen – schon gar nicht als Dackel.

»Versuch, deinem Max wieder zu vertrauen«, sagt Ansgar in behutsamem Ton, aber doch mit einer deutlichen Aufforderung. »Dackel sind eigensinnig, ja, aber mit Lotti klappt es schließlich auch, selbst wenn sie zwischendurch mal einen Sprint einlegt. Ich musste lernen, ihre Körpersprache zu lesen. Wenn sie auf dem Spaziergang ihre Körperspannung auch nur minimal verändert, während sie sich scheinbar beiläufig umsieht, dann weiß ich, ich habe noch genau zwei Sekunden, um zu reagieren.«

Volltreffer, denke ich.

»Das kenne ich«, sagt Frauchen. »Nur mit dem Unterschied, dass ich grundsätzlich immer zu spät bin.« Sie lächelt gequält, was aber auch daran liegen könnte, dass Klein-Lasse seit Beginn der Unterhaltung an ihrer Hand zerrt und sie den Jungen mittlerweile kaum noch im Zaum halten kann. Genauer gesagt ist es verwunderlich, dass er ihr in Anbetracht seiner Sprünge noch nicht den Arm ausgekugelt hat. »Ich glaube, wir sollten weitergehen«, ergänzt Frauchen mit zunehmend leidendem Gesichtsausdruck.

»Gute Idee«, pflichtet Ansgar ihr sofort bei.

»Jaaa, es geht weiter!«, ruft Bobbi und rennt los

»Falsche Richtung!«, rufe ich ihm nach, »da geht's zurück zum Campingplatz!«

»Oh!«, ruft Bobbi und macht auf der Stelle kehrt, um in doppeltem Tempo zu uns zurückzurennen. Wobei – zu uns zurück trifft die Sache nicht ganz. Es ist vielmehr so, dass er mich trifft.

Durch die Wucht lande ich wie ein Käfer auf dem Rücken.

»Meine Güte!«, ruft Goldie, die sich mir eilig nähert. »Alles gut, Max?«

»Es könnte nicht besser sein«, entgegne ich und meine das wirklich so, wie ich es sage. So bleibe ich liegen.

»Also wirklich!«, beschwert sich Goldie. »Bobbi, du weißt doch, dass du schlecht siehst. Du musst hinter Max als Rudelführer gehen. Sonst kommen wir nie an.«

Ach, ich fände das gar nicht so schlimm, denke ich, aber das Stichwort Rudelführer aus Goldies Schnauze verfehlt seine Wirkung nicht. Ich rapple mich auf.

Frauchen untersucht mich mit liebevollen Händen, weil ich ihrer Meinung nach wohl zu lange liegen geblieben bin.

»Alles okay mit Max?«, fragt Ansgar.

»Ja, zum Glück. Ein Verletzter in der Familie reicht. Christian hat sich einen Bänderriss zugezogen, wir waren heute Morgen schon im Krankenhaus.«

»Ach herrje! So fängt der Urlaub ja gut an. Ich nehme Bobbi jetzt lieber an die Leine, das hat mir sein Frauchen eigentlich auch empfohlen.«

»Ich glaube, er hat aus der Sache gelernt«, sagt Frauchen mit Blick auf Bobbi, der sich brav hinter mich gestellt hat, bereit zum Abmarsch. »Sind ja ohnehin nur noch ein paar Meter, dann geht's die Düne runter an den Strand, wo er frei laufen kann.«

»Na, wenn du das sagst?«, entgegnet Ansgar lachend und marschiert los.

Also gut, denke ich innerlich seufzend, und auf mein Kommando hin setzen auch wir uns im Gänsemarsch in Bewegung. Ja, okay, der Gänsemarsch ist mengenmäßig etwas übertrieben. Bobbi ist die einzige Gans, die brav hinter mir her trottet. Zudem ist es schon ziemlich seltsam, als Rudelführer an der Leine zu gehen, das muss ich zugeben.

Wir erreichen die Dünenkante, wo ein sandiger Pfad hinunter zum Strand führt.

Als ich stehen bleibe, bleibt Bobbi leider nicht stehen.

»Bobbi! Nimm deine Nase aus meinem Hintern – ich bin doch keine Hündin!«

»'tschuldigung«, murmelt Bobbi. »Aber du bist auf einmal stehen geblieben.«

Ja, denke ich versonnen. Ich bin auf einmal stehen geblieben. Überwältigt. Vom Meer und von meinen Gefühlen.

Wir befinden uns auf der Dünenkante, das ruhige Meer, das im Morgenwind sanfte Wellen schlägt, liegt vor uns, und mein Blick schweift über den Strand, der sich zu beiden Seiten der Küste erstreckt, so weit das Auge reicht.

Wow, bei dem Anblick wird selbst ein Dackel zum Proleten, nein, ich meine zum Protestanten, nein, auch nicht, also jedenfalls so was wie ein Dichter, so fühle ich mich.

Vor uns liegt der Hundestrand, an dem um diese Uhrzeit nichts los ist. Dafür tauchen vor meinem inneren Auge Bilder aus dem vergangenen Sommer auf, als ich an diesem Strand um Goldie gekämpft habe – und um mein Leben.

In mir vermischen sich die schönen Bilder mit der Angst von damals, wobei die schlechten Erinnerungen jetzt überwiegen. Niemals mehr möchte ich in so eine lebensbedrohliche Auseinandersetzung mit einem anderen Rüden geraten. Das war echt knapp damals. Andererseits weiß ich genau, dass ich immer wieder mein Leben aufs Spiel setzen würde, um Goldie zu verteidigen.

Ihrem freudigen Gebell nach zu urteilen, hängt sie keinen dunklen Erinnerungen nach, was wohl auch besser so ist.

»Max?«, fragt Bobbi in meine Gedanken hinein. »Warum bist du stehen geblieben?«

»Weil wir da sind«, entgegne ich schlicht.

»Wir sind da?« Bobbi pustet sich die Sicht frei. »Wir sind da!«, schreit er und sprintet los.

Bobbi rennt den anderen nach in Richtung Meer.

So ungefähr in die Richtung.

Bis ihm ein Strandkorb den Weg verstellt. Na, der ist immerhin standhafter als ich. Also der Strandkorb. Von Bobbi kann man das nicht mehr behaupten.

»Oha!«, rufen Ansgar und Frauchen wie aus einem Mund angesichts des Zusammenpralls.

Bobbi sagt gar nix. Der liegt im Schatten vom Strandkorb.

Ansgar eilt den Dünenpfad hinunter, Frauchen hinterher. Mit einer Hand hält sie Lasse, und damit es schneller geht, hat sie mich unter den Arm geklemmt.

Es gibt eben nichts Schlechtes, an dem nicht auch etwas Gutes ist.

Um Bobbi mache ich mir nur bedingt Sorgen. So etwas kenne ich schon aus dem letzten Jahr von ihm. Und nicht nur wir sind einiges von ihm gewöhnt, sein Dickschädel auch.

Nachdem wir Bobbi erreicht haben, kniet Frauchen sich zu ihm hin und setzt mich ab, um meinen Kumpel zu untersuchen. Aber selbst wenn er ein erschüttertes Gehirn haben sollte, der Sand zwischen meinen Pfoten ist schlimmer. Viel schlimmer!

Bobbi öffnet unter Frauchens Berührungen die Augen und hebt den Kopf.

Hilfe suchend wendet sie sich an Ansgar. »Was machen wir denn jetzt? Meinst du, er hat eine Gehirnerschütterung?«

»Sieht nicht danach aus. Er atmet ruhig, zittert nicht, dreht sich nicht orientierungslos im Kreis, kein Erbrechen. Ich gebe ihm mal was zu trinken, und wenn er das annimmt, dann lassen wir ihn erst mal in Ruhe und beobachten ihn. Ich glaube, das hilft ihm am meisten.«

Während Ansgar einen Faltnapf und eine Wasserflasche aus seinem Rucksack holt, wende ich mich Bobbi zu.

»Na, du alter Bruchpilot, alles fit?«, frage ich aufmunternd.

»Na klar, alles fit«, entgegnet Bobbi. »Hier isses schön, hier bleibe ich liegen. Guck mal, die funkelnden Sterne da«, fügt er verklärt hinzu.

»Sterne?«, frage ich irritiert und gucke in den taghellen Himmel, bis ich begreife. »Dein Schädel hat doch was abbekommen. Du musst wirklich besser aufpassen, wo du hinläufst – und rennen solltest du am besten überhaupt nicht.«

»Der Strandkorb hat sich mir in den Weg gestellt!«, beschwert sich Bobbi und knurrt das weiße Ungetüm an, in dem die Menschen so gern sitzen.

»Ja klar, so wie der Baum damals«, bestätige ich mit einem Schmunzeln, von dem Bobbi allerdings schon gar nichts mehr mitbekommt. Zu sehr ist er mittlerweile auf das ihm angebotene Wasser fixiert.

»Genau!«, ruft er und säuft den Faltnapf in einem Zug leer. »Gehen wir jetzt spielen?«, setzt er unternehmungslustig hinzu und schleckt sich mit der Zunge übers Maul.

»Ich glaube, du bleibst lieber noch ein bisschen liegen. Denk an die Sterne. Es ist Nacht.«

»Spinnst du?«, fragt Bobbi und guckt mich an, als ob ich nicht mehr alle Näpfe in der Küche stehen hätte. »Ich glaube, *dein* Schädel hat was abgekriegt. Du solltest dich hinlegen.«

»Das mache ich jetzt auch tatsächlich«, entgegne ich lustlos.

Ganz im Gegensatz zu Bobbi, der so fit wirkt, als ob er gerade nur einen Mittagsschlaf gemacht hätte. »Also, *ich* gehe jetzt mit den anderen spielen!«

»Mach das«, seufze ich.

»Ich glaube, Bobbi geht's wieder gut«, stellt Frauchen erfreut fest.

»Ja, lassen wir ihn laufen«, stimmt Ansgar zu.

Bobbi pustet sich die Sicht frei, ehe er zu den anderen rennt. Sogar gleich in die richtige Richtung.

Der Kerl ist doch lernfähig, denke ich.

»Ich will eine Burg mit dir bauen!«, meldet sich Klein-Lasse lautstark zu Wort und hält Frauchen eine Sandschaufel hin. »Eine ganz große Burg!«

»Ja, das machen wir, das habe ich dir versprochen«, entgegnet Frauchen ruhig und nimmt die Schaufel entgegen.

»Willst du Max nicht von der Leine abmachen, damit er mit den anderen spielen kann?«, fragt Ansgar.

Nachdenklich lässt sich Frauchen im Sand nieder, setzt die

Schaufel an und lässt den Sand in ihre Hand rieseln. Während sie spricht, sieht sie nicht Ansgar an, sondern mich. »Ich weiß, das ist Folter für Maxl, wenn die anderen Hunde spielen. Aber das habe ich letztes Jahr auch gedacht, und du weißt, was passiert ist, nachdem ich ihn von der Leine gelassen habe. Ich will nicht noch mal erleben, wie Maxl attackiert wird.«

Frauchen stößt die Schaufel energisch in den Sand und lädt ihn schwungvoll neben sich ab, wo der Haufen dank Lasses tatkräftiger Unterstützung zu einem ansehnlichen Berg wächst.

Ansgar entgegnet nichts, weil er wohl merkt, dass er gegen Frauchens Angst und Bedenken nicht so leicht ankommt. Stattdessen beobachtet er sie still beim Burgenbau.

Mich interessiert mehr, was Goldie macht. Sie spielt am Flutsaum mit Bobbi, Lotti und Camper und amüsiert sich prächtig. Mich scheint sie völlig vergessen zu haben. Das tut weh.

Sehnsüchtig blicke ich zu ihr hin und jaule leise.

Jetzt ergreift Ansgar noch einmal das Wort: »Der arme Max. Willst du ihn nicht doch von der Leine lassen? Es ist außer unseren Hunden weit und breit kein anderer zu sehen – was soll schon passieren?«

Frauchen guckt mich skeptisch an. In ihrem Blick spiegeln sich etwa dreihundertsiebenundvierzig Möglichkeiten, was passieren könnte. Damit hat sie nicht ganz unrecht, wobei ich auf vierhundertachtunddreißig Möglichkeiten komme.

»Gib dir einen Ruck«, sagt Ansgar.

Frauchen blickt zweifelnd zwischen mir und meinen Kumpels hin und her, doch schließlich verändert sich etwas in ihrer Miene, ihre Gesichtszüge werden weicher, und sie beugt sich mit einem Seufzer zu mir runter und macht mich mit einem Klick von der Leine los.

Ein Klicken, das für mich normalerweise der Startschuss für ein Wettrennen bedeutet. Gern mit einem Hasen, aber ich nehme auch mit meinen eigenen Schatten vorlieb. Hauptsache weit weg und meine Freiheit genießen.

Normalerweise.

Aber jetzt – bleibe ich einfach sitzen. Denn jede Seite hat zwei Medaillen, oder so.

Frauchen guckt mich mit offenem Maul, also ich meine, mit offenem Mund an und rätselt sichtlich über meine Beweggründe, mich nicht zu bewegen.

Tja, so hat sie mich noch nicht erlebt. Da kann nicht mal meine Sehnsucht nach Goldie was dran ändern, genauso wenig wie die Eifersucht, die mich zugegebenermaßen auch ein bisschen pikst. Aber nichts ist schlimmer als Sand zwischen den Pfoten.

»Max kann seine Freiheit noch gar nicht fassen«, sagt Ansgar lächelnd. »Am besten, wir beachten ihn gar nicht, dann wird er schon zu den anderen laufen.« An Lasse gewandt fügt er hinzu: »Darf ich mithelfen?«

»Na klar!«, ruft Lasse, und Ansgar holt sich daraufhin eine weitere Schaufel aus dem Eimer und macht sich ans Werk.

Dank seiner Hilfe erreicht die Burg schnell eine ansehnliche Höhe. Auch Klein-Lasse ist sehr beeindruckt und zufrieden. So erlebt man ihn selten.

Gemeinsam mit Ansgar klopft er die Burg von allen Seiten fest, und beide haben einen riesengroßen Spaß dabei.

Vom Flutsaum her kreischt Lotti: »He, du Walross! Jetzt bin ich klatschnass!«

Mit dem Walross ist Bobbi gemeint. Der ist dieses Mal zwar nicht in seine Freunde hineingerast, dafür aber genau zwischen ihnen in die Wellen, und die haben ihn mit einer Fontäne gebremst.

»Das gibt Rache!«, ruft Goldie und springt in die nächste Welle. Der salzige Schauer trifft jedoch Camper.

»Na, warte!«, ruft Camper und setzt ebenfalls zum Sprung an.

Innerhalb kürzester Zeit ist eine Wasserschlacht im Gange.

Ich wende meinen Blick ab. Alle haben ihren Spaß, nur ich nicht. Und ja, ich gebe es zu, meine Eifersucht ist von einem Piksen in ein schmerzhaftes Stechen übergegangen.

Gut, es besteht eigentlich kein Grund zur Eifersucht, weil Camper und Bobbi, wie sie mir beide mal erzählt haben, seit einem Tierarztbesuch schlagartig keine Lust mehr auf das verspürten, was man mit einer Hündin so alles anstellen kann.

Aber trotzdem.

Ich würde so gern mit Goldie herumtoben, und ja, ich bin nicht mehr an der Leine, aber es ist ja nicht nur der verhasste Sand zwischen den Pfoten, den würde ich Goldie zuliebe ja vielleicht noch in Kauf nehmen, es ist vielmehr das Meer, das mir Angst einjagt. Seit meinem Sprung ins Hafenbecken nötigen mir diese salzigen Fluten ganz schönen Respekt ab.

Und wie groß diese Angst tatsächlich ist, merke ich erst jetzt, seitdem ich dem Wasser wieder so nah gekommen bin. Es reicht schon, es vom Strandkorb aus zu sehen, zu hören und zu riechen. Viel näher möchte ich da wirklich nicht hin.

Ich lege mich auf die hölzerne Verstrebung des Strandkorbs, wo die Menschen normalerweise ihre Füße abstellen, um dem Sand wenigstens ein bisschen zu entkommen, und nutze das kleine Fleckchen Schatten, um mich dort einzurollen.

Ich schließe die Augen, damit ich das Meer und das bunte Treiben nicht mehr sehen muss.

»So, jetzt fehlt noch ein Graben um die Burg«, höre ich Ansgar sagen.

»Au ja, einen ganz tiefen Graben!«, ruft Lasse. Er stellt

sich breitbeinig hin, bückt sich und beginnt, wie ein Hund zu buddeln.

Prompt landet die erste Ladung Sand im hohen Bogen auf mir.

Igitt!

Angewidert stehe ich auf, schüttle mich und rolle mich wieder auf meinem Platz ein. Nicht mal hier kann man seine Ruhe haben.

»Ich suche ein paar Muscheln zur Verzierung«, sagt Frauchen. Fast liebevoll streicht sie mit einer Hand über den Sand, sammelt hier und da eine ausgewählte Muschel auf. So hoch konzentriert, wie sie ist, fehlt nur noch, dass sie am Strand herumschnüffelt.

Auch Lasse ist mit Feuereifer bei der Arbeit. Der Sand prasselt wie ein Regenschauer auf mich nieder.

»Ähm, Frauchen, ich habe da ein Problem«, rufe ich, aber sie ist so beschäftigt, dass sie mich überhört.

»Max ist weggelaufen!«, höre ich sie nach einiger Zeit panisch rufen. »Ich sehe ihn nicht bei den anderen Hunden. Max! Maaaahaaaax!«

Weggelaufen, von wegen, denke ich. Ich habe mich nicht vom Fleck bewegt, und genau das war mein Fehler.

Ich höre dumpf, wie Goldie bellend angerannt kommt, weil sie vom panischen Rufen meines Frauchens sofort alarmiert war.

»Max!«, ruft nun auch sie. »Wooo bist duuu?«

Mühsam bewege ich mich unter dem schweren Sand, schäle mich aus dem Haufen heraus und schüttle mich.

»Da ist er ja!«, seufzt Frauchen erleichtert. »Mir ist schon das Herz in die Hose gerutscht.«

»Ach, da bist du!«, ruft meine Liebste erfreut. »Wie siehst du denn aus?«

Ich schüttle mich erneut. Unmengen an Sandkörnern rieseln aus mir raus. Ich fürchte, die werde ich bis zu meinem Lebensende nicht mehr los.

»Du musst dringend baden«, sagt Goldie, »der Sand juckt sonst ganz übel im Fell. Komm mit runter ans Wasser! Außerdem will ich mit dir toben.«

Mit meiner Goldie toben – bei der Vorstellung fliegen Glücksfunken durch meinen Körper und sammeln sich zu einem warmen Gefühl in meinem kleinen Dackelherzen. Aber das reicht nicht, um gegen die Angst vor dem Meer anzukommen. Das würde ich aber natürlich niemals vor ihr zugeben.

»Lass mal, Goldie. Ich bin ziemlich müde, mir ist gerade mehr nach einem Vormittagsschläfchen.«

»Hm. Du wirst später aus dem Kratzen nicht mehr rauskommen«, sagt Goldie und schlägt die wunderschönen langen Wimpern nieder, »außerdem verpasst du was. Wir haben gerade so viel Spaß miteinander.«

Ja, denke ich, das habe ich schon gesehen und ein gewaltiges Problem damit. Doch mein anderes Problem, die Angst, ist bedauerlicherweise deutlich größer.

»Ich mache nur ein kurzes Nickerchen, dann komme ich nach«, höre ich mich sagen und weiß gar nicht, warum ich ihr das verspreche. Doch, ich weiß es. Ich kann es nicht ertragen, wenn meine Goldie traurig ist.

Aber ich hege die Hoffnung, dass Frauchen nicht allzu lange am Strand bleiben will und ich mein Versprechen am Ende nicht einlösen muss. Zumindest heute nicht, damit wäre ja schon was gewonnen.

Nächstes Mal fällt mir dann eine andere Ausrede ein. Ich weiß, das ist nicht die feine Art, aber für meine innere Not gerade die einzige Lösung.

»Okay«, sagt Goldie, zu meinem Glück ohne weitere Einwände. Das mag allerdings daran liegen, dass sie ihren Fokus bereits auf Frauchens Strandtasche gelenkt hat. »Weißt du, ob sie meinen Leuchtturm eingepackt hat?«

Damit meint sie ihr Lieblingsspielzeug, das auch zu Hause bei jedem Badeausflug mit dabei sein muss: Ein schwimmfähiger Leuchtturm an einer Wurfschnur.

»Ja, der ist in der Tasche!«, rufe ich mit mehr Begeisterung, als notwendig gewesen wäre. Aber wenn Goldie apportiert, dann vergisst sie alles um sich herum – auch, dass ich mit ihr ans Wasser gehen sollte.

»Goldie, was suchst du denn da?«, fragt Frauchen prompt und eilt zu ihrer Strandtasche, wo Goldie bereits fündig geworden ist. »Ach, du willst mit deinem Leuchtturm spielen. Da musst du noch warten, ich muss noch die Burg mit Muscheln verzieren. Fein warten … Aus!«, betont Frauchen und nimmt Goldie den Leuchtturm aus dem Maul.

»Oje!«, sagt Ansgar, »nun guckt Goldie aber traurig, das kann ich ja nicht mitansehen. Gib mir dieses Wurfding, ich geh mit ihr ans Wasser. Meinen Job als Burgenbauer habe ich ja erledigt.«

»Ich will auch baden!«, ruft Lasse, dem die Burg auf einmal nicht mehr wichtig zu sein scheint.

»Gleich …«, sagt Frauchen. »Wir müssen sie doch erst noch ein bisschen aufhübschen.«

»Nein, baden!«, beharrt Lasse. »Jetzt, sofort!«

»Aber ich habe so schöne Muscheln gesammelt … komm, hilf mir mal«, sagt Frauchen auf eine beharrlich liebevolle Art, die ich sehr gut von ihr kenne und mit der sie in der Regel allerdings immer genau das Gegenteil von dem erreicht, was sie möchte – sowohl bei mir als auch bei Lasse.

»Nein!« Klein-Lasse lässt sich in den Sand fallen und verschränkt die Arme vor der Brust.

»Na gut«, seufzt Frauchen. »dann schaust du mir eben zu. Aber warten musst du trotzdem. Die schöne Burg soll doch schließlich fertig werden, nicht wahr? Sonst sind die armen Ritter ganz traurig.«

Das passt Lasse natürlich überhaupt nicht, beleidigt schiebt er die Unterlippe vor. Als Frauchen ihn nicht beachtet, wirft er mit Sand nach ihr und trifft sie sogar.

»Ich will aber ins Meer!«

Frauchen macht sich unbeeindruckt an die Verzierung. Sie hat ja keine eigenen Kinder, aber durch das Zusammenleben mit mir scheint sie zu wissen, wie man am besten mit ihnen umgeht. Zum Beispiel beharrt sie nicht länger darauf, dass Lasse ihr hilft, aber sie beugt sich auch nicht seinem Willen. Das entspricht bei uns dem Moment, wenn Frauchen sich auf einem Spaziergang auf eine Parkbank setzt und ihr Buch auspackt. Wenn ich nicht in ihre Richtung weitergehen will, dann gehen wir eben gar nicht weiter, und sie liest. Und das kann dauern. Richtig lang.

Jetzt wäre es schön, wenn Ansgar sehr lange das Wurfspiel mit Goldie spielt, so lange, bis selbst Goldie keine Lust mehr auf das Meer hat und wir zurück zum Campingplatz gehen.

Meine Chancen stehen gut, wenn ich mir das so ansehe.

Goldie ist jedenfalls schon voll in ihrem Element. Mit weit aus dem Maul hängender Zunge tippelt sie hoch konzentriert am Flutsaum neben Ansgar her, ihre Rute steil aufgerichtet, und kaum dass er den Arm hebt, hechtet sie mit einem riesigen Sprung in Wurfrichtung in die Wellen.

Ihr Lieblingsspielzeug kommt ganz in ihrer Nähe im Wasser auf, es geht kurz unter, taucht wieder auf und treibt mit der Strömung schnell davon. Doch Goldie ist ebenfalls eine schnelle Schwimmerin, sie schnappt sich ihren Leuchtturm und bringt ihn zurück an den Strand, damit das Spiel von vorn beginnen kann.

Ich weiß, dass Goldie das locker hundertmal hintereinander schafft – mal sehen, wie lange Ansgar durchhält.

Ich gähne herzhaft. Da werde ich ja schon vom Zusehen müde. Jetzt wird es aber wirklich Zeit für mein Vormittagsschläfchen.

Erneut rolle ich mich in meiner Strandkorbecke zusammen, schiebe meine Schnauze unter mein Hinterbein und schließe die Augen.

Wenn die kreischenden Möwen nicht wären, der widerliche Sand im Fell, diese Nähe zum Meer, die unaufhörlich tosenden Wellen, der ständige Wind und die Sonne, die vom wolkenlosen Himmel knallt, dann, ja, dann könnte man es hier aushalten.

»Lasse, schau mal, ist die Burg nicht schön geworden? Möchtest du ganz oben noch eine Schwertmuschel einstecken? Lasse?«

Ich halte meine Augen krampfhaft geschlossen. Puh, an seiner Stelle hätte ich auch keine Lust, die Burg mit Muscheln zu verzieren. Ich meine, da sollen kampfbereite Ritter hausen, wenn ich Lasse vorhin richtig verstanden habe – und dann kommt Frauchen mit ihren Muscheln. Das wäre ja so, als ob sie meine Hundehütte mit Blümchen verzieren würde.

Mich wundert überhaupt, dass Lasse bisher so ruhig zugesehen hat.

Nun mache ich doch ein Auge auf.

Huch, der kleine Kerl sitzt ja gar nicht mehr auf seinem Platz.

»Lasse, wo bist du denn?«, ruft Frauchen und rennt um den Strandkorb herum.

Alarmiert setze ich mich auf. Irgendwie fühle ich mich ja

doch für den kleinen Kerl verantwortlich, obwohl in mir ganz bestimmt kein Herdenschutzhund steckt. Für gewöhnlich ist es mir sogar ziemlich egal, wo sich mein Frauchen rumtreibt, solange ich mein eigenes Ding machen kann. Ich muss ihr ganz bestimmt nicht ständig nachlaufen.

Wobei ich mir leider sehr sicher bin, dass wir gleich beide laufen müssen – und zwar ordentlich schnell.

Lasse rennt in Richtung Meer und ist schon fast am Flutsaum angekommen – allerdings so weit von Ansgar und den Hunden entfernt, die mit Spielen und Toben beschäftigt sind, dass die den Ausreißer noch gar nicht bemerkt haben.

Da helfen auch die Rufe von Frauchen nichts. Die gehen im Tosen der Wellen unter.

Wild gestikulierend läuft sie Lasse hinterher.

Der reagiert nicht.

Er will offenkundig ins Meer.

Auf direktem Weg.

Angst schießt durch meinen Körper. Frauchen wird den Kleinen nicht rechtzeitig einholen, der Strand ist so verdammt breit, und Frauchen ist nur am Stolpern – jetzt ist sie auch noch hingefallen.

Verdammt! Selbst wenn Lasse rechtzeitig zur Einsicht kommt, wenn er sich doch nicht allein ins Wasser traut – es genügt der Ausläufer einer Welle, und die holt ihn von den Füßen.

Blitzartig kommt mir eine Idee, wie ich mich selbst überlisten kann. Ich muss mir vorstellen, dass der Sand ein Stoppelfeld ist und dort, wo das Meer beginnt, ein Hase hockt.

Ein Hase? Noch ehe ich mich selbst versehe, hat meine Vorstellungskraft meine Angst überlistet.

Scheuklappen auf, Ohren zu und los!

Nichts denken, nur rennen.

Ich flitze an Frauchen vorbei, die sich gerade wieder aufrappelt, den Hasen vor meinem geistigen Auge fest im Blick, die Welle kommt, Lasse kreischt … hüpft … wankt … und fällt.

Wasser berührt meine Pfoten, am liebsten würde ich auf der Stelle kehrtmachen, aber wenn ich noch eine Sekunde länger zögere, dann ist es für den kleinen Kerl zu spät, denn die nächste Welle wird ihn überrollen.

Ich packe ihn mit meinen Zähnen am Kragen.

Puh, von wegen kleiner Kerl. Im Verhältnis zu mir ist Lasse ziemlich groß und vor allem ziemlich schwer.

Das hat mit einem Hasen nix mehr zu tun.

In jeglicher Hinsicht nicht.

Das hier ist ernst. Todernst.

Um Hilfe bellen bringt nichts, denn dann verliere ich Lasse aus dem Maul.

Die nächste Welle wird uns beide ins Meer ziehen.

Die nächste Welle kommt.

Überrollt uns.

Ich weiß nicht mehr, wo oben und unten ist.

Wie verrückt strample ich mit meinen Beinchen. Das hat im Hafenbecken gereicht, um mich so lange über Wasser zu halten, bis Frauchen mich gerettet hat.

Aber das hier ist kein Hafenbecken.

Außerdem zieht mich das Gewicht von Klein-Lasse in die Tiefe.

Verdammt, wenn ich mein Maul öffne, um mich zu retten, dann habe ich Klein-Lasse verloren.

Höchstwahrscheinlich für immer.

Es sei denn, Frauchen …

Eine Hand fasst nach mir.

Ich werde aus den Wellen gehoben und mit mir Klein-Lasse.

»Dein Hund hat Klein-Lasse gerettet!«, ruft Ansgar in meinen ersten hustenden Atemzug hinein. Er legt mich in Frauchens Arme und trägt den weinenden Lasse aus dem Wasser.

Frauchen geht nur ein paar Schritte, dann lässt sie sich in den Sand fallen und nimmt mich auf den Schoß.

Sie keucht, und ich huste.

»Mein kleiner Held«, bringt sie erschöpft hervor und krault meinen Kopf an der Stelle, wo ich es am liebsten mag. »Ist mit Lasse alles in Ordnung?«

Ich würde ihr ja gern voller Liebe das Gesicht ablecken, aber selbst dazu fehlt mir die Kraft.

Lasse heult, er will weg von Ansgars Hand, um sich von Frauchen trösten zu lassen, und so legt sie mich im Sand ab und bedeutet Lasse, sich auf ihren Schoß zu setzen, damit sie ihn in den Arm nehmen kann.

Sie streichelt ihm über die nassen Haare und redet sanft auf ihn ein, aber er lässt sich kaum beruhigen. Ich lege meine Schnauze voller Mitgefühl auf ihrem Bein ab und gucke traurig zu den beiden hoch.

»Papa! Will zu Papa!«, bringt Lasse kaum verständlich hervor, weil ihm der Rotz aus der Nase läuft.

»Ja, wir gehen sofort zu deinem Papa. Aber du musst dich ein bisschen beruhigen, damit du genug Luft bekommst, sonst schaffst du den weiten Weg nicht. Komm, wir putzen dir erst mal die Nase.«

Frauchen steht mit Lasse auf und führt ihn an der Hand zurück zum Strandkorb.

Ansgar eilt den beiden nach. »Soll ich dich tragen, Lasse?«

»Nein!«, schreit Lasse und schlägt nach Ansgars Hand.

Also, ich würde mich da ja nicht zweimal bitten lassen. Aber mich fragt ja mal wieder keiner, und so dackle ich Frauchen durch den Sand hinterher.

»Lasse scheint ziemlich unter Schock zu stehen, ich glaube, wir sollten besser mit ihm zum Arzt«, höre ich Frauchen sagen.

»Kein Arzt!«, schreit Lasse.

Da sind wir uns einig. Nicht auszudenken, wenn Frauchen mich zum Tierarzt schleppen wollte. Das musste ich schon im letzten Urlaub über mich ergehen lassen. Eine Katze hat sieben Leben, so sagt man. Für einen Dackel kann diese Anzahl nicht gelten, da bin ich schon deutlich drüber. Erst recht nach dieser Aktion.

»Das war ja krass«, höre ich Camper sagen.

Ich schaue auf. Hinter ihm stehen Lotti und Bobbi und nicken beeindruckt.

»Ich hab zwar nix gesehen«, sagt Bobbi, »aber Camper hat gesagt, dass du ein Held bist.«

Das höre ich jetzt schon zum zweiten Mal, und ich muss zugeben, das geht runter wie Rindfleischbrühe, aber am liebsten würde ich das von Goldie hören.

Wo ist sie eigentlich? Mein Blick schweift zu der Stelle, wo sie zuletzt gespielt hat.

Da ist sie auch noch. Allerdings sitzt sie da wie versteinert und starrt aufs Meer hinaus.

»Was ist denn mit Goldie los?«, frage ich. »Lasse ist doch gerettet worden.«

»Die trauert ihrem Lieblingsspielzeug nach«, sagt Camper voller Mitgefühl.

»Mein Herrchen hat geworfen«, ergänzt Lotti, »und dann waren wir durch euch abgelenkt. Als Goldie ins Wasser springen wollte, war ihr Leuchtturm schon viel zu weit abgetrieben.«

»Immerhin ist sie vernünftig genug, nicht hinterherzuschwimmen«, sagt Bobbi. »Aber sie jault ihm ganz doll nach.«

Sein Nachsatz trifft mich mitten ins Herz.

»Oje!«, rufe ich. »Dann muss ich sie trösten.«

Meine eigene Erschöpfung ist vergessen, noch dazu kommt es auf weiteren Sand zwischen meinen Pfoten nun auch nicht mehr an, und ich muss ja nur *ans* Meer und nicht noch mal *ins* Meer.

»Goldie«, sage ich atemlos, als ich bei ihr ankomme, aber sie reagiert nicht.

Voll innerer Anspannung starrt sie aufs Meer hinaus und fiept und jault, und leider ist ihr Leuchtturm auf die Entfernung schon kaum mehr erkennbar.

Ich stupse sie an. »Goldie … es tut mir so leid.«

Sie wirft mir einen kurzen Blick zu, der voller Schmerz ist, und schaut dann wieder Richtung Wasser, so als könne sie ihr Lieblingsspielzeug allein dadurch zur Rückkehr bewegen.

Sie will noch nicht einsehen, dass es aussichtslos ist. Wahrscheinlich bleibt sie hier sitzen, bis es am Horizont verschwunden ist, vielleicht hockt sie hier auch noch, bis die Sonne untergeht.

Eines ist auf jeden Fall klar – Goldie wird lange unter dem Verlust leiden, denn das Spielzeug kann man nicht ersetzen, weil es nicht mehr hergestellt wird. Das hat Christian ihr schon oft genug gesagt, wenn sie im Überschwang zu heftig darauf herumgekaut oder daran gezerrt hat.

In Goldie kommt Bewegung, nervös tippelt sie am Flutsaum auf und ab, und ich erkenne ebenfalls, dass sich die Strömung verändert hat. Der Leuchtturm treibt jetzt parallel zur Küste, vielleicht sogar in unsere Richtung, jedenfalls nicht mehr weiter hinaus.

Goldie jault, und es fehlt nicht viel, dass sie ins Wasser springt. Aber sie hat erkennbaren Respekt vor der Distanz, zum Glück.

Sie macht zahlreiche Ansätze, ins Meer zu springen, bricht aber wieder ab.

Sie jault. Unaufhörlich. Immer lauter.

So habe ich sie noch nie erlebt.

Während ich beobachte, wie der Leuchtturm seinen Weg durch das Wasser nimmt und dabei leicht auf uns zutreibt, wird mir klar, dass das unsere letzte Chance ist, etwas zu unternehmen, bevor sich die Strömung wieder ändert und der Leuchtturm endgültig von den scheinbar endlosen Tiefen des Meeres verschluckt wird.

Es ist *meine* letzte Chance, Goldies Lieblingsspielzeug zu retten. Dann wäre ich wieder ihr Held.

Mir ist klar, dass es nicht sonderlich vernünftig ist, diesen Rettungsversuch zu unternehmen, aber ich weiß auch, dass ich Goldie nicht unglücklich sehen kann, und wenn einer von uns draufgeht, dann bin ich das, denn ein Leben ohne Goldie kann ich mir nicht vorstellen.

»Es wird Zeit zu gehen«, höre ich Camper neben mir sagen. »Dein Frauchen hat schon nach dir gerufen.«

Ich ziehe die Augenbrauen hoch und werfe ihm einen seitlichen Blick zu. Den Leuchtturm lasse ich nicht aus den Augen. »Als ob das ein Argument wäre«, entgegne ich.

»Typisch Dackel«, erwidert Camper und seufzt. »Ich habe dir jedenfalls Bescheid gegeben, dass wir jetzt gehen.«

Lasses Weinen ist bis hierher zu hören, ich habe Mitleid mit dem kleinen Kerl, und es tut mir leid, dass Frauchen nun auch noch mit mir ein Problem hat, weil ich nicht hören will, aber mein Wunsch, Goldie zu helfen, steht über allem.

»Ich kann hier nicht weg! Sag meinem Frauchen, ich komme mit Goldie nach.«

»Sie wird mich wohl kaum verstehen, und selbst wenn sie richtig kombiniert, wird sie wollen, dass du mitkommst.«

»Nun kommt schon, ihr beiden«, höre ich unvermittelt Lottis Stimme. »Wir müssen los. Dieses Spielzeug-Ding ist doch nicht mehr zu retten.«

Lotti ist dafür bekannt, immer geradeheraus zu sagen, was sie denkt, aber das hätte jetzt nicht sein müssen.

Goldie jault auf – lauter denn je.

»Das tut ja in den Ohren weh«, sagt Lotti kopfschüttelnd. »Wie kann man wegen einem Spielzeug nur so ein Theater machen?«

»Lotti …«, mahnt Camper, der immer um Ausgleich bemüht ist.

»Ist doch wahr!«, begehrt Lotti auf. »Das ist aussichtslos, das sieht doch jeder Hund. Der Leuchtturm ist weg. Wie lange wollt ihr hier noch sitzen und dem Ding hinterherstarren?«

Am liebsten würde ich ihr lautstark die Meinung bellen, aber das bringt uns auch nicht weiter.

Dennoch will ich ihre gefühllose Bemerkung nicht unkommentiert lassen. »Nein Lotti, wir wollen hier keineswegs untätig sitzen bleiben – also ich zumindest nicht«, entgegne ich so beherrscht, wie nur möglich. Meine Energie brauche ich noch, die will ich nicht bei einem Streit mit Lotti verschwenden.

»Also, kommt ihr jetzt mit?«, hakt Camper nach, wobei er meine Andeutung entweder nicht verstanden hat oder sie absichtlich ignoriert.

Er kennt mich bereits ziemlich gut und hat schon erlebt, dass die Vernunft und ich gern mal getrennte Wege gehen. Besonders, wenn es um Goldie geht.

Letztes Jahr war es mein Sprung ins Hafenbecken, obwohl ich wusste, dass ich das Schiff, auf dem sich Goldie befand, unmöglich einholen konnte.

Aber die Entfernung zum Spielzeug wird geringer, der Leuchtturm kommt näher und näher, und damit steigen meine Chancen auf Erfolg – und aufs Überleben.

Goldie legt sich winselnd am Flutsaum ab, so als könne sie das Meer durch Beschwörungen dazu bewegen, ihr das Spielzeug vor die Pfoten zu spülen.

Gleichzeitig bedeutet ihre Haltung, dass sie sich dagegen entschieden hat, ins Meer zu gehen, und mir ist auch klar, warum: Das näher kommende Spielzeug bedeutet nämlich gleichzeitig, dass sie gegen den Strom schwimmen müsste – und sie glaubt offenkundig nicht, dass ihre Kraft für die Entfernung reicht. Kein Wunder, schließlich hat sie erst mit meinen Kumpels herumgetobt und dann – ich weiß nicht wie oft – den Leuchtturm apportiert. Jedenfalls so oft, dass sie nicht mehr genug Kraft hat und das auch anerkennt, so schwer ihr das auch fallen muss.

Vielleicht sollte ich mir an ihrer Vernunft ein Beispiel nehmen.

Vernünftiger wäre das.

»Was für ein Theater«, seufzt Lotti. »Das können aber auch wirklich nur Retriever. Max, wie hältst du das nur aus?«

Ihre Frage wirkt wie der letzte Tropfen, der das Fass ins Rollen bringt.

Ein letzter Blick auf Goldie, auf ihren Schmerz, aus dem ich Kraft schöpfe.

Jetzt oder nie. Ich gebe mir selbst einen Ruck, stoße mich mit den Hinterbeinen so kräftig ab, wie ich nur kann, mit wehenden Ohren fliege ich über die erste Welle hinweg – und lande mit einem satten Bauchklatscher im Wasser.

»Maaax«, schreit Goldie. »Bist du verrückt geworden?«

Schon möglich, denke ich, während ich wild mit meinen kurzen Beinchen strample. Diese kurzen Beine habe ich, weil meine Rasse dafür gezüchtet wurde, Füchse oder Dachse aus ihrem Bau zu treiben, damit der Jäger auf sie schießen kann, nicht zum Schwimmen. Nun gut, als Dackel sollte ich auch geschossene Enten aus dem Wasser holen können – aber die schwimmen in einem See ohne Wellengang und Strömung.

Vielleicht hätte ich mir die Sache doch besser überlegen sollen, aber jetzt ist es zu spät – nur hoffentlich nicht für mich.

»Der ist verrückt geworden!«, ruft Lotti.

»Ich bin nicht …« Mein Widerspruch bleibt mir samt einem ordentlichen Schluck Salzwasser im Hals stecken. Ich sollte doch besser mein Maul halten und zusehen, dass ich Land, also, ich meine, dass ich Wasser gewinne.

Wobei das gar nicht so einfach ist, denn mir fehlt es an Auftrieb, zu sehr zieht mich mein Feinkostgewölbe in die Tiefe, und je mehr ich strample, desto mehr neigt sich mein Körper seitlich, und ich drohe, mich unfreiwillig auf den Rücken zu drehen. Und zum Rückenschwimmen bin ich eher nicht geeignet, würde ich sagen.

Jetzt könnte ich die Hilfe von meinem Freund Camper gebrauchen, aber ein kurzer Blick zurück sagt mir, dass er zwar *vieles* für mich tun würde – nur beim Wasser, da hört die Freundschaft auf.

Verzweifelt bellt er mir zu.

Und auch Frauchen schreit nach mir, wobei, so wie sie klingt, rechnet sie sich nicht viele Chancen aus, dass ich lebend aus dem Wasser komme.

Das ruft wiederum Ansgar auf den Plan, und er läuft anstelle von Frauchen zum Flutsaum, weil Lasse um keinen Preis der Welt noch mal in Richtung Meer zu bewegen ist.

Mal sehen, wer von uns beiden schneller ist. Er im Wasser oder ich unter Wasser.

Ich strample, huste, pruste.

Meine Kraft schwindet.

Ich komme nicht mehr von der Stelle, kämpfe mit jeder Welle darum, nicht überspült zu werden und meinen Kopf über Wasser zu halten.

Lange halte ich das nicht mehr durch.

Aber ich will es schaffen. Ich will nicht tot vor Goldies Füßen landen, und wenn schon, dann nur mit ihrem Leuchtturm im Maul.

Da!

In einem Wellental entdecke ich ihr Spielzeug, keine drei Dackellängen von mir entfernt.

Das gibt's doch gar nicht!

Das muss …

ein Wunder …

oder habe ich …

Hallufaszinationen?

Wie faszinierend!

Ich …

schaffe das …

Ich …

gehe unter,

tauche auf,

komme dem Leuchtturm näher,

es ist wirklich ein Wunder,

da ist er,

nur noch ein kleines Stück,

ich schnappe danach,

kriege ihn zu fassen.

Meine Güte, dieses Ding ist ja fast so groß wie ich.

Das ist mein Glück. Es wirkt wie ein Rettungsring, gibt mir Auftrieb.

Dafür strömt mir Wasser ins Maul. Ich verschlucke mich,

huste, und trotzdem behalte ich den Leuchtturm fest zwischen den Zähnen. Das hat allerdings nichts mit meiner Unvernunft, sondern mit meiner Maulsperre zu tun, die ich vom Umfang des Leuchtturms gekriegt habe.

Camper und Lotti stehen wie versteinert am Flutsaum, starren mir entgegen und geben keinen Laut von sich. Bobbi hingegen feuert mich an. Er bellt zwar die Dünen an, aber die Geste zählt.

Ich schaffe das,

ich muss das schaffen,

ich schaffe das …

nicht.

Auf einmal fühle ich mich so leicht.

Federleicht.

Bin ich im Himmel?

Vorsichtig öffne ich ein Auge und blinzle. Es könnte ja auch sein, dass ich in der Hölle gelandet bin. Als Dackel weiß man nie.

»Du bist mein Held!«, höre ich Goldie rufen. »Für immer und ewig.«

Ich mache das zweite Auge auf und registriere, dass Ansgar mich trägt.

Das ist gut, denke ich glückselig und vor allem voller Erleichterung. Ich lebe noch.

Ich spüre, dass Ansgar mich vorsichtig im Sand ablegt. Alles egal, Hauptsache kein Wasser.

Puh! Das war knapp, und von Leuchttürmen habe ich die Schnauze voll – im wahrsten Sinne des Wortes.

Goldie leckt mir das Gesicht ab, liebevoll knabbert sie an meinen Ohren und widmet sich ausgiebig meinen Lefzen. Es ist eindeutig, dass sie nur das Eine will – ihr Spielzeug.

Tja, so sind die Weibchen, denke ich.

Ich lasse den Leuchtturm los, er rollt ihr vor die Füße, aber Goldie liebkost mich weiter. Im ersten Moment bin ich fast ein wenig enttäuscht, weil sie ihrem Spielzeug nicht die gebührende Aufmerksamkeit schenkt, im Gegenteil, sie lässt es links liegen. Vielleicht auch rechts, aber ist jetzt auch egal.

Es ist so schön, von Goldie liebkost zu werden. Ich bin im Himmel angekommen – im Himmel auf Erden.

Wobei, einen Vorteil hätte es gehabt, wenn ich im Hundehimmel gelandet wäre – oder meinetwegen auch in der Hölle: Dort gibt es garantiert kein Meer, keinen Sand – und erst recht keine Leuchttürme.

Kapitel 6

Was bin ich froh, dass wir endlich zurück beim Wohnwagen sind. Und da bin ich offensichtlich nicht der Einzige.

Goldie lässt sich auf ihr Hundebett im Vorzelt fallen, und als ich mich erschöpft an sie kuschle, ist sie bereits eingeschlafen.

Ansgar hat Lasse den gesamten Weg zurückgetragen. Immerhin hat sich der Kleine dagegen nicht gewehrt, weil er zu erschöpft war und wusste, es geht zu seinem Vater.

Kaum, dass Lasse auf dem Boden steht, wirft er das Handtuch von den Schultern, in das er gehüllt war, und stellt sich auf den Tritt, um sich an dem Drehgriff der Wohnwagentür zu schaffen zu machen, bekommt sie jedoch nicht auf.

»Papa!«, ruft er und trommelt mit den Fäustchen gegen die Tür.

Er trägt nur seine Badehose, weil die als Einzige trocken geblieben ist, und die blonden Haare stehen ihm in alle Richtungen vom Kopf ab. Da will ich gar nicht wissen, wie ich aussehe.

»Ich geh dann mal«, sagt Ansgar schwer atmend. Bislang hat er die Erschöpfung gut versteckt, aber nun sieht man sie ihm deutlich an.

»Tausend Dank noch mal!«, sagt Frauchen schnell und umarmt Ansgar. »Ohne dich wäre das alles ganz anders ausgegangen.«

»Schon gut«, wiegelt Ansgar ab. »Ich muss mich jetzt erst mal hinlegen. Wir sehen uns später zum Grillen, wie abgemacht.«

»Ja, bis später! Achtzehn Uhr?«, fragt Frauchen nach und öffnet währenddessen die Wohnwagentür für Lasse, der sofort zu seinem Vater stürmt.

»Yep, so wie geplant. Die üblichen Verdächtigen plus Hunde. Du kannst auch ein bisschen später kommen, kein Problem. Ab neunzehn Uhr liegen die Würstchen und das Fleisch auf dem Grill. Wenn es Christian zu anstrengend ist mit den Krücken, kannst du ihm einen Teller rüberbringen, die Wege sind hier ja nicht weit. Komm, Lotti! Bobbi, du auch. Ich bringe dich zurück zu deinem Frauchen.«

»Sag Beate viele Grüße von mir. Hoffentlich hat sie die Migräne überstanden, sodass wir uns heute Abend sehen. Bobbi, falsche Richtung …« Frauchen dirigiert ihn von der Wohnwagentür weg, damit er hinter Ansgar und Lotti das Vorzelt verlässt.

»Lasse, Vorsicht!«, ertönt Christians Ruf aus dem Wohnwagen. »Huch, was ist denn mit dir los?«

Frauchen eilt in den Wohnwagen, nur leider lässt sie die Tür offen. Ich würde so gern schlafen, aber bei Frauchens aufgeregter Stimme finde ich keine Ruhe, und so muss ich mir noch einmal anhören, was am Strand passiert ist.

»Was für ein Schreck!«, ruft Christian, nachdem er sich alles angehört hat. »Wie gut, dass Ansgar dabei war.«

Und was ist mit mir? Frauchen hat durchaus erzählt, dass ich als Erster zur Stelle war und Lasse festgehalten habe, aber den Umstand würdigt Christian mit keinem einzigen Wort.

Tja, wenn man so klein ist wie ich, wird man gern mal unter den Tisch gekehrt.

Aber nicht mit mir.

Ich erhebe mich. An Schlaf ist sowieso nicht mehr zu denken, und meine Dackelehre ist mir das allemal wert.

Blöd nur, dass ich nach wie vor trotz Trittstufe nicht in den Wohnwagen hineinkomme. Sie steht einfach zu weit entfernt. Um genau zu sein, beträgt der Abstand genau die Spannweite meiner Beine.

Meine Vorderpfoten sind im Wohnwagen, meine Hinterbeine stehen noch auf der Trittstufe, und es geht nicht mehr vor und zurück. Mist, das hatten wir doch schon mal. Aber dieses Mal ist meine Lage deutlich auswegloser. Mein Rücken bildet eine Hängebrücke, angesichts derer meine Tierphysidingsda, zu der ich mal wegen meiner Rückenschmerzen gehen musste, vor Begeisterung in die Hände klatschen würde.

Mit einem Bellen mache ich auf meine missliche Lage aufmerksam. Das mit dem Protest verschieben wir noch für einen Moment.

Zum Glück ist Frauchen sofort zur Stelle und nimmt mich auf den Arm. »Da ist ja mein kleiner Held«, sagt sie liebevoll und streichelt mir über das Köpfchen.

So ist es recht, denke ich voller Wonne und strecke ihr mein Kinn hin, damit sie mich dort auch noch krault.

»Ich will Dedse essen!«, kräht Lasse.

»Na, dir geht's ja zum Glück wieder gut«, sagt Christian, während er sich im Bett aufsetzt und seinen Sohn fest an sich drückt.

»Ich bin froh, dass du mir keine Schuld gibst«, sagt Frauchen erleichtert.

»Wo denkst du hin?«, fragt Christian entrüstet. »Ich weiß,

was Lasse für ein Wildfang ist. Es ist ja alles noch mal gut gegangen.«

»Nicht auszudenken, wenn es anders gewesen wäre …«, sagt Frauchen nachdenklich, und ihr Blick kehrt aus der Ferne ins Hier und Jetzt zurück. »Ist Lisa eigentlich wieder da?«

»Offensichtlich nicht«, sagt Christian, während er sich aufsetzt, sein gesundes Bein aus dem Bett stellt und nach seinen Krücken angelt.

»Hm«, macht Frauchen. »Hat sie sich nicht wenigstens mal kurz blicken lassen?«

»Keine Ahnung, ich habe tief und fest geschlafen, bis Lasse eben reingestürmt und auf mein Bett gesprungen ist.«

»Dann ist sie schon ganz schön lange unterwegs. Gut drei Stunden«, sagt Frauchen mit einem prüfenden Blick auf ihr Handy. »Bei dir hat sie sich auch nicht gemeldet?«, fügt sie etwas sorgenvoll hinzu.

Christian nimmt sein Telefon und schaut darauf. »Nein, bisher nicht. Aber mach dir nicht zu viele Gedanken«, fügt er beruhigend hinzu, »sie ist vierzehn und hat ihren eigenen Kopf. Wenn sie schmollt, dann schmollt sie, das habe ich dir heute Morgen gleich gesagt. Aber sie hat ihr Handy dabei. Und ein bisschen Geld müsste sie auch noch haben.«

»Das ist gut, aber ich mache mir trotzdem Sorgen …«, sagt Frauchen.

»Glaub mir, sie hat am Beachvolleyballfeld gewartet und macht sich jetzt mit ein paar Jugendlichen einen schönen Tag. Ist doch auch okay. Spätestens zum Abendessen taucht sie wieder hier auf und tut so, als ob nichts gewesen wäre.«

»Hoffen wir es«, sagt Frauchen, klingt aber noch weniger überzeugt als am Morgen. Ratlos hebt sie die Schultern. »Aber gut, wenn du meinst … Dann wollen wir jetzt erst mal frühstücken. Kekse sind ja kein Frühstück. Eigentlich ist es auch schon Zeit zum Mittagessen, aber wenn wir heute noch grillen …«

»Doch! Dedse sind Frühstück!« widerspricht Lasse vehement. »Und wenn Lisa nicht da ist, darf ich ihre Dedse auch essen. Noch mehr Dedse!«

Christian schüttelt den Kopf. »Dass du dich freust, dass deine Schwester nicht da ist, war ja klar. Aber es gibt jetzt trotzdem ein ordentliches Frühstück für dich, junger Mann. Mir reicht eine Scheibe Brot«, fügt er an Frauchen gewandt hinzu, »mehr Hunger hab ich nicht.«

Christian stützt sich auf seine Krücken und erhebt sich schwerfällig aus dem Bett. Kaum, dass er mit den Zehen seines kranken Fußes auch nur leicht den Boden berührt hat, saugt er die Luft zwischen den zusammengebissenen Zähnen ein. »Heieiei, tut das weh! Mal sehen, ob ich es überhaupt bis zum Esstisch schaffe.«

»Hoffen wir es«, sagt Frauchen erneut.

Wobei sie mit dieser Hoffnung definitiv verkehrt liegt, denn Christian fliegt – erst über seine Krücken, dann über seinen Sohn, und schließlich fällt er rücklings auf Lisas Bett. Immerhin ist er weich gelandet.

»Ich glaube, es ist besser, wenn ich heute im Bett bleibe«, seufzt er und legt seine Hände so neben den Kopf, als wolle er sich ergeben.

Gute Idee, denke ich und springe zu ihm. Ich bleibe heute auch liegen, da kann am wenigsten passieren.

»He, das ist mein Papa!«, ruft Lasse und wirft sich zu uns.

Okay, denke ich schicksalsergeben, dann bleibe ich eben als platte Flunder liegen, und wenn ich Christians Blick richtig deute, denkt er dasselbe.

»Ach, ich hatte mir den Urlaub so schön vorgestellt«, seufzt Frauchen.

Schlaftrunken hebe ich den Kopf. Ich habe tatsächlich – ich weiß nicht wie lange – neben Christian gelegen, mich seligen Träumen von Zuhause hingegeben und geglaubt, ich läge wieder in meiner Hundehütte im Garten, wo die Welt in Ordnung ist.

Aber nein, es musste ja dieser Urlaub sein, in dem alles schiefläuft, was nur schieflaufen kann.

Christian legt das Handy beiseite und guckt Frauchen entschuldigend an. »Es tut mir leid, dass ich dir wegen meinem blöden Fuß den Urlaub vermiese.«

»Ach, das ist gar nicht der Punkt …«

»Es kann nur besser werden«, entgegnet Christian und ringt sich ein Lächeln ab. »Wenn du gleich auf dem Grillfest bist und die Urlaubstruppe aus dem letzten Jahr wieder triffst, dann vergisst du alles, was seit unserer Ankunft passiert ist, und die Welt sieht wieder ganz anders aus.«

»Ach, ich weiß nicht …«, seufzt Frauchen. »Ich bin nicht in Stimmung …«

»Warum denn nicht?«, fragt Christian.

Auch ich lege den Kopf schräg und gucke mein Frauchen irritiert an. Wie kann man keine Lust auf ein Grillfest haben? Ich meine, das Fest ist mir auch egal, aber nicht der Grill. Bratwurst, Fleisch, alles, was das Dackelherz begehrt. So viele Leute, die Mitleid mit mir haben werden und mir etwas unter den Tisch werfen, weil sie glauben, ich hätte noch nix abbekommen. Die Rolle des hungrigen Dackels spiele ich perfekt, sie ist mir wie auf den Leib gegossen, ich meine, sie passt mir wie angeschneidert.

Allerdings ist mir nach so einem Abend mein Fell immer zu eng, das ist sehr unangenehm. Aber hinterher ist man immer schlauer, und vorher hat's geschmeckt. Das ist die Hauptsache.

Frauchen seufzt. »Ich muss immer wieder daran denken, wie knapp das alles heute Morgen am Strand war – es hätte so viel passieren können …«

»Aber es *ist* nichts passiert, und Ansgar freut sich sicherlich sehr, wenn du kommst. Sag ihm in meinem Namen auch noch mal tausend Dank. Ich werde das persönlich nachholen, sobald ich wieder auf den Beinen bin.«

»Das ist der zweite Punkt, warum mir nicht nach einem Grillfest zumute ist – weil du nicht mitkommen kannst. Außerdem …« Sie zögert, und ihr Blick schweift zum Wohnwagenfenster hinaus. »Ich mache mir Sorgen um Lisa. Wäre es nicht besser, ich fahre zum Volleyballfeld und sehe nach, ob sie wirklich dort ist?«

Christian schüttelt den Kopf. »Wo soll sie sonst sein? Das ist genau ihr Ding, und sie hat gesagt, dass sie dorthin geht.«

»Und was, wenn sie sich verlaufen hat?«

»Sie weiß, wie ihr Navi auf dem Handy funktioniert.«

»Und wenn sie nicht zurückkommt, weil ihr die Strecke zu weit ist?«

»Dann soll sie anrufen. Aber das wird sie nicht tun.«

»Vielleicht sollte ich doch losfahren …«, entgegnet Frauchen gedankenverloren, und ihr Blick gleitet wieder in die Ferne.

»Ronja, wenn sie das Gefühl hat, wir laufen ihr nach, machst du es nur schlimmer. Außerdem ist es ihr wahrscheinlich wahnsinnig peinlich, wenn du sie beim Volleyballfeld abholst. Damit erreichst du das Gegenteil. Glaub mir, ich weiß, wie man mit einer rebellischen Teenagerin umgeht. Lass sie von selbst kommen.«

Frauchen wirkt wenig überzeugt. »Das stimmt schon, ich

kenne mich mit Teenagern nicht aus, aber ich habe einfach ein ungutes Gefühl im Bauch.«

Christian schmunzelt. »Du und dein Bauchgefühl – das oft aus unnötigen Sorgen besteht. Und was deine Rebellion betrifft, so ganz stimmt das nicht. Ich habe dich nämlich beobachtet, wie du mit dem Glasreiniger Oberflächen gereinigt hast, die nicht aus Glas waren. Du bist eine heimliche Rebellin.«

Frauchen verzieht den Mund zu einem schiefen Grinsen. »Haha, sehr lustig. Ich bin jedenfalls der Meinung, dass man Lisa nicht so einfach ihr Ding machen lassen sollte. Ich meine, wo soll das denn noch hinführen. Sie kann uns doch nicht einfach hier sitzen lassen und sich den ganzen Tag nicht melden.«

»O doch, das kann sie. Sehr gut sogar, das hat sie schon mehrfach bewiesen. Also, es ist noch nicht mal achtzehn Uhr. Am Volleyballfeld geht die Party jetzt bestimmt erst richtig los – und keine Sorge, Lisa mag keinen Alkohol und lässt sich auch nicht zum Trinken überreden. Was sie nicht will, das will sie nicht. In der Hinsicht kann man sich auf sie verlassen.«

»Aber es könnte ihr sonst was passieren. Ich fahre lieber hin und hole sie ab ...«

»Wie du meinst ... Aber dann mach dich auf Gegenwind gefasst. Ich werde mir von meiner Tochter jedenfalls nicht die Laune verderben lassen. Abholen kannst du sie, falls es wirklich spät werden sollte. Ich mache es mir jetzt jedenfalls mit Lasse vor dem Fernseher gemütlich, das Kinderprogramm fängt gleich an ...«

»Au ja, fernsehen!«, ruft Lasse, »und ich darf bestimmen, was wir gucken!« Er hüpft auf dem Bett hin und her.

»Lasse!«, ruft Christian gequält. »Du musst aufpassen!«

Klein-Lasse macht eine ernste Miene. »Ich hab aufgepasst! Ich bin nicht auf deinen Fuß.«

»Aber auf meine Rippen!«

»Dschuldidunn«, sagt Lasse und schiebt die Unterlippe vor.

Christian lächelt, weil er seinem Sohn nie lange böse sein kann. »Komm her, du Räuber! Leg dich wieder zu mir her.«

Das ist für mich das Kommando zum Aufstehen. Außerdem habe ich im Gegensatz zu Frauchen aus bekannten Gründen große Lust auf dieses Grillfest.

»Ronja, bist du so lieb und gibst mir die Fernbedienung? Und bringst du uns bei Gelegenheit einen leckeren Grillteller vorbei?«

Frauchen reicht ihm dieses Ding mit den bunten Knöpfen, dem ich mich mit meinen Pfoten grundsätzlich nicht nähern darf, sonst gibt's Ärger. »Kommst du denn mit Lasse allein zurecht?«, fragt sie zweifelnd.

»Solange der Fernseher funktioniert, ja«, sagt Christian und grinst. »Und wenn Lasse müde wird, schläft er bei mir ein.«

»Wann wird es eigentlich dunkel? Das ist doch im Norden immer ein bisschen früher?«, fragt Frauchen, und ich ahne, dass sie schon wieder in Gedanken bei Lisa ist.

»So gegen halb zehn, schätze ich. Also, wenn Lisa bis dahin immer noch nicht zurück ist, dann kannst du sie beim Volleyballfeld abholen. Dann bin ich nämlich stinksauer und nehme auch keine Rücksicht mehr auf ihre Befindlichkeiten. Es gibt durchaus Grenzen, auch bei mir.«

Also, wenn ich mich allein auf die Achse gemacht hätte, dann wäre schon längst die Hölle los, obwohl man sich um mich keine Sorgen machen muss. Jedenfalls nicht so viele. Ich meine, ganz gleich, was ich schon alles angestellt habe – ich bin immer glimpflich davongekommen und wie eine Katze auf meinen vier Pfoten gelandet. Von meinen sieben Leben hatten wir es ja schon.

Lisa hat keine Pfoten, aber dafür vermutlich noch mehr Flausen im Kopf als ich. Das ist keine gute Kombi.

Deshalb fühle ich mich beim Gedanken an Lisa auch etwas unentspannt und kann Frauchens Sorgen durchaus verstehen.

Aber jetzt erst mal auf zum Grillfest, so viel Wurst, ich meine, so viel Zeit muss sein.

»Das riecht vielleicht guuuuut …« Schwärmerisch halte ich meine Nase in Richtung Grill, auf dem die Leckereien brutzeln. Laut Ansgar müssten sie auch gleich fertig sein. Endlich!

Unsere Leinenhalter haben erst mal mit ihren Trinknäpfen auf den Urlaubsbeginn angestoßen und dann auch noch Erinnerungen an das vergangene Jahr ausgetauscht, in dem wir uns alle kennengelernt haben, bevor Ansgar endlich eingefallen ist, den Grill anzuheizen.

Die Sonne ist mittlerweile hinter die Dünenkette gewandert, die den Campingplatz vom Meer trennt. Die Wolken leuchten, von der untergehenden Sonne angestrahlt, so glutrot wie die Kohle auf dem Grill.

Ansgar hält die Grillzange wie einen Taktstock und beobachtet das Fleisch und die Würstchen hoch konzentriert wie ein Kukident sein Orchester.

Mir läuft das Wasser im Maul zusammen, und ich lecke mir mehrfach über die Schnauze. Wir liegen gesammelt in der Nähe von unseren Herrchen und Frauchen, die an Biertischen sitzen. Rottis Herrchen hat sie als Platzwart zur Verfügung gestellt. Sie wiederum – also nicht die Biertische, sondern unsere Herrchen und Frauchen, unterhalten sich angeregt.

Goldie tritt von einer Pfote auf die andere. »Ich kann es kaum abwarten«, sagt Goldie. »Wobei ich am liebsten etwas von dem Putenfleisch hätte, das sieht nur leicht gewürzt aus. Diese Marinaden bekommen mir nicht.«

»Magst du Pute lieber roh oder gegrillt?«, frage ich.

»Gern roh.« Goldies Blick wandert zu der Fleischplatte, die hinter Ansgar auf einem Campingtisch steht. In ihren Augen schimmert ein hoffnungsvoller Glanz. »Würdest du etwa für mich auf Beutezug gehen?«

Ups, darauf wollte ich mit meiner Frage eigentlich nicht hinaus. Mit der Konservierung, ich meine, der Konservation übers Essen wollte ich eigentlich nur die Zeit überbrücken, bis das Grillfleisch fertig ist.

Aber die Idee, etwas von dem rohen Fleischstapel zu klauen, ist gar nicht so schlecht. Gegrillt schmeckt es zwar besser, aber roh ist es wenigstens nicht so heiß, dass man sich die Schnauze verbrennt und wir müssen nicht mehr darauf warten, dass etwas für uns unter den Tisch fällt.

»Selbstverständlich gehe ich für dich auf Beutezug«, antworte ich im Brustton der Überzeugung, denn ich will ja der Held meiner Liebsten bleiben, auch wenn ich noch keine Ahnung habe, wie ich das bewerkstelligen soll.

Der Tisch ist viel zu hoch, aber gut, den könnte ich vielleicht umstoßen, allerdings hätte mich Ansgar schneller am Halsband gepackt, als ich mir ein Stück Fleisch schnappen könnte.

»So, dann kommt mal her mit euren Tellern!«, ruft er, was wir ebenfalls als Startsignal deuten. Wen interessieren schon Teller?

Doch Ansgar bremst uns mit einer deutlichen Geste ab. »Nein, ihr nicht. Das gibt ganz fiese Bauchschmerzen.«

Verdammt, Ansgar kennt sich aus.

»Für euch habe ich aber natürlich auch was …«, fügt er zu unserer großen Freude verheißungsvoll hinzu.

Wie schön, dass er an uns gedacht hat. Bestimmt gibt es jetzt jede Menge rohes Fleisch für uns. Vielleicht sogar Rinderknochen. Er ist eben ein guter Mann.

Ansgar wirft einen prüfenden Blick auf den Grill, geht dann ins Vorzelt und kommt mit einer Tüte wieder.

Mir tropft der Sabber aus dem Maul, als ob ich ein Bernhardiner wäre.

Ansgar stellt sich vor uns, und wir setzen uns wie auf ein unsichtbares Kommando hin im Halbkreis um ihn herum, hechelnd und schwanzwedelnd und mit der größten Selbstbeherrschung, die wir aufbringen können, während unsere wackelnden Hinterteile unsere ungebremste Vorfreude zum Ausdruck bringen.

»Soooo, das ist für euch, jeder bekommt einen Knochen. Schön der Reihe nach …«

Natürlich stehe ich als Erster in der Schlange – zumindest für eine Sekunde. Danach ist aus der Schlange ein Knäuel aus neun Hunden geworden, in dessen Mitte Ansgar steht und die Tüte hochhält.

»Okay, ich gebe mich geschlagen!«, ruft er lachend und lässt den Inhalt der Tüte auf uns regnen. »Schnappt sie euch!«

Knochen! Das lasse ich mir nicht zweimal sagen.

Doch kaum, dass ich einen der Knochen im Maul habe, spucke ich ihn wieder aus.

Igitt, was ist das denn?

Mein Rudel guckt ebenfalls angewidert auf die Beute vor ihren Pfoten, die sie genau wie ich nach dem ersten Biss haben fallen lassen.

Einzig Lotti lässt sich an einem Knochen kauend nieder. Die scheint Kummer gewohnt zu sein.

Jetzt erinnere ich mich daran, dass Ansgar ihr im letzten Urlaub Seelachs mit Erbsen, Apfel und Weizenkleie als Leckerei präsentiert hat. Da hat selbst sie gestreikt. Was dazu geführt hat, dass ich meinen Rinderknochen mit ihr teilen musste.

Wir tauschen ratlose Blicke, was das wohl für ein Zeug ist, das er uns schmackhaft machen will – da liefert Ansgar auch schon die Erklärung an die neugierig gewordenen Herrchen und Frauchen.

»Das sind supergesunde Kauknochen zur Zahnpflege, zu hundert Prozent vegetarisch aus Kelp-Alge und Grünkohl. Apfel und Kokosnuss runden den Geschmack ab. Ja, an den müssen sich die Hunde erst mal gewöhnen, aber für die Mundhygiene und das Zahnfleisch gibt es nichts Besseres – außerdem liefert der Grünkohl Vitamine, Eisen und wichtige Proteine. Von der Konsistenz her ist der Zahnpflege-Kauknochen für jedes Hundegebiss geeignet.«

Ansgar hätte auch Verkäufer für Hundenahrung werden können – unsere Leinenhalter sehen jedenfalls begeistert aus. Klar, die müssen das Zeug ja auch nicht fressen.

Ein tiefes Knurren drängt sich in meine Gedanken.

»Wer hat da geknurrt?«, frage ich aufmerksam in die Runde. »Gibt es ein Problem? Wenn hier einer knurrt, dann bin ich das.« Ordnung muss sein, wenn hier schon nichts so läuft, wie es soll. Darunter darf meine Authen… meine Autorizität nicht leiden.

»Das war mein Magen«, piepst Chiwa. »Max, was machen wir denn jetzt? Ich habe so Hunger!«

»Ja, was machen wir jetzt?«, ertönt es vielstimmig, und mein Rudel guckt mich erwartungsvoll an.

»Woher soll ich das denn wissen?«, entgegne ich genervt. »Ihr habt doch auch Hirne, um euch einen Plan auszudenken.«

»Aber du bist der Rudelführer«, erinnert mich Rotti, und ich bilde mir ein, ein schadenfrohes Grinsen an seinen Lefzen zu erkennen.

Na, Prost Mahlzeit, so habe ich mir den Job nicht vorgestellt.

»Ja klar«, sage ich lässig, »aber es geht ja auch um den Team-Sprit.«

»Um den Team-Sprit?«, fragt Herr König verständnislos, obwohl er eigentlich der Schlauste von uns allen ist. Ha! Da weiß ich tatsächlich einmal mehr als er.

»Na, es geht um Gemeinschaft, um Team-Bilder«, erkläre ich hoch erhobenen Dackelhauptes.

»Wir müssen gemeinsam ein Bild malen?«, fragt Camper und zieht die Augenbrauen hoch, die aufgrund seiner vorwitzigen Haarsträhnen, ähnlich wie bei Bobbi, besonders zur Geltung kommen.

Hans-Gert wirft seine lange Mähne nach hinten, hebt eine Vorderpfote, betrachtet sie von allen Seiten und leckt schließlich einen nicht vorhandenen Krümel aus seinem rotbraunen Fell. »Also ich mache mich nicht schmutzig.«

»Max will damit sagen …«, lässt sich Lotti aus der Ecke vernehmen, »dass ihr als Rudel zusammenarbeiten müsst, wenn ihr was vom Fleisch wollt. Aber Max hat keinen Plan.«

»Natürlich habe ich einen Plan!«, gifte ich in ihre Richtung.

»Dann ist ja gut«, entgegnet Lotti unbeeindruckt. »Ich bin sowieso raus. Ich werde es mir nicht mit meinem Herrchen verscherzen.«

»Ach, bist du etwa feige?«, stichle ich zurück.

»Nein, ich bin klug. Ich habe was zu fressen, und ihr werdet hinterher den Ärger und die Bauchschmerzen haben.«

»Das werden wir ja sehen.« Ich setze mich vor mein Rudel hin und drücke meine Brust raus, um möglichst impotent, ich meine, imprägnant zu wirken. Mit wichtiger Miene wende ich mich an mein Rudel. »Also, der Plan ist …« Jetzt muss ich mir schnell etwas einfallen lassen. »Also, jeder erhält seine Aufgabe: Goldie, du sorgst für die Ablenkung bei unseren Leinenhaltern. Auf mein Kommando hin gehst du zu ihnen, wirfst dich vor den Tischen auf den Rücken und jaulst, so laut du nur kannst. Alles klar?«

»Klar!«, entgegnet Goldie und macht sich bereit.

»Rotti, Hans-Gert und Herr König, ihr seid die Größten und Stärksten im Rudel. Ihr werft auf mein Kommando den Tisch um, Camper und ich geben euch Deckung. Goldie, du kommst nach dem Ablenkungsmanöver zur Verstärkung zu uns, und Chiwa, du zwickst jedem Leinenhalter in die Wade, der sich versucht uns zu nähern.«

»Zwicken kann ich!«, jubelt Chiwa.

»Sehr gut! Also, jeder weiß Bescheid, auf mein Kommando geht es los. Eins …«

»Und was mache ich?«, unterbricht mich Bobbi.

Ich hatte gehofft, dass er nicht fragt. »Du, ähm, du siehst zu, dass du etwas siehst. Nicht, dass du gegen den Grill rennst.«

»Alles klar, Chef!«, entgegnet Bobbi beflissen.

»Also, jeder schnappt sich so viel Fleisch, wie er kann, und dann rennt ihr in den Wald. Dort treffen wir uns auf der Lichtung, wo redlich geteilt wird. Also, auf mein Kommando«, wiederhole ich. »Eins …«

Dieses Mal unterbreche ich mich selbst, denn Frauchen hat sich mit zwei Tellern vor Ansgar gestellt. Vielleicht kriegen wir doch was ab?

Meine Hoffnung wird jedoch jäh enttäuscht, denn Frauchen sagt: »Ich bringe erst mal Christian und Lasse was zu essen, dann komme ich gleich wieder.«

»Ich trage meinen Teller selber!«, kräht eine mir wohlbekannte Stimme.

»Lasse!«, ruft Frauchen aus. »Was machst du denn hier?« Vor Schreck lässt sie den Teller fallen, auf den Ansgar soeben eine Bratwurst gelegt hat.

»Papa schläft«, antwortet Lasse schulterzuckend, denn für ihn ist es anscheinend eine Selbstverständlichkeit, dass er sich dann allein auf den Weg macht, anstatt seinen Vater zu wecken. »Und ich habe Hunger. Ganz großen Hunger.«

Ich auch, denke ich.

Es ist zwar nur eine Bratwurst, die da auf dem Boden liegt, aber egal. Hauptsache Beute.

Leider denkt sich das mein Rudel offenkundig auch.

Sagen wir mal so: Alles lief nach Plan, aber der Plan war ziemlicher Mist.

Aus allen Richtungen stürzen wir zeitgleich auf die Bratwurst zu – und krachen mit den Köpfen zusammen.

Mit Ausnahme von Bobbi, der rennt in den Tisch, auf dem das Grillgut steht, also besser gesagt: stand.

Das Paradies auf Erden hat mein Rudel noch gar nicht registriert, so sehr sind sie auf die eine Bratwurst fixiert, die sich Lotti jedoch als Erste geschnappt hat.

Offenkundig hat sie sich das mit dem Gehorsam gegenüber ihrem Herrchen doch anders überlegt, da war die Bratwurst überzeugender – oder es ging ihr einfach nur darum, mich auszustechen. Ganz schön frech von ihr, mir als Rudelführer zuvorzukommen. Aber wenn ich es genau betrachte, hat das mein gesamtes Rudel versucht. Die reiben sich jetzt mit den Pfoten die Köpfe und schauen alle ziemlich belämmert aus dem Fell – bis auf Chiwa, die war zu klein für einen Zusammenstoß.

»Meine Wufft!«, ruft Lotti triumphierend mit der Beute im Maul.

»Ich hab sie zuerst angeleckt!«, kreischt Chiwa. »Sie gehört mir!«

»Blödffinn!« nuschelt Lotti. »Die iff doff fowiefo zu groff für diff, du halbe Porfion.«

»Ich bin keine halbe Portion!«, heult Chiwa.

»Fftimmt, du bifft eine Ffiertelporfion.«

»Na warte!«, kreischt Chiwa und setzt zum Sprung auf Lotti an.

Die wirft den Kopf in den Nacken und schluckt die Wurst in einem Stück runter.

Dass das keine gute Idee war, zeigt mir Lottis steifer Hals und die hervorquellenden Augen. So muss sich eine Schlange fühlen, die sich ein Kaninchen einverleibt hat.

»Lotti!«, ruft Ansgar, der sich bislang nicht entscheiden konnte, ob er sich zuerst um seine Hündin oder das Fleisch auf dem Boden kümmern soll.

Dieses Fleisch hält mich wiederum davon ab, als Rudelführer von Lotti die Bratwurst einzufordern.

Lotti ist so über die Ermahnung von ihrem Herrchen erschrocken, dass sie schluckt. Immerhin haben ihre Augen nun wieder die normale Größe, wobei ihr Schielen vermuten lässt, dass ihr die Bratwurst quer im Magen liegt.

Tja, Karma lässt grüßen. Bleibt mehr für uns.

»Das Büfett ist eröffnet!«, rufe ich, und meine Truppe dreht sich verwundert um. »Ran an das Fleisch!«, präzisiere ich, und dann gibt es kein Halten mehr.

»War das lecker!«, seufzt Camper.

Sichtlich zufrieden lässt er sich inmitten der Lichtung auf den Waldboden fallen, wo wir uns wie geplant nach dem Beutezug versammelt haben. Wenn Camper sich hinlegt, gleicht das immer einem Erdbeben, obwohl er bestimmt nur ein Drittel von Rotti wiegt, der sich für sein Gewicht so elegant niederlässt wie eine Elfe. Okay, wie eine Elfe, die einen Mehlsack geschultert hat, aber immerhin.

»Gibt's noch was zu futtern?«, fragt Bobbi.

Also, ich habe ja schon erlebt, dass er blind um ein Leckerli herumtapst und sogar seine Nase ihren Dienst versagt, aber …

»Das Stück Fleisch liegt direkt vor deinen Pfoten«, weise ich ihn freundlich auf diesen Umstand hin. Er kann von Glück reden, dass es für jeden von uns genug gab, ansonsten läge das Fleisch nämlich nicht mehr dort, und dass sich ihm unterwegs kein Baum in den Weg gestellt hat, sonst läge *er* nämlich nicht vor seinem Fleisch.

»Ach, vielen Dank!«, sagt Bobbi und beißt mit Wonne akkurat neben das Fleisch in den Waldboden. »Das schmeckt aber trocken«, nuschelt er, während ihm Erde und Tannennadeln aus dem Maul krümeln.

»Das war ein Festmahl!«, schwärmt Herr König unterdessen und leckt sich übers Maul.

»Piep«, sagt Chiwa, und hebt dabei kaum den Kopf.

Goldie erhebt sich schwerfällig, kommt mit stolzem Glanz in den Augen auf mich zu, beugt sich zu mir und gibt mir vor meinem Rudel ein Küsschen. »Das hast du toll gemacht«, sagt sie. Nein, sie gibt mir nicht nur ein Küsschen. Gleich mehrere. Es könnte auch sein, dass sie mit ihrer Zunge hinter meinen Lefzen nach Fleischresten sucht.

»Du bist mein Held«, fügt sie in einer Atempause hinzu, sodass es alle im Rudel hören können. Das nehme ich jetzt wirklich als Kompliment, und mir wird ganz warm ums Herz. So wie damals, als ich versehentlich das Bier getrunken habe, aber daran wollen wir jetzt nicht denken. Mir ist ohnehin schon ein bisschen flau im Magen.

»Ich bin pappsatt«, stöhnt Rotti, und es scheint so, als ob ihm gleich die Augen zufallen.

Es ist auch schon ziemlich dunkel geworden, zumindest hier im Wald. Mein Ding ist diese Dunkelheit ja nicht, weil ich hinter jedem knackenden Zweig, jedem Rascheln und jeder Schattenbewegung einen bösen Werwolf vermute.

Ja, ich weiß, Werwölfe gibt es angeblich gar nicht, aber wer weiß das schon so genau. Es könnte sich durchaus einer in diesem kleinen Waldstück hinter dem Campingplatz herumtreiben – auch wenn kein Vollmond herrscht und wir noch nicht Mitternacht haben.

Es könnte aber auch ein echter Wolf sein oder ein Wildschwein oder ein Eichhörnchen. Ein Eichhörnchen reicht schon. Wenn ich einen Waldspaziergang mache, dann rechne ich ja immer damit, dass sich so eine rasende Ratte mal vom Baum auf mich stürzt, als Rache, weil ich sie im Laub aufgescheucht habe.

Frauchen findet diese flinken Tierchen mit ihrem Puschelschweif ja totaaal putzig und niedlich.

Frauchen.

Vielleicht sollten wir besser noch etwas hierbleiben und Gras über die Sache wachsen lassen. Mein Rudel scheint ähnliche Gedanken zu haben, denn Bobbi fragt, nachdem er sein Fleisch doch noch gefunden und mit einem Bissen runtergeschluckt hat: »Müssen wir jetzt gleich zurück? Ich würde lieber noch ein bisschen im Wald warten, weil ich glaube, dass mein Frauchen ganz doll mit mir schimpft. Nicht dass sie mich noch ins Tierheim bringt.«

»Ich werde auch Ärger kriegen«, sagt Hans-Gert, der sich als Einziger von uns nicht hingelegt hat, weil er sein Fell nicht schmutzig machen will. »Mein Herrchen erwartet immer tadelloses Benehmen von mir.«

»Frag mich mal ...«, sagt Herr König niedergeschlagen.

»Ich gebe euch recht«, fügt Rotti nachdenklich hinzu. »Mir ist auch nicht danach, jetzt auf den Campingplatz zurückzugehen. Aber ich finde es ehrlich gesagt ein bisschen gruselig hier im Wald.«

Wenn Rotti das schon so offen ausspricht, muss das was heißen. Meine Angst verstärkt sich, aber das darf ich mir nicht anmerken lassen. Das Problem ist nur, dass mein Gedärm in Wallung kommt, und jeder kann sich vorstellen, was das bedeutet. Diese Situation will ich unter allen Umständen vermeiden.

Camper setzt sich hin. »Aber je länger wir warten, desto mehr Ärger kriegen wir. Das war schon schlau von Lotti, dass sie uns nicht gefolgt, sondern bei ihrem Herrchen geblieben ist.«

»Das stimmt«, sagt Hans-Gert, »aber der ist auch nicht so streng. Außerdem hat dein Herrchen ja auch nichts mitbekommen, weil er arbeiten ist. Also, ich bin dafür, dass wir hier noch warten. Wenn unsere Leinenhalter anfangen, sich um uns Sorgen zu machen, dann vergessen sie ihren Ärger.«

»Genau, und ein kleines Verdauungsschläfchen kann nicht schaden«, fügt Herr König gähnend hinzu.

»Niemals lege ich mich hierhin!«, protestiert Hans-Gert.

»Und ich brauche auch mein orthopädisches Hundebett«, sagt Rotti. »Sonst kriege ich furchtbare Rückenschmerzen.«

Camper zieht seine buschigen Augenbrauen hoch. »Also, wenn ihr hier nicht bleiben wollt, dann müssen wir zurück auf den Campingplatz.«

»Nein, müssen wir nicht«, sage ich bestimmt, und es herrscht schlagartig gespannte Stille.

»Was machen wir stattdessen?«, fragt Goldie.

»Ein bisschen Bewegung kann uns allen nicht schaden«, sage ich und ernte vielfaches Stöhnen aus meinem Rudel.

»Ich kann mich nicht mehr bewegen«, piepst Chiwa.

Na ja, immerhin kann sie schon wieder in ganzen Sätzen sprechen.

»Wir liegen nicht hier rum und warten ab«, hebe ich erneut an, »wir tun etwas, womit wir die Gemüter unserer Leinenhalter besänftigen könnten.«

»Und das wäre?«, fragt Bobbi hoffnungsvoll, wobei er seine Frage an den Baum ihm gegenüber richtet.

»Es geht um Lisa ...«, sage ich, und da fällt mir auch schon Goldie ins Wort.

Sie steht auf, und von einem Moment zum anderen wirkt sie nicht mehr überfressen, sondern voller Tatendrang. »Das ist eine gute Idee. Ihr müsst wissen ...«, sagt sie eilig in die Runde, »Lisa ist die Tochter meines Herrchens, sie ist vierzehn und nach einem Streit seit heute Morgen weg.«

»Wie, weg?«, fragt Camper, der als Hobby mit seinem Herrchen Mantrailing betreibt. Deshalb horcht er bei einer Personensuche besonders auf.

»Na ja, mein Herrchen glaubt, sie ist einfach nur unterwegs, vermutet sie am Volleyballfeld in Wenningstedt. Ich kenne Lisa schon, seitdem ich als Welpe zur Familie gekommen bin, und ich könnte euch so einiges erzählen. Schon als kleines Kind ist sie ständig abgehauen ...«

Dann liegt es also in der Familie, denke ich und sehe Klein-Lasse vor meinem geistigen Auge, der vorhin so überraschend auf dem Grillfest aufgetaucht ist. Wie auch immer er es aus dem Wohnwagen geschafft hat – er hat es geschafft.

»Aber so lange ist Lisa noch nie weggeblieben«, fügt Goldie nachdenklich hinzu.

»Da müssen wir doch etwas unternehmen!«, ruft Hans-Gert.

»Nicht auszudenken, wenn dem Mädchen was passiert ist!«, pflichtet ihm Herr König bei. »Oder sie ist in Not, weil sie überfallen wurde …«

»Man muss ja nicht gleich das Schlimmste befürchten«, sage ich beruhigend, aber nur, weil ich mich selbst nicht in Aufregung bringen will. »Wir machen einen Verdauungsspaziergang und sehen einfach mal bei dem Volleyballfeld nach.«

»Nein, wir gehen zurück zum Campingplatz«, sagt Camper bestimmt.

»Wie bitte?«, hake ich nach. Weshalb fällt mir mein Freund in den Rücken und spielt sich auch noch als Rudelführer auf? Ich gucke ihn mit offenem Maul an und glaube, mich verhört zu haben.

»Na sicher gehen wir zurück zum Campingplatz«, betont Camper zu allem Überfluss. Ich will ihm gerade die Meinung bellen, da fügt er hinzu: »Wir betreten den Platz natürlich nicht. Aber wir nehmen Lisas Spur bei der Ausfahrt vom Campingplatz auf, das hat zugleich den Vorteil, dass wir sie finden, falls sie woanders hingegangen ist. Keine Angst, unsere Leinenhalter werden uns nicht sehen. Vom Wald aus gelangen wir über den Seitenweg dahin.« Seine braune Nase zittert vor Aufregung. »Max und Goldie, ihr setzt uns auf die richtige Fährte an, ihr kennt ja Lisas Geruch.«

»So machen wir das«, sage ich, als wäre das auch meine Idee gewesen. So weit hätte ich auch denken können, aber manchmal ist es mit dem Denken bei mir nicht so weit her. Ich handle mehr so institutionell, so institutiv aus dem Bauch heraus. »Mal sehen, ob Lisa wirklich in Wenningstedt ist«, sage ich in die Runde. »Aber wenn ja, dann geht sie hoffentlich mit uns nach Hause, wir haben eine gute Tat getan, und keiner kann uns mehr böse sein.«

»Wenningstedt – ist das weit?«, fragt Hans-Gert. »Ich gehe mit meinem Herrchen Hans immer nur bis nach Kampen zur Whiskymeile in eine der Edelbars. Nicht dass ich mir meine Pfoten ruiniere, dann bekomme ich noch mehr Ärger.«

»Du bist ein Afghanischer Windhund«, erinnert Herr König ihn mit strenger Pudelmiene. »Du wurdest für Hunderennen in der Wüste gezüchtet.«

»Irrtum«, entgegnet Hans-Gert und hebt stolz den Kopf, sodass er gleich noch ein paar Zentimeter größer wirkt. Augenblicklich komme ich mir vor wie eine Maus neben einem Elefanten – einem sehr eleganten Elefanten.

»Sogar ein großer Irrtum«, fährt Hans-Gert fort. »Ich bin mitnichten ein Rennafghane, ich entstamme einer Zuchtlinie für reine Showafghanen. Noch Fragen?«

Showafghanen. Was es nicht alles gibt. Nein, ich habe keine Fragen mehr. Doch. Eine: »Können wir wieder zum eigentlichen Thema zurückkehren?« Wobei ich das in meiner Eigenschaft als Rudelführer nicht als Frage, sondern als Aufforderung hätte formulieren müssen. Mal sehen, ob ich das irgendwann noch lerne. Aber das mit meiner Autori… mit meiner autorischen Begabung hatten wir ja schon.

»Ich überlege gerade«, sagt Rotti und wirft seine Stirn in Falten. »Ist dieses Volleyballfeld noch dort, wo auch die Trampoline sind, daneben dieses große Fischrestaurant und wo eine riesenlange Rutsche an den Strand führt?«

»Genau«, entgegnet Camper, der seit seiner Welpenzeit auf Sylt lebt und die Insel so gut kennt wie den Inhalt seines Futterschranks.

»Trampoline? Riesenlange Rutsche?« Goldies Augen glänzen vor Begeisterung, das kann ich sogar im Halbdunkeln erkennen.

»Goldiiee …«, mahne ich sie sanft. »Denk an unsere Mission.«

»Natürlich, entschuldige«, sagt sie peinlich berührt. »Da ist der Retriever mit mir durchgegangen.«

»Schon okay«, sage ich mit einem breiten Grinsen. »Für deine verspielte Art liebe ich dich.«

»Ihr seid schon ein tolles Paar«, sagt Rotti, und aus seinem Mund klingt das wie ein Ritterschlag. »Wie schön, dass ihr euch gefunden habt und wir ein wenig dazu beitragen konnten.«

»Ohne eure Unterstützung hätte ich das nicht geschafft«, gebe ich ehrlich zu. Und ich bin froh, dass wir alle überlebt haben, füge ich gedanklich hinzu. Ob ich darüber glücklich bin, in diesem Zusammenhang der Rudelführer einer Chaotenbande geworden zu sein, lassen wir mal dahingestellt.

»Alle bereit?«, frage ich.

Bobbi sagt nichts.

Ich ahne, dass er denkt, er wäre für uns eine reine Last, und ehrlich gesagt hat er damit nicht ganz unrecht. Doch es kommt natürlich überhaupt nicht infrage, ihn hier allein zu lassen, geschweige denn, ihn auf den Campingplatz zurückzuschicken. Er gehört schließlich zu uns.

»Alle kommen mit«, betone ich. »Ich brauche euch alle.« … damit das Chaos perfekt wird – den Nachsatz konnte ich mir gerade noch verkneifen.

»Ich kann aber nicht so weit laufen«, piepst Chiwa. »Außerdem bin ich total überfressen.«

Rotti lässt sich neben Chiwa nieder. »Klettre auf meinen Rücken, und steck deine Pfoten unter mein Halsband, um dich festzuhalten, und Bobbi, du läufst direkt an meiner Seite.«

»Na, dann kann es ja losgehen«, sage ich und setze mich schwerfällig in Bewegung. Mein Feinkostgewölbe muss ich einziehen, so gut es geht, damit es nicht über den Boden schleift.

Mal sehen, wie weit wir kommen.

Kapitel 7

Wir *müssen* Lisa finden und sie dazu überreden, mit uns zurückzukommen. Nur dann werden unsere Leinenhalter uns verzeihen.

So ist zumindest der Plan.

Es fängt aber schon damit an, dass wir gar nicht bis zum Campingplatz zurückkommen.

Ich meine, auf den ersten Metern verläuft noch alles in geordneten Bahnen. Ich trabe als Rudelführer entschlossenen Schrittes voran, und meine Truppe eilt mir hinterher.

Nun gut, wenn man es genauer betrachtet, schleppe ich mich mit vollgefressenem Bauch vorwärts. Mein Rudel, das allesamt deutlich längere Beine hat als ich, macht Tippelschritte wie Ballerinas auf Spitzenschuhen, um mich nicht zu überholen.

Das sieht insbesondere bei Rotti aufgrund seines massiven Körperbaus ein bisschen speziell aus – drücken wir es mal so aus, und Chiwa hat alle Mühe, sich auf seinem Rücken zu halten, und das Gehoppel und Geschaukel scheint ihrem Magen nicht gerade zuträglich zu sein, wenn ich ihren Gesichtsausdruck richtig deute.

Aber das ist derzeit zumindest nicht mein vordringliches Problem.

Wir sind schon fast am Waldrand angelangt, da vernehme ich ein Rascheln im Unterholz. Ruckartig bleibe ich stehen und spitze die Ohren, soweit das mit Schlappohren möglich ist.

Ein Wolf? Mir stellen sich die Nackenhaare auf. An ein Eichhörnchen will ich gar nicht denken. Das wäre noch schlimmer. Aber wie denkt man nicht an ein Eichhörnchen, wenn man nicht an ein Eichhörnchen denken will?

»Wovor hast du Angst?«, fragt Goldie alarmiert.

Sie kennt mich einfach zu gut, aber es hätte ausgereicht, wenn sie mich vor den anderen schlicht gefragt hätte, was los ist.

»Ich habe keine Angst«, lüge ich, während es in meinem Gedärm rumort. »Aber da ist etwas im Unterholz, wir müssen achtsam sein. Alle hinter mir in Deckung!«

»Das ist doch bloß eine Maus«, sagt Herr König im Brustton der Überzeugung.

»Eine Maus?«, ruft Rotti, und seine tiefe Stimme schnellt nach oben. Bis zu einem Kreischen in Chiwas Tonhöhe hat nicht viel gefehlt.

»Hast du etwa Angst vor Mäusen, Rotti?«, schlussfolgert Herr König erstaunt.

Ein Rottweiler, der Angst vor Mäusen hat, das wäre ja zu komisch, irgendwie auch lächerlich, wenn nicht sogar peinlich.

»Und wie ich Angst vor Mäusen habe!«, gibt Rotti unumwunden zu. »Wenn ich eine Maus nur sehe, kriege ich Panik und werde zum Elefanten im Porzellanladen.«

Ich verneige mich vor Rotti für seine Ehrlichkeit. Seine Ängste kann nicht jeder zugeben, ich schon gar nicht – auch wenn ich mir daran durchaus ein Beispiel nehmen könnte. Andererseits, als ehemaligem Rudelführer bricht ihm dabei auch keine Krone aus dem Zahn.

Ganz abgesehen davon sollte ich mich beim Verneigen nicht so tief bücken. Ich muss zwar aufgrund meiner Größe nicht so weit runter, komme aber trotzdem nicht wieder hoch.

Rotti erkennt meine Not und zerrt mich am Halsband wieder auf die Beine.

»Ich kenne das«, sagt er mit einem altersmilden Lächeln und lässt dabei offen, ob er meine Beweglichkeit meint oder meine Angst, als Rudelführer nicht zu genügen.

Aber wie sind wir eigentlich auf das Thema gekommen?

Ach so, ja, wir waren bei meinem Befehl stehen geblieben, dem mein Rudel noch nicht nachgekommen ist.

»Alle hinter mir in Deckung!«, wiederhole ich.

»Kurze Frage …«, hebt Herr König an. »Wie sollen wir das logistisch bewerkstelligen?«

Wenn ich schreien könnte, würde ich vor Verzweiflung schreien. »Keine Fragen!«

»Ich finde die Frage von Herrn König aber durchaus berechtigt«, mischt sich Hans-Gert ein. »Wie sollen wir hinter dir in Deckung gehen? Allein einer von uns ist doch viel größer als du.«

»Ihr sollt euch alle hinter mich legen! Hauptsache hinter mich, weil ich der Rudelführer bin!«

»Auf den dreckigen Waldboden legen?«, hakt Hans-Gert nach. »Niemals.«

»Wo bist du denn überhaupt?«, erkundigt sich Bobbi und pustet sich die Sicht frei. »Ach, da.«

Es raschelt erneut im Dickicht. Was immer da ist, es könnte uns jederzeit angreifen. Ich kneife die Augenlider zusammen und erkenne etwas Schwarzes auf vier Pfoten. Das ist definitiv keine Maus – und das ist nicht gut. Gar nicht gut.

»In Deckung – aber zackig!«, rufe ich.

Ein sehr unangenehmer Duft steigt mir in die Nase, der räudige Geruch eines wild lebenden Tieres.

Moment mal, das riecht nach einem Kater – und zwar nach einem, mit dem ich bereits im letzten Sommer Bekanntschaft gemacht habe.

Da kommt das schwarze Biest auch schon zum Vorschein, keine drei Dackellängen von mir entfernt. Ihm fehlt ein Auge, und das andere mustert uns mit stechend gelbem Blick. »Ick glaub, ick spinne. Wat habt ihr in meenem Revier verloren?«, faucht er und stellt dabei sein lückenhaftes Gebiss zur Schau.

Okay, denke ich. Herausforderung angenommen. So einen wie den pfeife ich doch in der Rauche. Das ist meine Gelegenheit, mich zu beweisen.

»Ich bin der Rudelführer dieser Gruppe und …«

»Mein Beileid«, sagt der Kater und lacht. »Du meinst diesen verknoteten Haufen da?«

Irritiert gucke ich mich um.

Nicht zu fassen. Aber gut, mein Rudel ist meinem Befehl gefolgt und hat sich hinter mich gelegt – ich hätte vielleicht noch erwähnen müssen, dass sie sich nicht stapeln sollen.

»Haltung annehmen!«, rufe ich. Dann wende ich mich wieder dem Kater zu und tue so, als ob hinter mir kein Tumult im Gange wäre. Ich kann nur hoffen, dass der zu einem geordneten Rudel führt.

»Wir suchen ein vierzehn Jahre altes Mädchen«, sage ich mit fester Stimme. »Lisa heißt sie, hat lilafarbene Haare und …« Ich hole tief Luft, um mich auf die Beschreibung zu konzentrieren, so was macht man als Hund schließlich nicht jeden Tag. »Sie trägt eine kurze schwarze Sporthose, dazu ein bauchfreies knallgelbes Shirt mit schwarzen Sternen, rote Turnschuhe. Ziemlich auffällig also.«

Der Kater starrt mich wie vom Donner gerührt an. Es

dauert einen Moment, bis er seine Stimme wiedergefunden hat. Wobei von dieser ohnehin nicht viel übrig ist. Er krächzt, als ob er einen Vogel mitsamt den Federn gefressen hätte, die ihm noch im Hals hängen.

»Klar, die Göre hab ick jesehen. Und dich, dich hab ick och schon mal jesehen. Is'n Weilchen her, aber jetzt kann ick mich janz jenau erinnern. Du bist doch dieser dämliche Dackel, der nich mal Treppen loofen kann, bist mit deinem Bauch an den Stufen hängen jeblieben. Letzten Sommer an der Uwe-Düne biste mir vor die Füße jepurzelt, ja, so war det. Det sah vielleicht komisch aus.« Er zeigt mit der Pfote auf mich und fängt wieder an zu lachen, so wie damals. »Ja klar, du bist et eindeutich. Det seh ick an deinem beschränkten Blick.«

Boah, was erlaubt sich dieser räudige Kater eigentlich? »Du hast wohl noch nicht begriffen, mit wem du es zu tun hast?«, knurre ich ihn an.

»Doch, det hab ick. Ick hab es mit nem dämlichen Dackel zu tun, der durch nen dummen Zufall Rudelführer jeworden ist.«

Das reicht.

Mit einem Satz springe ich auf das schwarze Biest.

Damit hat dieser überhebliche Kater nicht gerechnet. Er landet auf dem Rücken, ich stehe über ihm.

Er zeigt sein fast zahnloses Grinsen. »He, mein Freund, nicht so stürmisch.«

»Ich bin nicht dein Freund!«, knurre ich und drücke mit einer Pfote auf seine Kehle. Dem werde ich es zeigen. »Nimm das zurück!«

Der Kerl ist verdammt wendig, und ich habe Mühe, ihn festzuhalten. Aber Goldie beobachtet mich, deshalb drücke ich noch fester zu.

»Antworte!«, sage ich im Befehlston.

Der Kater lässt die Zunge schräg aus dem Maul hängen und deutet mit einer Pfote auf seine Kehle.

»Du musst den armen Kerl loslassen!«, ruft Goldie.

Das gibt's ja wohl nicht, denke ich, nun hat sie auch noch Mitleid mit diesem Biest, das mich beleidigt hat – aber im Grunde hat sie ja recht. Er ist ein armes Biest.

Ich vermindere den Druck auf seine Kehle, doch falls er auf dumme Ideen kommen sollte, hätte ich ihn sofort wieder im Griff. Hoffe ich zumindest.

»Und, was ist?«, hake ich in barschem Ton nach.

»Du bist *kein* dämlicher Dackel«, keucht der Kater, »und jetzt lass mich los.«

»Ich will zuerst noch wissen, wo du das Mädchen gesehen hast.«

»Da drüben ... da ist sie lang, mitten durch den Wald.« Mit der Pfote deutet er in die von ihm gemeinte Richtung. »Und jetzt lass mich endlich los!«

Ich tue ihm den Gefallen.

Sofort steht er wieder auf den Beinen und lacht, als ob er nie damit aufgehört hätte. »Du bist kein dämlicher Dackel, du bist ein saudämlicher Dackel. Ick hab nämlich Flöhe, wie sich det für nen ordentlichen Streuner jehört, und die hast du dir jetzt garantiert einjefangen. Viel Spaß!«

»Verschwinde!«, rufe ich. »Und zwar schnell. Oder soll ich dir auf die Sprünge helfen?«

Der Kater zögert keine Sekunde und rast davon, als ob der Teufel persönlich hinter ihm her wäre.

Na, das hat ja geklappt.

Stolz drehe ich mich zu meinem Rudel um.

Ach du Sch...

Jetzt weiß ich, warum sich der Kater so schnell aus dem Staub gemacht hat.

Da lauert ein Fuchs hinter meinem Rudel. Er steht da, mitten des Wegs, mit leicht gesenktem Kopf, fixiert uns und wartet ab.

Jetzt bloß nicht in Panik geraten. Wir sind in der Überzahl. Füchse greifen einen Hund normalerweise nicht an. Normalerweise. Es sei denn, sie fühlen sich bedroht.

»So, Leute, wir gehen dann mal weiter«, sage ich so locker wie möglich, aber meine Stimme zittert.

»Ja, das wird auch Zeit, dass wir Lisas Fährte aufnehmen«, bemerkt Camper. »Meint ihr, der Kater hat uns einen Bären aufgebunden, oder ist Lisa wirklich mitten durch den Wald spaziert?«

»Ich denke schon«, entgegne ich, weil ich vor lauter Angst überhaupt nicht weiß, was ich denken soll.

»Was nun?«, fragt Camper prompt. »Ja oder nein? Lasst uns mal schnell in die Richtung laufen, okay, Max? Dann kannst du mir sagen, ob da Lisas Geruch ist.«

»Wir gehen langsam weiter«, presse ich zwischen zusammengebissenen Zähnen hervor. »Ganz in Ruhe. Keiner rennt.«

Das Rumoren in meinem Gedärm wird stärker, ich glaube sogar, dass mein Rudel das hören kann.

Camper sucht jedenfalls irritiert meinen Blick und bemerkt, dass ich an ihm vorbeischaue. Deshalb dreht er sich um.

»Ähm, okay, Max, du hast recht. Wir gehen ganz langsam weiter. Das ist besser, wir sind ja schließlich alle vollgefressen, nicht wahr? Und wir gehen als Gruppe weiter, auf dem Weg, nicht mitten durch den Wald, wir bleiben schööön dicht beisammen, nicht dass einer zurückbleibt, weil ihm schlecht wird.«

»Ein sehr guter und vernünftiger Vorschlag«, pflichtet ihm Herr König bei, der keine Ahnung hat, dass Campers Vernunft nicht von seinem vollgefressenen Bauch herrührt.

Und wo wir gerade beim Bauch sind. Meiner meldet sich mit Nachdruck, im wahrsten Sinne des Wortes. Am liebsten würde ich mich auf der Stelle erleichtern, aber das geht ja nicht. Austreten ist wegen dem Fuchs auch nicht ratsam, wenn ich nicht zum potenten … zum potientialen, also zum möglichen Opfer werden will.

Autsch, mein Bauch schmerzt. Das sind schon richtige Krämpfe. Ich kann kaum einen Fuß vor den anderen setzen. Aber stehen bleiben ist keine Option. Also, Hinterteilbacken zusammenkneifen und weiter.

Und atmen. Weiter atmen. Lächeln und winken. Nein, winken lieber nicht, das ist zu auffällig. Nur lächeln. Nur lächeln und nicht lachen, obwohl man sagt, dass Lachen die beste Medizin ist. Aber bei Durchfall gilt das wohl eher nicht.

»Lisa!«, ruft Goldie unvermittelt.

»Wo?«, frage ich. Hoffentlich hat sie Lisa nicht in einem Gebüsch entdeckt, schießt es mir durch den Kopf.

»Ihre Fährte!«, präzisiert Goldie. »Hier beginnt sie. Eindeutig. Dieser frische Duft, wie ein Orangensaft mit einem Spritzer Zitrone, abgerundet mit einem Hauch von lieblichem Veilchen und gekrönt von einem kräftigen Schuss Zickenaroma. Riechst du das nicht?«

»Doch«, sage ich. »Das ist Lisa, eindeutig!«, füge ich begeistert hinzu. »Ich hätte es nur nicht so ausgedrückt.«

So poetisch wie Goldie kann niemand Gerüche in Worte fassen. Mir würde das im Traum nicht einfallen. Ein Duft ist ein Duft, und damit fertig.

Das ist auch der Grund, weshalb ich im Gegensatz zu Camper nicht fürs Mantrailing geeignet bin. Ich meine, selbstverständlich kann sich auch ein intakter Rüde für die Spurensuche jenseits von Hündinnen interessieren, aber nicht jeder Hund macht da ein Hobby draus – schon gar nicht ich, denn dabei muss man sich ganz schön konzentrieren, und das ist überhaupt nicht mein Ding, viel zu anstrengend. Seitdem ich mir als Stadthund einen Börnaut geholt habe, spaziere ich lieber nur entspannt durch die Gegend und schnüffle den Weibchen hinterher.

Camper jedoch ist in seinem Element und brennt darauf, die Spur zu verfolgen. »Aber wenn mir dieser räudige Kater noch mal über den Weg läuft«, knurrt er im Weitergehen, »der wollte uns tatsächlich in die Irre leiten. So ein …«

»Schscht. Leise«, mahne ich Camper. Vom Fuchs ist zwar nichts mehr zu sehen, aber wer weiß, ob es dabei bleibt. Außerdem muss ich jetzt wirklich dringend mal austreten. Da lässt sich nichts mehr hinauszögern.

»Wo gehst du denn hin?«, fragt Camper prompt.

»Dahin, wo selbst ein Rudelführer allein hingeht«, entgegne ich über die Schulter, während ich bereits eilig nach einem passenden Plätzchen suche.

Dort, vor dem Busch, wo das alte Laub den Boden bedeckt, ist es perfekt. Ich drehe mich mehrfach im Kreis, doch kaum, dass ich mich mit gekrümmten Rücken in Position bringe, merke ich, dass mir die Stelle doch nicht behagt. Zu trocken, das ist nichts für die zarte Haut an meinem Hintern. Bei dem Baumstumpf ist es besser, da wächst schönes, weiches Moos. Ich eile dorthin, weil mein Bedürfnis schon sehr dringend ist, drehe mich blitzschnell im Kreis, hocke mich in Position … Das Moos kitzelt mich. Nein, so geht das auch nicht.

Doch lieber der einfache Waldboden nahe des Wegs, da wächst ein bisschen Gras, das kitzelt zwar am Hintern, wenn man nicht aufpasst, aber es bietet auch einen gewissen Sichtschutz.

Ich flitze mit wenigen Schritte dorthin. Mein Stress bei der Suche nach der geeigneten Toilette verstärkt die Dringlichkeit meines Bedürfnisses ins kaum noch Erträgliche. Aber ich muss mich noch viermal auf der Stelle drehen, ansonsten geht das nicht.

Ich hocke mich in Position und …

»Brauchst du noch lange?«, fragt Camper, der es kaum abwarten kann, Lisas Spur zu folgen. Wobei nicht nur ihn die Antwort interessiert, mein gesamtes Rudel blickt mich gespannt an.

»Ich kann so nicht!«, rufe ich gequält. »Ihr müsst euch umdrehen!«

Alle folgen einsichtig und umgehend meinem Befehl – bis auf Bobbi.

»Was kannst du so nicht?«, fragt Bobbi und pustet sich die Sicht frei. »Ups, ach so.«

Na super, das war genau der Moment, in dem ich mich entspannt und den Dingen ihren freien Lauf gelassen habe.

»Wow, das ist aber ein großer Haufen«, sagt Bobbi beeindruckt. »Fast wie von einer Dogge. Respekt.«

»In der Tat«, staunt Hans-Gert. »Wie kriegst du dieses fantastische Volumen hin? Frisst du viel Trockenfutter? Dann überlege ich, auch umzusteigen. Ich mag mein Nassfutter zwar lieber, aber wenn es dem guten Ruf dient und ich damit solchen Eindruck schinden kann …«

»Grillfleisch!«, entgegne ich knapp, weil ich keine Lust habe, mich länger über angesagte Häufchengrößen und die damit verbundene Ernährung zu unterhalten. Die ganze Sache ist schon peinlich genug. Ich meine, ich schnüffle ja auch gern an den Haufen meiner Vorgänger, um deren Fressgewohnheiten zu ermitteln, aber trotzdem sollten wir jetzt das Thema wechseln.

»Ich hätte da noch eine Frage …«, sagt Bobbi.

»Ich auch …«, schließt sich Hans-Gert an.

»Keine Fragen jetzt«, knurre ich. »Wir haben eine Mission. Camper, geh du voran. Wir folgen dir.«

Hoffentlich.

Alle.

Ohne weitere Zwischenfälle.

Camper hält die Nase dicht am Boden und läuft zügig voran. Auf einem Waldweg immer weiter nach Süden, in Richtung Wenningstedt.

Nach wie vor habe ich die Hoffnung, dass wir Lisa beim Volleyballfeld antreffen. Wenn wir nur endlich aus diesem Wald herauskämen, dann wäre ich erleichtert. Wobei, grundsätzlich bin ich ja erleichtert. Also, was meinen Darm anbelangt.

Aber solche Waldspaziergänge, bei denen man kaum mehr die Pfote vor Augen sieht, müssen wirklich nicht sein.

Der Meinung ist wohl auch mein Rudel. Keiner sagt was, jeder konzentriert sich darauf, nicht den Anschluss zu verlieren. Leider kann man den Leuchtturm zwar durch die Bäume sehen, aber sein Licht erreicht uns nicht, und so bleiben wir dicht beieinander und haben uns darauf verständigt, nur anzuhalten, wenn einer mal dringend muss.

Das ist so etwa alle zehn Schritte der Fall. Im Dackelmaß berechnet, nicht mit dem raumgreifenden Schrittmaß von Hans-Gert.

Jedenfalls zeigt das Grillfleisch mittlerweile bei allen durchschlagende Wirkung, und Rotti ist Chiwa sehr dankbar, dass sie sich noch rechtzeitig gemeldet hat, damit er sie schnell von seinem Rücken pflücken und auf dem Waldboden absetzen kann.

»Ich muss mal austreten«, sagt Bobbi, kaum dass wir weitergegangen sind, und wir bleiben wie verabredet in der Gruppe stehen.

»Puste dir die Sicht frei«, empfehle ich ihm.

Obwohl, denke ich, während Bobbi bereits auf dem Weg ins Gebüsch ist, viel wird das wohl nicht bringen, denn es ist stockfinster geworden. Selbst untereinander können wir uns nur noch schemenhaft erkennen.

Ich warte regelrecht auf einen Schmerzenslaut von Bobbi, doch es kommt anders.

»Waahhh«, höre ich ihn rufen. Dann ist er auch schon zurück, und ich gebe den Schmerzenslaut von mir, weil er mich umgerannt hat.

Schnell rapple ich mich auf, weil ich befürchte, dass der Fuchs uns nachstellt. Oder der räudige Kater.

»Da ist ein Geist!«, schreit er.

»Ein Geist?«, fragt Camper.

»Ja! Und ich glaube, ich muss vor lauter Schreck doch nicht mehr. Lasst uns schnell weitergehen.«

Gute Idee, denke ich, doch noch bevor ich zustimmen kann, meldet sich Goldie ängstlich zu Wort.

»Und was ist, wenn der Geist uns hinterrücks angreifen will?«, flüstert sie.

»Ich regle das«, höre ich mich als Rudelführer sagen. »Es gibt schließlich keine Geister.« Meine Angst sagt mir was anderes.

Puha. Geisterbekämpfung. Wo stand das in der Aufgabenbeschreibung? Wahrscheinlich mal wieder im Kleingedruckten. Wobei das auch egal ist, denn ich kann ja überhaupt nicht lesen.

»Ich begleite dich!«, sagt Camper entschlossen.

»Wir kommen alle mit«, entscheidet Rotti.

Und in diesem Moment bin ich so glücklich wie noch nie

zuvor, mich von meinem Rudel umgeben zu wissen und den Rudelführer in Rente an meiner Seite zu haben, der mir Sicherheit gibt.

Vorsorglich knurrend nähern wir uns in geschlossener Formation dem Geist, oder was auch immer Bobbi da einen Schreck eingejagt hat.

Die Umrisse schälen sich aus der Dunkelheit. Durchsichtig ist der Geist schon mal nicht, weiß auch nicht. Außerdem wirkt er ziemlich massiv. Er trägt eine an den Knien abgerissene Hose, Hemd und Mütze und hat die Hände in die Hüften gestemmt. Er steht vor einem Holzhaus, das er sich offenbar selbst gezimmert hat – mit Gittern an den Fenstern.

Mir stellen sich die Nackenhaare auf. Ich knurre und belle abwechselnd. Mein Rudel stimmt mit ein – und ich muss sagen, das klingt ganz schön furchterregend, wenn man von Chiwas hohem C absieht.

»Verzieh dich!«, rufe ich todesmutig und gestärkt vom Rückhalt meines Rudels.

Auf die Gestalt scheint nichts eine Wirkung zu haben. Sie wartet offenkundig ab.

»Tu was!«, flüstert Goldie mir zu. Ihre Stimme vibriert vor Angst.

Mein kleines Dackelherz springt mir fast aus der Brust. Was soll ich denn tun? Ich kann ja nicht mal klar denken.

»Ich rieche ihn nicht«, sagt Camper plötzlich. »Ihr vielleicht?«

Na, wenn er schon keinen Geruch wahrnimmt, was sollen wir dann erst sagen?

»Es ist also wirklich ein Geist!«, flüstert Bobbi am ganzen Körper zitternd.

»Aber müssen Geister nicht durchsichtig sein?«, piepst Chiwa von Rottis Rücken aus.

»Stimmt«, sage ich, und mir ist in der Dunkelheit noch etwas aufgefallen. Neben der Gestalt ist schemenhaft ein Schild zu erkennen, das dort aufgestellt wurde.

»Ich glaube, das ist so ein Dämonstrand«, sage ich ehrfürchtig. Die habe ich schon mal im Fernsehen gesehen, und von denen weiß ich, die können ganz schön Krawall machen.

»Ein Dämon vom Strand?«, ruft Bobbi erschrocken. »Das ist ja noch schlimmer!«

»Seit wann gibt es am Strand Dämonen?«, fragt Herr König, und wenn es nicht so dunkel wäre, würde ich bestimmt große Fragezeichen in seinem Gesicht erkennen.

Tja, Herr König ist zwar schlau, aber er weiß eben auch nicht alles. Die Dämonstranden, die ich gesehen habe, waren zwar auch nicht am Strand, sondern auf der Straße mit Schildern, die sie hochhalten, aber mir erscheint das überhaupt nicht abwegig, dass Dämonen vom Strand kommen und im Wald ihr Unwesen treiben. Denn die sind immer im Pulk unterwegs. Wo einer ist, sind viele.

»Da ist noch einer!«, ruft Camper prompt.

Tatsächlich. Wenn es heller wäre, hätten wir den gleich gesehen.

»Merkwürdig …«, sagt Camper. »Riecht auch nicht, bewegt sich nicht, spricht nicht …«

»Wollen die Dämonstranden uns was tun?«, piepst Chiwa.

»Keine Ahnung, was die wollen …«, entgegnet Camper.

»Vielleicht können sie nicht reden, aber sie stellen Forderungen an uns, die wir erfüllen müssen«, überlege ich flüsternd. »Herr König, kannst du lesen, was auf dem Schild steht?«

»Nicht wirklich, aber wenn du bitte mit einem Pfotendruck auf den weißen Knopf mein Leuchthalsband aktivieren könntest, damit sollte es gehen …« Er legt sich vor mich hin.

»Ich fasse es nicht!«, rufe ich aus. »Wir laufen durch diesen finsteren Wald – und du trägst ein Leuchthalsband?«

»Ich wollte den Akku sparen, wer weiß, wie lang der Weg ist, den wir noch vor uns haben – und wenn wir an der Straße entlangmüssen, ist das viel gefährlicher. Da brauche ich dann wirklich das Leuchthalsband.«

»Natürlich«, seufze ich. »Das ist viel gefährlicher.« Ich drücke wie beschrieben auf den Knopf und glaube im nächsten Moment zu erblinden. Ein grelles Licht schießt mir in die Augen, und ich muss mich abwenden.

»Das sind ja Holzfiguren!«, ruft Camper.

»So, jetzt kann ich das lesen«, sagt Herr König. »Über den kleinen Hausgeist Nis Puk …«, beginnt er.

»Klein?«, rufe ich.

»Hausgeist!«, ruft Bobbi.

»Und was fordert er?«, fragt Rotti.

»Grütze«, antwortet Herr König.

»Grütze?«, haken wir alle im Chor nach.

»Ja, er fordert einen Getreidebrei – mit extraviel Butter, so steht es hier.«

»Und was steht da noch?«, frage ich ungläubig. Wenn die Lage nicht so ernst wäre, würde ich Herrn König unterstellen, dass er uns einen Bären umschnallt.

»Jede Familie auf Sylt kann sich glücklich schätzen, wenn ein Puk bei ihr auf dem Dachboden einzieht. Das macht der kleine Kobold allerdings nur, wenn die Familie die Grütze sehr lecker kocht und ihm in seinem Grütztopf bereitstellt. Im Gegenzug sorgt er dafür, dass die Familie beschützt wird.«

»Das klingt nach einer netten Geschichte«, sagt Goldie beruhigt.

»Das ist eine Sage«, präzisiert Herr König. »Wir befinden uns im Sylter Sagenwald. Da folgen wohl noch mehr solcher

Stationen. Sie sind auch zugleich kleine Spielplätze für Kinder.«

»Sylter Sagenwald? Die Menschen kommen vielleicht auf Ideen ...«, sagt Rotti kopfschüttelnd.

»Ich finde das toll!«, ruft Goldie von ihrer Angst befreit. »Vor allem, dass das gleichzeitig ein Spielplatz ist.«

»Für Kinder«, betone ich. »Für Kinder. Und deshalb gehen wir jetzt weiter.«

»Ich muss aber mal!«, ruft Bobbi und verschwindet im Unterholz.

»Wenn das so weitergeht«, seufzt Herr König, »dann kommen wir erst im Morgengrauen in Wenningstedt an. Max, ich muss Akku sparen, schalte bitte mein Leuchthalsband wieder aus.«

»Das Licht lassen wir an, das spart meine Nerven«, entgegne ich seufzend.

Kurz darauf erreichen wir den Waldrand, und Camper führt uns entlang von Feldern über einen schnurgeraden Weg zu einem eingezäunten Hügel, wo er sichtlich ratlos stehen bleibt.

»Hast du die Spur verloren?«, frage ich alarmiert.

»Ich hoffe nicht. Aber meine Nase ist von der Masse an Menschengerüchen gerade etwas irritiert, da muss ich Lisas Geruch erst wieder rausfiltern. Hier sind heute bestimmt ein paar Hundert Leute gewesen.«

»Bei einem stinknormalen Hügel?«, hake ich irritiert nach.

»Vielleicht ist da heute eine ganz böse Hexe verbrannt worden«, piepst Chiwa. »Das habe ich mal im Fernsehen gesehen.«

»Fernsehen ist schädlich«, sagt Herr König im Brustton der Überzeugung. »Mein Herrchen besitzt gar keinen Fernseher. Ihr solltet lieber lesen lernen, als so viel zu gucken. Hexenverbrennungen gibt es schon lange nicht mehr. Das hier ist der Denghoog, wie das Schild verrät, ein Steinzeitgrab, das etwa dreitausend Jahre alt ist und besichtigt werden kann.«

»Ein Grab besichtigen?«, piepst Chiwa. »Das finde ich genauso gruselig.«

»Du meinst, die Menschen kommen hier zu Hunderten her, quetschen sich durch diesen engen Eingang in diesen Hügel, der aussieht wie ein riesiger Fuchsbau, um ein Grab zu besichtigen?«

»So ist es«, bestätigt Herr König.

»Menschen sind seltsam«, sagt Goldie und nimmt mir damit das Wort aus dem Maul.

»Hier steht, der Denghoog zählt zu den eindrucksvollsten und am besten erhaltenen Großsteingräbern Nordeuropas.«

»Na, wenn das so ist«, sage ich und tue so, also ob ich überzeugt wäre, damit wir endlich weitergehen können. »Hast du die Fährte wieder?«, frage ich Camper, und zu meiner Erleichterung nickt er.

»Es kann weitergehen. Aber ich sage dir, das ist ganz schön anstrengend, und ich bin froh, wenn wir bald da sind.«

»Nicht nur du«, sage ich und lasse die Bemerkung in aller Doppeldeutigkeit stehen.

Camper führt uns hinein in den Ort, durch eine Seitenstraße, in der zum Glück keine Menschen unterwegs sind. Ein streunender Hund ist ja schon so eine Sache, aber ein ganzes Rudel kann durchaus Panik auslösen, vor allem, wenn dazu neben einem niedlichen Dackel, einer hübschen Golden-Retriever-Lady, einem gut gelaunten Chebo und einem tollpatschigen Bobtail auch ein stattlicher Windhund, ein schwarzer und damit Furcht einflößender Königspudel sowie ein Rottweiler mit sechzig Kilo Kampfgewicht gehören – und nicht zu vergessen eine Kampfzwergin namens Chiwa, die man niemals unterschätzen sollte.

»Wie weit ist es denn noch?«, fragt ausgerechnet sie, die im Gegensatz zu uns nicht laufen muss, aber vermutlich ist der Ritt auf Rottis Rücken nicht sonderlich angenehm.

»So wie die Spur verläuft …«, antwortet Camper, »würde ich sagen, Lisa ist auf direktem Weg zum Volleyballfeld gegangen. Das heißt, wir müssen der Straße nur noch bis zu ihrem Ende folgen, dann sind wir auch schon fast da.«

Fast da. In meinen Ohren klingt das nicht allzu ermutigend, weil ich eine leise Ahnung davon habe, wie dehnbar der Begriff in unserem Fall ist.

Erstaunlicherweise folgen wir der schnurgeraden Straße entlang von Ferienhäusern über mehrere kleine Kreuzungen hinweg bis zu deren Ende ohne Zwischenfälle – zumindest keine nennenswerten.

Allerdings ist Camper sichtlich erschöpft, als wir über die breite Promenade gehen, die hoch über dem Meer verläuft.

»So viele Gerüche«, stöhnt er. »Hier war zum Sonnenuntergang so einiges los.«

Ein paar Menschen sitzen noch mit ihren Trinknäpfen in von uns abgewandten Strandkörben, die wie aufgefädelt in erster Reihe auf der Promenade stehen.

Direkt dahinter nimmt ein leuchtendes weißes Gebilde einen Großteil der Promenade ein, ich glaube, das ist so etwas, das die Menschen Kunst nennen.

»Ein Spielplatz!«, ruft Goldie, und schon ist sie nicht mehr zu halten. Sie springt durch die breiten leuchtenden Ringe, und ich bin froh, dass sie mich nicht zum Mitmachen auffordert, denn die sind doch eine Nummer zu groß für mich. Abgesehen davon bin ich dafür noch viel zu vollgefressen, und ich frage mich zudem, wo Goldie ihre Energie hernimmt.

»Und wo ist das Volleyballfeld?«

»Gleich bei dem Haus mit dem riesigen Hummer auf dem Dach um die Ecke«, sagt Camper, und wir laufen eilig dorthin.

Vor uns erstreckt sich ein tiefer gelegtes Sandfeld, das mit Flutlicht erhellt ist, aber es ist nichts mehr los auf dem Platz. Weit und breit keine Spur von Lisa. Und es gibt noch ein weiteres Problem.

»Ich sehe kein Volleyballnetz«, sagt Herr König.

»Ich sehe auch nix«, sagt Bobbi.

»Das sind doch Fußballtore …«, bemerke ich, weil ich zwar keine Ahnung habe, wie ein Volleyballnetz aussehen muss, aber diese Dinger kenne ich.

»Suchen wir vielleicht an der falschen Stelle?«, fragt Goldie.

»Das kann nicht sein!«, widerspricht Camper. »Ich war hier vor längerer Zeit mal, genau hier, und da war ein Volleyballfeld.«

»Aber jetzt ist da keins mehr«, sagt Goldie. »Das bedeutet, Lisa ist umsonst hierhergelaufen«, schlussfolgert Camper. »Denn angekommen ist sie definitiv, nun habe ich ihren Geruch auch wieder in der Nase. Sie muss genau hier gestanden haben.«

»Und vermutlich ziemlich enttäuscht gewesen sein«, ergänzt Goldie. »Schließlich ist sie die ganze Strecke umsonst gelaufen.«

»Und was machen wir jetzt?«, fragt Rotti mit Blick auf mich.

»Oh, da sind ja Trampoline!«, ruft Goldie, noch ehe ich antworten kann. Was auch immer Trampoline sind, es muss etwas sein, das mit ihrem Spieltrieb zu tun hat, und ich schließe aus Goldies glänzenden Augen, dass es nur noch etwa drei Sekunden dauert, bis sie weg ist.

Es dauert eine Sekunde. Nach drei Sekunden ist sie bereits am anderen Ende der Sandfläche angekommen, wo für mein Verständnis eine Zwingeranlage auf Stelzen steht, mit Käfigen, in die man Elefanten einsperren könnte.

Chiwa hat sich bei eins ebenfalls in Bewegung gesetzt und ist von Rottis Rücken heruntergerutscht, noch ehe er sich hinlegen kann. »Da muss ich hin!«

Und schon ist sie weg – Goldie hinterher.

»Trampoline?«, fragt Bobbi erstaunlich gelangweilt. »Ich hab mein eigenes zu Hause im Garten …« Er pustet sich die Sicht frei. »Aber das ist ja riesig!«, ruft er begeistert. »Wow, da muss ich hin!«

Weg ist er, und ich kann ihm nur ein Stoßgebet hinterherschicken, weil Goldie und Chiwa bereits an ihrem Ziel angekommen sind und ich angesichts der beiden durch die Luft wirbelnden Fellknäule jetzt begreife, was es mit so einem Trampolin auf sich hat.

Wobei ich nach meinem Stunt von der Treppe der Uwe-Düne schon der Meinung bin, dass ich bessere Saltos kann – und zwar gestreckt, nicht gehockt. Das könnte in Anbetracht der weichen Landung sogar Spaß machen.

»Denk nicht mal dran …«, sagt Rotti, »du hast als Rudelführer eine Vorbildfunktion.«

»Und ganz abgesehen davon fehlt von Lisa nach wie vor jede Spur. Das heißt, wir müssen weiter nach ihr suchen«, ergänzt Camper pflichtbewusst.

»Ihr habt ja beide recht«, entgegne ich »und damit sind wir zurück bei Rottis Frage.«

»Und damit bei meiner Antwort«, sagt Camper und guckt mich mit hochgezogenen Augenbrauen an. »Wir suchen weiter – und ich kann mir gut vorstellen, dass sie irgendwo in der Nähe geblieben ist. Hier gibt es immerhin was zu essen und zu trinken.«

»Und da Lisa auch ziemlich lauffaul ist, könntest du recht haben. Also los! Die anderen werden uns schon folgen, wie ich sehe, geht denen schon die Puste auf dem Trampolin aus.«

Und so ist es. Kaum, dass wir uns in Bewegung gesetzt haben, sind wir wieder vollzählig, auch wenn ein Teil des Rudels aus dem Keuchen nicht herauskommt und sich auf einen Wassernapf stürzt, der im Außenbereich des Restaurants steht, in dem sich ziemlich viele Menschen aufhalten. Sogar vor dem großen Gebäude sitzen die Leute dicht an dicht auf Bänken und halten ihre Trinknäpfe in der Hand. Viele haben keinen Blick für uns, nur einer stößt seine Frau an und zeigt auf uns. Dann greift er zu seinem Handy, aber nicht, um ein Foto von uns zu machen, sondern um zu telefonieren. Was er sagt, kann ich nicht verstehen, dafür ist zu viel Trubel um uns herum, noch dazu werde ich von Camper abgelenkt.

»Da ist die Spur«, sagt er und führt uns zu drei älteren Damen in Badeanzügen, die sich jeweils ein überbreites Bügelbrett unter den Arm geklemmt haben und so aussehen, als ob sie gerade aus dem Wasser kommen.

»Merkwürdig«, sagt Rotti.

»Die riechen nicht«, sagt Camper.

»Die sehen aber ziemlich echt aus«, sage ich. Allerdings stehen sie tatsächlich schon, seitdem mein Blick auf sie gefallen ist, bewegungslos unter den Duschen, aus denen kein Wasser fließt.

Was auch immer man mit Bügelbrettern im Wasser macht, und warum Menschen solche lebensecht wirkenden Menschen irgendwo hinstellen – aber bitte, mich wundert nix mehr.

Mein Blick gleitet hinüber zu einem kleinen, mit Grasflächen sehr hundefreundlich gestalteten Platz, wo sich allerdings keine Artgenossen, sondern weitere von diesen unechten, aber sehr lebendig wirkenden Menschen aufhalten.

Eine Gruppe davon hat sich in einer Reihe hintereinander aufgestellt, die Hände auf den Schultern des Vordermanns, und es wirkt so, als ob sie mitten in der Bewegung eingefroren worden wären. Die Menschen nennen so etwas Kunst und finden das bestimmt toll, aber auf mich wirkt das ziemlich gespenstisch.

Camper führt uns mit der Nase am Boden um eine weitere Gruppe dieser unechten Menschen herum, die sich auf Bänken an einem gedeckten Tisch gegenübersitzen.

Die Szene gibt mir einen Stich, weil es so ähnlich auf dem Campingplatz aussah, bis wir das Fest gestürmt haben. Bestimmt werden wir mittlerweile von unseren Herrchen und Frauchen gesucht. Ob Frauchen sehr böse auf mich ist?

Goldie scheint sich nicht mit einem schlechten Gewissen zu plagen, denn sie ist sehr an den Leckereien interessiert, die auf dem Tisch stehen. Zu Goldies Enttäuschung sind die jedoch ebenfalls nicht echt, wobei ich auch hätte schwören können, dass vor allem dieses verführerische Käsestück, das größer ist als mein Maul, zum Reinbeißen ist.

Allerdings bin ich noch pappsatt, und ich verstehe nicht, wie Goldie schon wieder Hunger haben kann – aber wann hat sie mal keinen Hunger?

Vor allem frage ich mich jedoch, was Camper dazu antreibt, in einer Endlosschleife konzentriert schnüffelnd um den Tisch herumzugehen.

»Was suchst du denn?«, frage ich.

»Blöde Frage! Lisas Spur natürlich. Sie war hier, ist um den Tisch herumgelaufen, aber ich kann nicht erschnüffeln, wohin sie dann gegangen ist. Meine Nase ist komplett überfordert, mein Kopf erst recht – ich kann nicht mehr.« Er lässt sich an Ort und Stelle aufs Gras fallen.

Das war es dann also, denke ich enttäuscht, spreche es aber nicht laut aus, weil sich Camper solche Mühe gegeben hat. Nur leider war alle Mühe umsonst, denn die Suche ist für uns an dieser Stelle zu Ende.

Wir können nur hoffen, dass Lisa von allein den Weg zum Campingplatz findet oder bereits angekommen ist – und dass wir unsere Rückkehr dorthin überleben. Weniger wegen unserer erzürnten Herrchen und Frauchen, vielmehr wegen dem Weg selbst und unserer hervorragend erprobten Eigenschaften als Chaotenbande.

Einen kleinen Funken Hoffnung habe ich jedoch noch, dass wir Lisa hier auf der Promenade finden werden.

Ruckartig wendet Goldie ihren Blick von dem gedeckten Tisch ab und hin zu einer breiten und endlos langen Treppe, die hinunter an den Strand führt.

Hat sie Lisa etwa dort entdeckt?

Nein, das ausgelassene Geschrei von Kindern am Beginn der Treppe hat ihre Aufmerksamkeit angezogen. An Kindern ist sie immer sehr interessiert, denn wo die sind, ist der Spaß nicht weit.

In diesem Punkt unterscheiden wir uns ganz gewaltig, denn ich finde Kinder unfassbar nervig und übergriffig.

Ganz im Ernst, zu Hause vergeht kein Spaziergang, auf dem nicht ein Kind ruft: »Guck mal, der süße Dackel!«, und kurz darauf tatscht mir eine Hand auf den Kopf, sodass ich fast eine Gehirnerschütterung davon bekomme. Boah, da könnte ich jedes Mal aus dem Fell fahren und bin kurz davor zu vergessen, dass mir eine Beißhemmung antrainiert wurde.

Goldie hingegen reagiert auf solche Kinder mit stoischer Gelassenheit, wie sie ja bei Klein-Lasse auch schon eindrucksvoll unter Beweis gestellt hat. Das kann ich auch, aber wenn es um tätschelnde Hände auf meinem Kopf geht, hört für mich der Spaß auf, bevor er angefangen hat.

Goldie ist vom Anblick der Kinder wie gebannt, und sie fragt sich wohl genauso wie ich, was die da machen.

Ich kann im Laternenschein nur so viel erkennen, dass sich einige Kinder vor einem röhrenartigen Eingang versammelt haben und sich darum balgen, wer als Erster hineindarf.

»Ist das etwa die Strandrutsche, von der du gesprochen hast?«, frage ich Camper.

»Keine Fragen, hast du gesagt«, erinnert mich Herr König.

»Ich bin der Rudelführer, und ich stelle so viele Fragen, wie ich will, ist das klar?«, kläffe ich ihn an, sodass er einen Schritt zurückweicht.

Ich gebe zu, ich bin etwas überreizt, weil ich mir die Suche nach Lisa anders vorgestellt habe.

»Ja, das ist die Strandrutsche«, antwortet Camper.

»Ich bin dann mal weg!«, ruft Goldie, und im nächsten Moment rennt sie auch schon rüber zu den Kindern.

Die machen ihr überrascht Platz.

Ich hätte mich doch an meine eigene Regel halten sollen, denke ich innerlich aufseufzend und renne meiner Goldie nach.

Vielleicht kann ich sie ja noch aufhalten. Wobei ich nicht wirklich daran glaube. Manchmal habe ich ja den Verdacht, dass sie ein Kind im Körper eines Hundes ist. Das ist zwar an sich nicht das Problem, aber zwischen zwei und vier Beinen besteht eben ein deutlicher Unterschied, den Goldie gern mal unterschätzt, und das fängt schon damit an, dass eine Rutsche eigentlich nicht für Hunde gedacht ist. Eigentlich.

Und dass Kinder diese Rutsche laut der Zeichnung auf der Hinweistafel nur im Sitzen benutzen sollen, weil diese entlang der beleuchteten Holztreppe ziemlich steil runter an den Strand führt, wobei das Ende der Rutsche unterhalb der Plattform liegt.

Goldie macht einen Hechtsprung in die Röhre – und weg ist sie.

Für einen Moment bleibt mir das Herz stehen.

Ich habe das starke Bedürfnis, Goldie nachzueilen, um zu sehen, ob sie heil unten angekommen ist.

Wobei die Frage ist, wie ich zu ihr gelange, ohne in Einzelteile zerlegt zu werden.

Ich muss entweder die Rutsche oder den Weg über die steilen Stufen und damit die scheinbar endlos lange Treppe hinunter nehmen. Das ist wie die Wahl zwischen Trockenfutter mit Karotten- oder Fischgeschmack.

Vor Verzweiflung jaule ich auf. »Goldie!«, rufe ich in die Röhre hinein, sodass es schmerzhaft in meinen Ohren hallt.

Aber es kommt keine Antwort.

Ist ihr etwas passiert? Oder kann sie mich einfach nur nicht hören?

Es sind nicht nur die tosenden Wellen, sondern auch die Kinder um uns herum, die sämtliche anderen Geräusche schlucken. Sie haben nach Goldies Aktion offenbar einen großen Spaß daran, uns anzufeuern, damit noch einer von uns rutscht.

Wenn die weiter so einen Lärm veranstalten, bemerken das noch ihre Eltern, und aller Erfahrung nach reagieren die nicht so entspannt. Zum einen, weil sie beim Chillen mit ihrem Trinknapf gestört wurden – allein das kann ich ja schon nicht verstehen, denn warum nimmt man nur ab und zu mal einen

Schluck, wenn man doch Durst hat? Man schlabbert den Napf leer und fertig. Aber sei's drum, die andere Sache ist, dass die Erwachsenen es nicht so prickelnd finden, wenn ein frei laufender Rottweiler neben einem Kind steht. Dabei kenne ich außer Goldie niemanden, der so kinderlieb ist wie Rotti. Aber das wissen die ja nicht.

Jedenfalls wäre es besser, wenn die Kinder sich etwas zurückhalten würden, noch dazu, weil sich mein Rudel dadurch ziemlich animiert fühlt, die Rutsche auch mal auszuprobieren.

Bobbi pustet sich die Sicht frei. »Goldie ist da runtergerutscht?« Er betritt die Röhre. »Und wir sollen auch? Das ist aber ziemlich steiiii…«

Und weg ist er.

»Du meine Güte!«, stöhnt Herr König. »Da steht doch ganz klar und deutlich – wie die Rutsche zu benutzen ist. Von Kindern! Und wer nicht lesen kann, der guckt sich die Bilder an.«

»Das sieht aber auch nach jeder Menge Spaß aus!«, ruft Chiwa aufgeregt und stellt sich auf Rottis Kopf, allerdings so, dass sie ihm mit ihren Pfoten die Augenlider nach unten drückt.

»Ich sehe nix mehr«, beschwert er sich prompt. Er lässt den Kopf sinken, bis seine Schnauze den Boden berührt. »Absteigen, bitte.«

Chiwa klettert von ihrem Taxisitz runter und nutzt die Gelegenheit, schnell zur Rutsche zu laufen und noch schneller darin zu verschwinden.

»Nicht! Meine Kleine!«, ruft Rotti. »Da muss ich aber schnell nach dem Rechten sehen …«

Kaum ausgesprochen, springt er Chiwa hinterher, und ich bin mir ziemlich sicher, dass ich trotz seines besorgten Gesichtsausdrucks ein abenteuerlustiges Grinsen um seine Lefzen erkannt habe.

Hans-Gert, dessen lange Mähne im Abendwind weht, guckt unserem ehemaligen Rudelführer kritisch nach. »Also, wenn er das seinen alten Knochen noch zumutet, dann kann ich das erst recht.«

»Hans-Gert!«, mahnt Herr König mit strenger Pudelmiene. »Du wirst doch nicht etwa …«

»Ich weiß nicht«, entgegnet er zögernd. »Nachdem jetzt so viele gerutscht sind, wird die Bahn doch wohl sauber sein.«

Und weg ist er.

»Ich muss schon sagen, von Hans-Gert hätte ich schon etwas mehr Vernunft und Contenance erwartet«, schimpft Herr König. »Wo kommen wir denn da hin, wenn jeder seinem Spieltrieb nachgeht? Und überhaupt, Max, was stehst du hier noch rum? Du solltest deinem Rudel dringend die Leviten lesen.«

Ich gucke ihn mit großen Augen an. »Du weißt genau, dass ich nicht lesen kann. Außerdem kenne ich das Buch gar nicht.«

»Alles muss man selbst machen …«, entgegnet Herr König und stößt einen übertrieben lauten Seufzer aus. »Da habe ich schon ein schweres Los gezogen, aber es hilft ja nichts. Was man nicht alles auf sich nimmt …« Er stöhnt noch einmal, bevor er die Rutsche betritt.

Täusche ich mich, oder rührte der Glanz in seinen Augen nicht allein vom Laternenlicht her?

Das lässt sich nicht mehr herausfinden, denn nun stehe ich mit Camper allein da.

Camper? Wo ist er denn hin? Eben war er doch noch da? Hat er Lisas Fährte wieder aufgenommen?

Ich drehe mich ein paarmal um meine eigene Achse, und endlich entdecke ich ihn.

Er hat es sich in einem leeren Strandkorb ganz in der Nähe gemütlich gemacht und sich dort auf der Sitzfläche zusammengerollt.

Das gibt's doch nicht!

Ich laufe zu ihm hin, stelle mich auf die Hinterbeine und erreiche zum Glück mit den Vorderpfoten die Sitzfläche, sodass ich ihn anstupsen kann.

»He, Camper!«

Ich erwarte, dass er die Augen öffnet, aber er schläft. Tief und fest.

»Camper!«, wiederhole ich direkt an seinem Ohr – an seinem Stehohr wohlgemerkt.

Nichts.

Was mache ich denn jetzt? Ich meine, ich würde mich ja liebend gern gemütlich zu ihm legen, aber da sprechen so ein paar äußere Umstände dagegen – unter anderem auch, dass ich gar nicht auf die Sitzfläche hochkomme.

»Camper!« Ich stupse ihn so kräftig an, dass ich damit wohl sogar ein Faultier geweckt hätte.

Nichts. Camper zuckt nicht mal, selbst sein tiefer Atemrhythmus ändert sich nicht. Die Erschöpfung hat ihn von den Pfoten gehauen.

»Übernachten wir hier?«, höre ich Hans-Gert fragen. »Das wäre cool, dann könnten wir noch ein paarmal rutschen.«

Ich drehe mich um und blicke in die grinsenden Gesichter meines Rudels. Meines vollzähligen Rudels, stelle ich zu meiner Erleichterung fest. Alle scheinen ihre Knochen an der richtigen Stelle zu haben und sind die Treppe raufgerannt, um die Rutschpartie zu wiederholen.

»Nein, wir übernachten ganz bestimmt nicht hier«, entgegne ich seufzend. »Erstens wird die Rutsche mit Sicherheit über Nacht geschlossen, das sieht man ja an dem Klappdeckel, und zweitens ist unser Ziel, Lisa zu finden. Stattdessen habt ihr nichts anderes als euer Vergnügen im Kopf.«

Mein Rudel guckt mich betreten an, und alle senken die Köpfe.

Nur Herr König nicht, er hält meinem Blick stand. »Dürfte ich jetzt vielleicht eine Frage stellen?«

Seiner Bitte sollte ich dieses Mal lieber nachkommen, denke ich, bevor ich wieder blöde Fragen stelle. Er hat mit Sicherheit die intelligenteren – aber das würde ich natürlich niemals zugeben.

Stattdessen gestatte ich ihm, seine Frage zu stellen.

»Also, wenn Camper schläft, könnten wir doch wenigstens noch einmal rutschen?«

Ich gucke Herrn König fassungslos an. Das hat er jetzt nicht wirklich gesagt?

Doch, hat er, stelle ich fest, und noch dazu guckt er mich an wie ein Erdmännchen, das Drogen genommen hat.

Nein, ich habe noch kein Erdmännchen auf Drogen gesehen, aber genau so stelle ich mir das vor.

»Das ist jetzt ein Scherz?«, frage ich hoffnungsvoll. Anders kann es nicht sein. »Natürlich war das ein Witz«, füge ich lachend hinzu. »Der war gut, Herr König. Ich hätte dich beinah für voll genommen.«

»Das solltest du auch«, entgegnet Herr König. »Das ist nämlich mein voller Ernst. Es ist wichtig für die körperliche Fitness und nicht zuletzt für die geistige Beweglichkeit, neue Erfahrungen zu machen. Dafür ist diese Rutsche, wie ich feststellen durfte, ein äußerst probates Mittel.«

Wie auch immer er dieses Mittel findet, ich will kein Probeabo. Das Spielchen kenne ich doch. Kaum stimmt man zu, sitzt man in der Falle und hat noch dazu seine Seele verkauft. Nein, ich will weg von dieser Rutsche, ehe mich Goldie in ihrer Begeisterung noch dazu nötigt, sie auch mal auszuprobieren.

»Schluss mit lustig. Wir müssen Camper aus seinem Tiefschlaf holen«, entgegne ich angesäuert. »Ich hab schon alles versucht …«

»Kein Problem, lass mich mal machen«, sagt Rotti. »Das haben wir gleich.« Er nähert sich mit seiner Schnauze Campers Ohr. Ganz dicht. »Futter!«, brüllt er.

Augenblicklich schreckt Camper aus dem Schlaf hoch, springt mit einem Satz auf die Pfoten und steht mit wedelnder Rute im Strandkorb. »Wo?«, fragt er aufgeregt und scheint hellwach zu sein.

»Sie sind doch alle gleich«, stellt Rotti fest und grinst zufrieden.

Camper guckt ziemlich kariert aus dem zerzausten Fell. »Dabei habe ich doch gar keinen Hunger, ich bin noch pappsatt und total erschöpft.«

Er lässt sich wieder in den Strandkorb fallen, doch bevor er sich wieder einrollen kann, rufe ich: »Camper, bitte, wir müssen noch unsere Mission zu Ende bringen, du kannst jetzt nicht schlafen.«

Schlaftrunken blickt er mich an. Selbst wenn er müde ist, sieht er noch frech aus. »Unsere Mission ist zu Ende – ich bin am Ende.«

»Nicht wieder einschlafen! Bitte! Versuch es ein letztes Mal!«

Camper rührt sich, dann setzt er sich, wenn auch schwerfällig, zurück auf die Pfoten. »Also gut«, seufzt er. »Ich versuche mein Glück.«

Er springt aus dem Strandkorb, wobei er dabei fast auf der Schnauze landet, dann berappelt er sich und geht ein paar Schritte. Seine Rute ist nicht wie sonst steil aufgerichtet, sondern hängt herunter. Aber immerhin, die Nase hat er am Boden.

Nach kurzer Zeit bleibt er gegenüber des Restaurants vor einem Gebäude mit hoher Glasfront stehen.

»Vergesst es. Ich rieche nichts«, sagt er.

»Wie nichts?«, frage ich. »Nichts von Lisa?«

»Nein, gar nichts mehr. Null.«

»Oha«, sage ich betroffen. Das kenne ich. So einen Börnaut hatte ich auch mal, und so richtig erholt habe ich mich nie davon.

»Und was machen wir jetzt?«, frage ich und kann die Verzweiflung in meiner Stimme nicht verbergen.

»Hört ihr die Sirene?«, piepst Chiwa unvermittelt. »Ich glaube, die kommt näher.«

Ich lausche. Es dringen jedoch nur das Rauschen des Meeres, Möwengeschrei, Grillenzirpen und Stimmengemurmel in meine Schlappohren. Entweder bildet Chiwa sich das nur ein, oder sie hat das deutlich bessere Gehör. »Ich höre nichts …«, antworte ich.

»Ach?«, fährt Herr König auf. »Diese halbe Portion darf dem Rudelführer also eine Frage stellen und bekommt sogar Antwort – und warum? Weil sie im Gegensatz zu mir klein, süß und weiblich ist. Das nenne ich Diskriminierung! Ich möchte sofort den Rüdenbeauftragten dieser Gruppe sprechen.«

Ich lege meine Dackelstirn in Falten. Es mag ja für uns hin und wieder von Vorteil sein, dass Herr König lesen kann und so gebildet ist, aber seine Oberschlauheit geht mir doch ganz schön auf den Kauknochen. Ich atme tief durch. »Also, erst mal, mit Diskre… mit Diskredi… mit Diskretion haben wir nichts am Hut! Und einen Rüdenbeauftragten haben wir auch nicht.«

»Das sind ja Zustände!«, echauffiert sich Herr König. »In was für einem Chaotenhaufen bin ich hier eigentlich gelandet?«

Tja, das frage ich mich auch des Öfteren, denke ich. Laut entgegne ich: »Möchtest du vielleicht mein Amt übernehmen? Das Angebot meine ich durchaus ernst, wenn du der Meinung bist, dass du das besser kannst.« Ich meine das wirklich ernst, denke ich, denn wenn er bereit wäre, würde ich den Job sofort hinschmeißen. Es mag ja sein, dass ich als Rudelführer bei meiner Goldie Eindruck schinden kann, so war zumindest mein Plan, aber angesichts dieser Gruppe scheint mir das Gegenteil der Fall zu sein.

»Nein, lass mal«, wiegelt Herr König schnell ab. »Dafür bin ich viel zu beschäftigt.«

»Ja, natürlich«, entgegne ich genervt, denn es war ja keine andere Antwort als Ausrede zu erwarten. Aber wo wir schon mal beim Thema sind: »Sonst jemand unter euch, der Interesse an einem Ferienjob hat, für den es kein Extrafutter gibt, der einen extrem viele Nerven kostet, bei dem man für alles verantwortlich gemacht wird und nie Feierabend machen kann?«

Ich gucke in die Runde und blicke in betretene Gesichter. »Keiner?«, hake ich nach und gebe zu, den Augenblick, dass sich keiner rührt und niemand mir widerspricht, koste ich ein wenig aus. Zudem hat diese Stille Seltenheitswert.

Also, innerhalb der Gruppe. Denn die Sirene höre ich jetzt auch, und sie kommt tatsächlich näher.

Goldie setzt sich demonstrativ neben mich, kuschelig nah. »Also, ich finde, Max macht einen tollen Job. Wer ebenfalls meiner Meinung ist, der erhebe die Pfote.«

Ach, Goldie, denke ich geschmeichelt. Es ist ja schön, dass du das so siehst, aber diese Frage an die versammelte Mannschaft hätte nun wirklich nicht sein müssen, denn der Rest meines Rudels empfindet das vermutlich anders, und deshalb wage ich es nicht hinzusehen, wie die Abstimmung ausgeht.

»Einstimmig – sehr schön«, sagt Goldie, und ich glaube, meinen Schlappohren nicht zu trauen.

Nun muss ich doch hinsehen.

Tatsächlich – alle haben ihre Pfote erhoben, sogar Herr König. Allerdings nicht ganz so hoch wie die anderen. »Ich habe Schulterprobleme«, sagt er.

Wenn er schon gegen mich ist, denke ich, dann hätte ich ihm etwas mehr Rückgrat und weniger Probleme mit der Schulter gewünscht.

»Das ist keine billige Ausrede«, fügt er hinzu, weil mir offenkundig auf die Stirn geschrieben steht, was ich denke. »Ich habe wirklich Arthrose, und ich wollte dich nicht so angehen. Bei mir ist gerade eine Sicherung durchgebrannt, weil ich es nicht gewohnt bin, so lange unter Strom zu stehen.«

»Das kann ich verstehen«, sage ich versöhnlich, weil es mir ja auch nicht anders geht.

»Ich entschuldige mich in aller Form bei dir als Rudelführer«, sagt Herr König, und zusammen mit seiner noch immer erhobenen Pfote wirkt es auf mich bei unserem Größenunterschied so, als wolle er mir den Ritterschlag erteilen. »Vielleicht …«, fügte er zerknirscht hinzu, »sollten wir auch nicht länger rumstehen und uns fragen, wer Fragen stellen darf. Genau genommen sollten wir lieber zusehen, dass wir schnell hier wegkommen. Ich will ja nicht unken, aber ich vermute, da hat jemand angesichts unseres frei laufenden Rudels die Nerven verloren und die Polizei gerufen.«

»Aber wir haben doch gar nichts gemacht«, sagt Goldie im Brustton der Überzeugung. »Gar nichts!« Sicher ist jedenfalls, dass Goldie sich an Klein-Lasse ein Beispiel genommen hat.

»Auf Menschen wirkt das allerdings manchmal ein bisschen anders«, gebe ich zu bedenken.

»Besonders ich wirke bedrohlich«, entgegnet Rotti niedergeschlagen. »Ich weiß. Ich komme wohl um das Tierheim nicht drum rum.«

Die Gitter, hinter denen wir uns bald befinden werden, gehören jedenfalls nicht zu einer Trampolinanlage, denke ich, und ob mein Frauchen mich aus dem Tierheim holen wird, wage ich auch zu bezweifeln, drücken wir es mal so aus. Wenn ich Glück habe, sammelt sie mich wieder ein, wenn der Urlaub vorbei ist – und ich könnte sie sogar verstehen.

Frauchen! Erst rieche ich sie, und dann ertönt auch schon ihre energische Stimme.

»Hiergeblieben!«, ruft sie, und zugleich hat sie mich am Halsband gegriffen. Mit der anderen Hand hält sie sich ihr Handy ans Ohr. »Christian! Die Hunde sind alle hier!«, ruft sie ins Telefon. »Ich schicke gleich eine Nachricht in die Gruppe. Die Polizei ist auch gerade angekommen. Nein, von Lisa keine Spur. Verdammt! Ja, ja, ich gehe gleich mal zu den Polizisten hin. Bleib am Telefon, bestimmt wollen die Beamten auch mit dir sprechen.«

Kapitel 8

»Jetzt ist es schon Mittag«, sagt Frauchen. Es sind die ersten Worte, die seit einer Stunde im Wohnwagen fallen. Selbst Lasse sitzt still auf seinem Bett und spielt lautlos mit seinen Dinos, wobei die nicht wie sonst miteinander kämpfen, sondern kuscheln.

Frauchens letzter Satz, nachdem sie am späten Vormittag mit dem Auto von einer Tour über die gesamte Insel zurückgekehrt ist, wo sie überall Flugblätter aufgehängt hat, lautete: »Keine Spur von Lisa. Nichts.«

Seitdem Stille. Ich hätte Frauchen ja gern gefragt, warum sie die Flugblätter, die Rottis Herrchen ausgedruckt hat, nicht zu Papierfliegern gefaltet, sondern aufgehängt hat, wenn die Flugblätter doch fliegen sollen, aber gut, wenn sie der Meinung ist, dass das etwas bringt?

Außerdem wüsste ich derzeit nicht, was ich stattdessen Sinnvolleres tun könnte, außer mich zu kratzen.

Natürlich, Campers Einsatz ist gefragt, so viel ist klar, ich würde mich am liebsten sofort mit ihm auf die Suche machen, aber auf meiner morgendlichen Gassirunde über den Campingplatz, bei der Frauchen die ersten Flugblätter verteilt hat, musste ich erfahren, dass nicht nur Camper, sondern mein gesamtes Rudel flachliegt.

Alle haben sich in der Nacht den übermäßigen Verzehr des Grillfleischs noch einmal durch den Kopf gehen lassen. Nur Goldie und ich scheinen das Festmahl schadlos überstanden zu haben, weil wir offenbar die robusteren Mägen haben. Sogar Lotti hat es erwischt – und zwar richtig.

Immerhin musste keiner von uns zur Strafe ins Tierheim, und ich hoffe, dass Camper sich bis heute Abend so weit erholt hat, dass wir erneut auf die Suche gehen können – und zwar dieses Mal ernsthaft und richtig. Zumindest hat das sein Herrchen in Aussicht gestellt. Freigenommen hatte er sich ohnehin heute, um mit Camper zum Tierarzt zu fahren.

»Ich mache mir solche Sorgen …«, sagt Christian vom Bett aus, wo er zwar auch in der Nacht gelegen, aber kein Auge zugetan hat.

Keiner von uns hat richtig geschlafen, selbst Lasse hat sich unruhig hin und her gewälzt, während Goldie und ich beim leisesten Geräusch von draußen alarmiert hochfuhren, weil wir glaubten, Lisa kommt zurück.

Vergeblich.

»Und ich mache mir Vorwürfe ohne Ende …«, hebt Christian erneut an.

»Ich weiß …«, entgegnet Frauchen leise, die sich auf der Sitzbank niedergelassen hat, die Hände vor das Gesicht hält und mit den Zeigefingern auf ihre inneren Augenwinkel drückt. »Aber das bringt uns auch nicht weiter …«, sagt sie mit tränenerstickter Stimme.

»Genau! Wir müssen Lisa suchen!«, bekräftigt Lasse.

»Wenn ich nur könnte …«, entgegnet Christian verzweifelt und betrachtet dabei seine Schiene mit einer Aggression wie ein abgerichteter Schäferhund das Bein seines Opfers.

Er nimmt sein Handy, schaut darauf, wie schon oft an diesem Morgen, so als könne er eine Nachricht oder einen Anruf verpasst haben, obwohl er es seiner Aussage nach auf volle Lautstärke gestellt hat. Resigniert legt er es beiseite, nur um kurz darauf erneut danach zu greifen.

Mit zitterndem Finger wischt er über das Display, drückt darauf herum und hält sich dann das Telefon ans Ohr – wie schon oft an diesem Morgen.

»Ausgeschaltet«, sagt er – wie jedes Mal.

Frauchen hebt den Kopf und blickt zu Christian rüber. »Du hast es heute bestimmt schon fünfzigmal probiert …«

»Ja, vielleicht hat sie es nicht ausgeschaltet, weil sie nicht erreichbar sein will, vielleicht war einfach nur ihr Akku leer, und sie hat mittlerweile eine Möglichkeit gefunden, den zu laden, dann würde ich auch wieder bei ihr durchkommen, deshalb probiere ich es.«

»Meinst du nicht, dass sie sich dann melden würde?«, entgegnet sie behutsam.

»Das weiß ich doch nicht, verdammt noch mal!«, schreit Christian, und sofort fügt er mit leiser Stimme hinzu: »Entschuldige bitte.«

»Schon gut …«, sagt Frauchen und drückt ihre Fingerkuppen wieder auf die Augenwinkel.

»Verdammt, ich mache mir solche Sorgen! Ich werde noch ganz verrückt. Wenn ich doch nur nicht so ruppig zu ihr gewesen wäre, und ich war wohl ziemlich ungerecht zu ihr. Wenn ich das nur irgendwie rückgängig machen könnte … Es kann doch nicht sein, dass Lisa einfach so spurlos verschwindet …«

»Wie vom Erdboden verschluckt …«, ergänzt Frauchen.

»Sag so was nicht!«, brüllt Christian und lässt sich vor Schmerz stöhnend zurück ins Kissen sinken. »Aua, mein Fuß, verdammt. Da reicht die kleinste Regung.«

»Warum regst du dich denn so auf? Was habe ich denn Falsches gesagt?«, will Frauchen verwundert wissen.

»Vom Erdboden verschluckt! Das hört sich so an, als ob Lisa irgendwo verscharrt wurde!«

»So habe ich das doch gar nicht gemeint! Das sagt man halt so.«

»Nein, das sagt man nicht so!«

»Nicht streiten …«, mischt sich Lasse ein. Seine Augen sind mit Tränen gefüllt.

»Wir streiten nicht«, sagt Frauchen schnell, und an Christian gewandt fügt sie hinzu: »Wir tun uns wirklich keinen Gefallen. Wir brauchen unsere Kraft.«

»Genau!«, ruft Lasse. »Wir müssen Lisa suchen. Die hat sich nämlich richtig dolle gut versteckt, damit wir sie nicht so schnell finden.«

»Ja, das hat sie«, sagt Christian mit einem schiefen Lächeln. Auch in seinen Augen schimmern Tränen. »Warum kratzt sich Maxl eigentlich die ganze Zeit?«, setzt er gedankenverloren hinzu.

»Das hab ich mich auch schon gefragt«, entgegnet Frauchen. »Unsere Nervosität überträgt sich wohl auf ihn. Eine Übersprungshandlung.«

»Also auf mich wirkt das so, als ob er Flöhe hätte.«

»Wo soll er die denn herhaben?«, entgegnet Frauchen verwundert. »Aber ich check mal sein Fell.«

Ich könnte ihr sagen, woher ich die Biester habe, denke ich zornig, aber das hilft uns beiden nicht weiter.

»Wie war das? Sind die Dinger auf Menschen übertragbar?«, fragt Christian, während Frauchen mein Fell durchsucht.

»Rein theoretisch schon. Aber die sind ihrem Wirtstier gern treu.«

»Und jetzt fährst du mit den Hunden zum Tierarzt?«

Bitte nicht, denke ich. Innerlich sehe ich mich am Lagerfeuer sitzen, über dem der Kater am Spieß brutzelt. Mitsamt seinen Flöhen.

»Nicht nötig, ich hab ein Spot-on in meiner Urlaubsapotheke. Kann man ja immer mal gebrauchen, und wenn, dann muss es schnell gehen. Aber ich finde bei beiden Hunden nichts. Goldie kratzt sich ja auch nicht. Ich glaube, Max ist einfach nur nervös.«

Ich glaube, ich bin noch nie so gern nervös gewesen, denke ich erleichtert.

Christians Handy klingelt.

Er starrt darauf und scheint zu keiner Bewegung mehr fähig zu sein. »Die Polizei«, sagt er mit erstickter Stimme.

»Soll ich ans Telefon gehen?«, fragt Frauchen.

»Nein«, entgegnet er entschieden und nimmt das Gespräch an.

»Ja«, sagt er. Und dann wieder: »Ja … ja … hm … ja. Danke, ja. Auf Wiederhören.«

»Und?«, fragt Frauchen. In ihrer Stimme schwingt ein Funken Hoffnung mit.

Christian schüttelt den Kopf und senkt den Blick.

»Keine guten Nachrichten?«, hakt Frauchen vorsichtig nach.

»Gar keine Nachrichten«, sagt Christian tonlos. »Nichts. Keine Hinweise.«

»Und deshalb hat die Polizei angerufen?«, fragt Frauchen erstaunt.

»Die Beamtin wollte wissen, ob das Foto von Lisa wirklich aktuell ist. Ja, das ist es, verdammt! Auf dem trägt sie sogar die Klamotten, mit denen sie verschwunden ist. Knallgelbes Shirt mit schwarzen Sternen drauf. Es ist das letzte Bild, das sie mir gestern geschickt hat, als ich im Krankenhaus war und sie auf Lasse aufgepasst hat.« Seine Stimme bricht.

»Und dann wollte Lisa nicht Verstecken spielen«, mischt sich Lasse ein. »Aber jetzt will sie Verstecken spielen.«

Christians Handy klingelt erneut.

»Noch mal die Polizei«, sagt er und streckt Frauchen das Telefon entgegen. »Ich schaffe das nicht. Übernimmst du? Und sag denen, dass sie verdammt noch mal mehr Leute einsetzen und besser die Augen aufhalten sollen! Es kann doch nicht sein, dass auf dieser gottverdammten kleinen Insel ein Teenager-Mädchen mit so auffälligen Haaren und Klamotten nicht gefunden wird. Das sind keine Beamten, das sind Blindvögel!«

»Schscht ...«, macht Frauchen, die aufgestanden ist und Christian sein Telefon abnimmt. »Ich gehe jetzt ran.«

»Ja«, sagt sie daraufhin. »Ja ... ja ... hm ... Okay, ja ... Nein ... ja ... gut, ja ... gut. Ja, danke. Auf Wiederhören.«

»Gut?«, fragt Christian, kaum dass Frauchen aufgelegt hat, und seine Stimme schnellt dabei in die Höhe. »Was ist gut?«

»Eben hat jemand bei der Polizei angerufen. Eine Zeugin glaubt, Lisa in Keitum gesehen zu haben.«

»Dann ist sie dort auch! Lisa kann man nicht verwechseln.«

»Das nicht ...«, entgegnet Frauchen zögernd. »Aber die Zeugin hat Lisa bereits heute Vormittag gesehen, da wusste sie aber noch nicht, dass Lisa vermisst wird. Sie hat sich erst jetzt bei der Polizei gemeldet, nachdem sie eines der Flugblätter in Westerland gesehen hat. In Keitum hatte sie keines bemerkt, obwohl ich da auch welche aufgehängt habe. Und die Frau kann sich leider auch nicht mehr erinnern, in welcher Straße sie Lisa gesehen hat. Das ist ja auch ein Gewirr von kleinen Straßen und Gässchen in Keitum, die alle irgendwie gleich aussehen.«

»Ich fasse es nicht!«, ruft Christian. »Endlich hat jemand Lisa gesehen, und trotzdem sind wir so weit wie vorher.«

»Nein, wir sind einen Schritt weiter«, sagt Frauchen. »Wir wissen, dass es Lisa gut geht.«

Christian entgegnet erst mal nichts, er starrt nur vor sich hin. Dann fragt er leise: »Und jetzt?«

»Jetzt suchen die Beamten verstärkt dort, in der Hoffnung, dass sich Lisa noch in Keitum aufhält. Und ich fahre auch dorthin. Sofort! Maxl, Goldie, aufstehen! Ich nehme die Hunde mit!«

»Und mich auch!«, ruft Klein-Lasse, und schon ist er von seinem Bett runtergeklettert. »Ich will Lisa auch suchen!«

»Nein, das geht nicht …«, wiegelt Frauchen ab.

»Aber warum denn nicht?« Lasse schiebt die Unterlippe vor. »Ich will mit Lisa Verstecken spielen!«

»Lasse, komm her!«, sagt Christian. »Du musst hierbleiben und deinem Papa helfen. Ohne dich komme ich doch nicht an die Kekse ran.«

»Au ja, Dedse!«, ruft Klein-Lasse.

»Und sollen wir wieder einen Film anschauen?«

»Ja, ja, ja!« Lasse hüpft auf der Stelle, aber dann kommt ihm offenbar ein Gedanke, und er hält inne. »Aber nicht wieder einschlafen, Papa!«

»Nein, natürlich nicht«, sagt Christian und verzieht den Mund zu einem Lächeln. »Wie könnte ich jetzt auch schlafen?«, fügt er mit einem gequälten Blick auf Frauchen hinzu, die uns unterdessen an die Leine genommen hat.

Ihre Schuhe hatte sie gar nicht erst ausgezogen.

Normalerweise lässt Frauchen Musik laufen, oder sie unterhält sich mit uns, so als ob wir menschliche Beifahrer wären, aber auf dieser Fahrt herrscht angespannte Stille.

Frauchen umklammert mit beiden Händen das Lenkrad und fährt Goldies Einschätzung nach viel zu schnell entlang der kurvigen Straße, von der aus man weit über die Heidelandschaft und das Meer blicken kann.

Ich hingegen kann von der Kofferraumbox aus nur den Himmel und hin und wieder das Dach eines Hauses sehen, jetzt folgt ein viereckiger Turm mit einem Dach, dessen Funktion sich mir nicht erschließt und der entweder aus roten oder grünen Steinen besteht, wer weiß das als Hund schon so genau, und dann kommen ein paar Schiffsmasten in mein Blickfeld, und ich schließe daraus, dass wir an einem Hafen vorbeigefahren sind.

Wobei – vorbeigerast trifft es wohl besser.

Goldie hält die ganze Zeit über angestrengt Ausschau nach Lisa, und ich blicke in den Himmel und bete darum, dass sie ruft: »Da ist sie!« – und dass wir heil in diesem Keitum ankommen und nicht irgendwo im Graben landen.

Für mein Gefühl sind wir etwa zehn Minuten unterwegs, als Frauchen so rasant in die Kurve fährt, dass es mich umhaut.

»Kreisverkehr!«, ruft Goldie.

Na danke, da hätte sie mich ja etwas früher warnen können. Aber auch Goldie hat sogar im Sitzen Mühe, das Gleichgewicht zu halten.

Ich versuche, mich aufzurappeln, was bei diesen kräftigen Fliegen, ich meine diesen Fliegenkräften gar nicht so einfach ist, die mich gegen den Rand der Box drücken.

Das ist aber wirklich ein sehr enger Kreisverkehr, denke ich, genau genommen würde ich sagen, dass wir uns im Kreis drehen.

Die Fliegenkräfte werden noch stärker, und irgendwie habe ich das dumpfe Gefühl, dass die gleich zu Flugkräften werden und wir den Abflug machen.

»Festhalten!«, schreit Frauchen.

Geht klar, denke ich panisch, wenn sie mir sagt, wie ich das mit meinen Pfoten anstellen soll?

»Waaah!«, ruft Frauchen.

Zum Denken oder Handeln habe ich keine Zeit mehr, alles geht wahnsinnig schnell. Rasend schnell.

Es rumpelt, der Wagen hüpft, die Stöße übertragen sich auf mein Genick, wobei von einem Wackeldackel nicht die Rede sein kann, von außen betrachtet gleicht das wohl eher einem Dackel beim Headbanging.

Und dann ist es plötzlich vorbei. Es herrscht eine unwirkliche Stille.

Der Wagen steht. Wir nicht mehr.

Immerhin haben wir uns nicht überschlagen, aber Goldie und ich sind trotzdem durcheinandergeworfen worden und müssen erst mal unsere Körperteile sortieren.

Das mag auf den ersten Blick nicht schwierig erscheinen, da wir uns optisch nicht wirklich ähneln, aber ich fühle mich, als ob ich auf einem anderen Planeten gelandet wäre – und mein Hirn scheine ich irgendwo auf dem Flug verloren zu haben.

Keine Ahnung, ob ich Schmerzen habe, ich weiß irgendwie gar nichts mehr.

Nur, dass ich aus diesem Auto rauswill. Ob Frauchen uns da vielleicht mal zügig behilflich sein könnte?

Frauchen! Seit der Bruchlandung habe ich noch keinen Ton von ihr gehört. Auf dem Fahrersitz regt sich nichts.

Angst überkommt mich. Es fühlt sich so an, als ob eine Welle über mir zusammenbrechen würde – eine kochend heiße Welle.

»Frauchen!«, rufe ich voller Verzweiflung, und in mein Bellen mischt sich ein hohes Jaulen. »Goldie, hilf mir!«

Ich weiß zwar nicht, wie sie mir helfen soll, aber irgendwas müssen wir tun.

Goldie bringt keinen Ton heraus, sie macht nur große Augen und guckt mich an wie eine Kuh, wenn's donnert. Nein, wie eine Kuh, auf deren Weide plötzlich ein Auto steht. Das ist das passende Bild, wenn ich das mit der Kuh vergleiche, die durch das Seitenfenster zu uns in den Kofferraum reinglotzt.

»OGottoGottoGott!«, höre ich Frauchen rufen.

Immerhin, sie hat wieder was gesagt! Und jetzt rüttelt sie an der Fahrertür und kriegt sie nach einigen Versuchen sogar auf.

»Sind Sie verletzt?«, fragt zu meiner Überraschung eine männliche Stimme, die zu meiner noch größeren Überraschung sehr sachlich klingt.

»Ich weiß es nicht …«, entgegnet Frauchen.

Aha. Frauchen ist also auch auf unserem neuen Planeten gelandet. Das ist beruhigend.

»Versuchen Sie mal auszusteigen«, sagt der Mann, der ihr offenkundig die Tür geöffnet hat. »Es ist besser, wenn Sie das Fahrzeug verlassen. Schaffen Sie das ohne Hilfe? Möglicherweise haben Sie Kraftstoff verloren. Nicht dass das Fahrzeug noch Feuer fängt.«

»Meine Hunde!«, schreit Frauchen mit ähnlich hoher Stimme, wie ich vorhin gebellt habe, und steigt erstaunlich flink aus. Da geht auch schon der Kofferraum auf.

Frauchen sowie ein Mann und eine Frau in dunklen Uniformen stehen vor uns – außerdem noch eine schwarz-weiße Kuh.

Doch die Kuh muss weichen, wie der Mann in Uniform ihr mit unmissverständlichen Worten und Gesten erklärt. Das Tier denkt nur gar nicht dran.

Kann ich gut verstehen, schließlich ist das ihre Weide. Allerdings ist es für uns wiederum nicht so einfach, von der Weide zu weichen, wenn ich das richtig verstanden habe. Jedenfalls nicht mit unserem Auto. Wobei wir nun schleunigst weiden … ich meine, weichen sollten.

Frauchen scheint da jedoch anderer Meinung zu sein, denn anstatt uns aus dem Auto zu holen, knallt sie den Kofferraumdeckel zu.

Huch? Was zum …? Jetzt sind Goldie und ich die Kühe, die sich anglotzen.

Frauchen eilt zum Fahrersitz zurück, lässt sich darauf fallen und versucht verzweifelt, das Auto zu starten.

»Was wird das?«, fragt der Polizist. »Habe ich mich nicht deutlich genug ausgedrückt? Verlassen Sie bitte umgehend das Fahrzeug, und holen Sie Ihre Hunde aus dem Kofferraum.«

»Ich muss aber weiter!«, ruft Frauchen.

»Entschuldigen Sie bitte, aber Sie fahren erst mal nirgendwo mehr hin. Das Fahrzeug hat einen Totalschaden. Und Sie sollten sich ärztlich durchchecken lassen, vielleicht müssen Sie auch zur Beobachtung in die Nordseeklinik, den Krankenwagen haben wir schon angefordert, der müsste jeden Moment hier sein.«

»Ich habe jetzt keine Zeit für so was – und Sie auch nicht!«, ruft Frauchen dem Beamten zu, während sie weiter die Startversuche durchführt.

»Wie bitte?«, entgegnet der verdutzte Beamte, den ich von meiner Warte aus sehen kann. Er hebt die Augenbrauen und legt die Stirn in Falten.

Das kann ich besser. Meinen Dackelfalten macht so schnell keiner Konkurrenz. Also, wenn mich jemand fragt, ich glaube ja, dass nicht nur das Auto einen Totalschaden hat.

»Ich habe keine Zeit!«, wiederholt Frauchen. »Und Sie sind

doch auch hier, um das vermisste Mädchen zu suchen, oder etwa nicht?«

Erneute Startversuche.

»Das sind wir, und Sie können von Glück reden – erstens, dass wir gerade in der Nähe waren, und zweitens, dass Sie nicht nebenan auf der Weide mit den Galloway-Rindern gelandet sind.«

»Das ist mir alles egal«, ruft Frauchen den Tränen nahe. »Wir haben jetzt keine Zeit zu verlieren! Hier geht es um ein vermisstes Mädchen!«

»Sind Sie die Mutter?«, fragt der Polizist.

»Nein, ich bin der Vater!«, schleudert Frauchen ihm entgegen.

Noch nie, mein ganzes Dackelleben lang nicht, habe ich sie so außer sich gesehen. Mit den flachen Händen schlägt sie auf das Lenkrad. »Ist das denn jetzt alles so wichtig, verdammt noch mal? Während Sie auf Ihrem Amtsschimmel sitzen, könnte wer weiß was passieren! Nicht nur, dass Lisa etwas zustößt – sie ist eine Teenagerin! Am Ende macht sie irgendeine Dummheit. Warum geht denn diese verdammte Karre nicht an? Das Wattenmeer ist ganz in der Nähe. Und die Zuggleise …«

Frauchen bringt den Satz nicht zu Ende.

»Nun beruhigen Sie sich erst mal«, sagt die Polizistin sanft, »und steigen Sie bitte aus dem Auto aus.«

»Ich beruhige mich nicht!«, schreit Frauchen. Allerdings kommt sie wenigstens der zweiten Aufforderung nach. Sie geht erneut zum Kofferraum und entlässt uns endlich in die Freiheit.

Puh, was bin ich froh. An der frischen Luft geht's mir gleich deutlich besser, und ich habe das Gefühl, wieder halbwegs geradeaus denken zu können.

»Nix wie weg von hier!«, rufe ich Goldie zu und werfe

mich in die Leine, um Frauchen ebenfalls von meinem Plan in Kenntnis zu setzen.

»Warte!«, befiehlt Frauchen.

»Einunddrölfzig, zweiunddrölfzig, fünfvorzwölf …« Boah ey, bei allen Pfannen, in denen schon Hunde verrückt geworden sind, man reiche mir die größte davon. Das glaube ich jetzt nicht. Eben wollte Frauchen doch noch unbedingt los.

Nein, Frauchen zieht mich vorn um das Auto herum, zur Beifahrerseite, und öffnet dort mit einem Ruck die Tür. Von vorn sieht das Auto aus, als ob es sich mit einer ganzen Herde von diesen Rindern angelegt hätte. So schnell fährt das wirklich nirgendwo mehr hin, das sieht sogar ein blinder Krückstock, denn die Vorderräder stecken in einem unnatürlichen Winkel zum Auto tief in der Wiese.

So, und warum soll ich jetzt auf dem Beifahrersitz Platz nehmen?

Frauchen beugt sich zum Fußraum hin, sucht dort nach irgendetwas und taucht mit ihrer Tasche wieder auf. Die stellt sie auf den Sitz, wühlt eine gefühlte Ewigkeit darin herum, zieht schließlich ihren Geldbeutel hervor, und in dem Geldbeutel sucht sie noch etwas.

Das ist übrigens noch so eine Sache, die ich bei den Menschen, insbesondere bei Frauchen, nicht verstehe. Ständig vergräbt sie Sachen in ihrer Handtasche, und zwar so, dass sie stundenlang danach suchen muss.

Dabei ist es doch so einfach. Ich weiß immer ganz genau, wo ich Reste meines Rinderknochens verbuddelt habe. Ausbuddeln, futtern, fertig.

»Hier sind meine Papiere«, sagt Frauchen, »damit Sie zufrieden sind. Ich muss jetzt los.«

»Nicht so eilig«, sagt die Polizistin. »Ihr Ausweis ist abgelaufen.«

Abgelaufen?, frage ich mich. Ich verstehe nicht, warum die Polizistin nicht einfach an Frauchen schnüffeln kann, dann wäre die Sache doch eindeutig geklärt.

»Abgelaufen?«, fragt nun auch Frauchen, wobei ihre Stimme dabei in die Höhe schnellt. »Sie haben jetzt wirklich keine anderen Sorgen, verdammt noch mal?«

Die Polizistin macht ein Gesicht, als hätte sie mein Trockenfutter probiert. »Bitte mäßigen Sie sich. Ich weiß, Sie stehen unter Schock, aber Ihr Umgangston ist grenzwertig.«

»Ich mäßige mich überhaupt nicht, ganz im Gegenteil!«, ruft Frauchen. Mit diesen Worten lässt sie die verdutzten Polizisten stehen – und uns auch.

Mit ausladenden Schritten stapft sie entlang der tiefen Spuren, die das Auto hinterlassen hat, in Richtung Straße.

»Ähm, Frauchen, du hast was vergessen«, belle ich ihr nach.

Sie dreht sich um, sieht uns, aber ihr Blick zeigt, dass sie in Gedanken weit weg ist.

Also gut, wenn das Frauchen nicht zum Hund kommt, dann muss der Hund eben zum Frauchen …

»Na los, Goldie«, sage ich, und wir laufen mit unseren Leinen im Schlepptau zu ihr hin.

Keine Sekunde zu früh, denn hinter uns ruft der Polizist: »Feuer!«

Da sehe ich auch schon Rauch und erste Flammen aus der Motorhaube aufsteigen.

»OGottoGottoGott!«, ruft Frauchen. Sie läuft mit uns weiter in Richtung Straße, wo sie in einem ordentlichen Sicherheitsabstand erneut stehen bleibt.

Also, ich muss sagen, im Fernsehen sieht so ein Autobrand immer viel spektakulärer aus. So richtig mit Explosion und so.

Die Polizistin kommt auf uns zu, während ihr Kollege eilig

zu dem Polizeiwagen auf der gegenüberliegenden Seite des Kreisverkehrs geht.

»Keine Sorge, das Auto explodiert nicht, das gibt es nur in Filmen«, redet die Polizistin weiter auf Frauchen ein. »Ich höre schon die Feuerwehr. Alles wird gut. Machen Sie sich keine Sorgen – wobei das Auto natürlich nicht mehr zu retten sein wird, darauf müssen Sie sich einstellen. Haben Sie eine Vollkaskoversicherung?«

»*Sie* sind nicht mehr zu retten!«, ruft Frauchen. »Als ob ich mir um das Auto Sorgen machen würde – und ich pfeife auf einen Krankenwagen. Ich suche Lisa! Und wenn Sie dann mal die Zeit finden, können Sie ja nachkommen!«

»Christian, fängst du jetzt auch schon so an?«, fragt Frauchen mit dem Telefon am Ohr, während sie mit uns im Stechschritt einen schnurgeraden Weg durch Keitum entlangmarschiert, vorbei an diesen großen Strohhütten, die die Menschen in noch größere Gärten gebaut haben. »Ja, es mag sein, dass ich einen Schock habe, und ja, es kann gut sein, dass das mit der Polizei noch ein Nachspiel haben wird, aber was ist wohl wichtiger? … Ja, das auch, uns ist nichts passiert, aber die Polizei hat auf dieser Insel anscheinend zu wenig Personal, als dass sie sich gleichzeitig um ein brennendes Auto und ein vermisstes Mädchen kümmern könnte, verdammt noch mal! Ja … ja, ich weiß. Ja, ich beruhige mich wieder … ja, ich bin sicher, dass ich nicht ins Krankenhaus muss. Ja, ich melde mich wieder, wenn es Neuigkeiten gibt. Kuss!«

Frauchen stößt einen tiefen Seufzer aus, und dann lässt sie ihr Handy in die unergründliche Tiefe ihrer Tasche verschwinden.

Also, Frauchens Gesichtsfarbe gefällt mir nicht, denke ich im Weitergehen, die hat ziemliche Ähnlichkeit mit den weißen Häusern um uns herum. Ihr Atem geht schnell, zwischendurch holt sie unnatürlich tief Luft und blickt sich hektisch in alle Richtungen um.

Mitten auf einer kleinen Kreuzung bleibt sie stehen.

Also, Frauchen hatte wirklich schon bessere Ideen. Hier fahren zwar nicht so viele Autos, aber es sind doch ein paar unterwegs.

»Was hat sie denn vor?« Fragend blicke ich Goldie an, ob sie sich darauf vielleicht einen Reim machen kann, doch auch sie zuckt mit den Ohren.

Ich höre Kinderlachen und werde dadurch auf einen Spielplatz aufmerksam, der sich an der Ecke der Kreuzung hinter Bäumen und einem hohen Zaun erstreckt.

Auf Baumstämmen sitzen solche bunten Holzgestalten, wie sie uns im Wald begegnet sind.

Auch Goldie hat den Spielplatz bereits entdeckt, aber sie macht keine Anstalten, dorthin zu flitzen. Stattdessen lässt sie ihre Rute hängen und wartet ab, was Frauchen als Nächstes tut.

»Wohin bloß?«, fragt Frauchen sich laut.

Wieder senke ich meine Schnauze, bis meine Nase fast den Boden berührt. Schon auf dem Weg hierher habe ich mir mit Goldie alle Mühe gegeben, einen Hinweis auf Lisa zu erschnüffeln. Ich würde Frauchen ja so gern helfen, aber hier liegt nicht ein einziger Geruchspartikel von Lisa herum, der uns auf die richtige Spur bringen könnte.

Wenigstens eine Spur.

Ob wir sie dann bis zum Ende verfolgen könnten, wage ich ohnehin zu bezweifeln, aber immerhin hätten wir einen Anhaltspunkt, von dem aus Camper starten könnte.

Viel besser wäre natürlich, wenn wir um die nächste Ecke biegen und Lisa stünde vor uns.

Das erhofft sich wohl auch Frauchen, die noch immer ratlos auf der Kreuzung steht – und jetzt nähert sich auch noch so ein riesiges schwarzes Auto.

»Ähm, Frauchen, könnten wir mal bitte beiseitegehen?«, frage ich und ziehe an der Leine.

Frauchen rührt sich nicht vom Fleck. Ist aus ihr ein sturer Dackel geworden?

Das Auto hupt.

Das ist jetzt nicht mehr witzig. Gut, Frauchen mag sich das auch schon in so mancher Situation mit mir gedacht haben, aber ich habe mich aus Sturheit noch nie mit einem hupenden Fahrzeug angelegt.

Okay, sagen wir fast nie, na gut, eher selten, also schön, manchmal habe ich es drauf ankommen lassen.

Frauchen will es aber wirklich wissen.

Legt sie es darauf an, sich überfahren zu lassen?

Ich belle, damit sie wieder zu Sinnen kommt, Goldie und ich ziehen wie Huskys an unseren Leinen, aber vergeblich.

Mehr noch. Frauchen stemmt sich gegen unsere Zugrichtung und ruft: »Sitz! Und warten!«

Frauchen muss bei dem Unfall wirklich was abbekommen haben. Zu meinem doppelten Entsetzen kommt Goldie der Aufforderung augenblicklich nach, so wie es sich für einen Retriever gehört, der niemals ein Kommando hinterfragen würde. Ein Retriever fragt nur hinterher, wo das Leckerli bleibt.

Meine Güte, das ist echt nichts für mein armes Dackelherz. Da soll Frauchen noch einmal behaupten, ich wäre schuld, dass wir keinen entspannten Urlaub verbringen. Denn gleich war's das mit dem Urlaub. Für immer.

Ich schließe die Augen. Gern hätte ich noch ein paar Worte des Abschieds an meine geliebte Goldie gerichtet, aber ich bringe keinen Ton heraus.

»Sind Sie verrückt geworden?«, höre ich Frauchen rufen.

Ich öffne die Augen. Das Auto hat genau vor uns angehalten. Meine Schnauze berührt nur deshalb nicht die Stoßstange, weil sich die Stoßstange über meiner Schnauze befindet.

Ein Mann reißt die Tür auf und steigt aus. Der ist ganz schön klein, denke ich. Also, nicht im Verhältnis zu mir, sondern zu Frauchen. Ich frage mich, wie der im Sitzen überhaupt aus seinem Auto gucken kann.

»Ob ich verrückt geworden bin? Das muss ich Sie fragen!«

Darauf hätte ich allerdings auch gern eine Antwort, denke ich, während mein Herz immer noch rast. Goldie hingegen guckt Frauchen in voller Erwartung auf ein Leckerli an. Retriever müsste man sein – und Goldie heißen. Das ist echt unglaublich, wie sie sich durch nichts aus der Fassung bringen lässt – wenn man von Futter und Spielgeräten mal absieht. Ein hupendes Auto, das uns fast überfahren hätte, zählt jedenfalls nicht dazu.

»Ich wollte nur, dass Sie anhalten!«, ruft Frauchen aufgebracht.

»Und dafür stellen Sie sich mitten auf die Straße?«, entgegnet der Mann, der zwar klein ist, aber einen großen Bauch hat, der vor Aufregung bebt, während er spricht. »Was wollen Sie denn überhaupt von mir?«

Frauchen öffnet ihre Tasche und zieht einen großen gefalteten Zettel heraus. »Haben Sie dieses Mädchen gesehen?«

Puh, denke ich, das ist ja grundsätzlich eine gute Idee, einen Autofahrer zu fragen, ob er Lisa gesehen hat. Aber können wir das bitte nächstes Mal tatsächlich ein bisschen anders machen mit dem Anhalten?

Der kleine Mann wirft nur einen kurzen Blick auf das Foto von Lisa. »Den Zettel habe ich schon gesehen, das Mädchen leider nicht.«

Frauchen lässt das Papier sinken und schlägt ihren Blick nieder. »Schade …«, murmelt sie.

»Ja, schade …«, entgegnet der Mann und wischt sich mit dem Handrücken über die Stirn. Obwohl er nur eine kurze Hose und ein T-Shirt trägt, macht ihm die Hitze sichtlich zu schaffen. Vielleicht sollte er diese dicken Socken ausziehen, die ihm über die halbe Wade reichen, und barfuß in die Badelatschen schlüpfen – so kenne ich das zumindest von Christian.

Frauchen richtet ihren Blick wieder auf. »Bitte halten Sie weiter nach Lisa Ausschau.« Sie reicht ihm erneut den Zettel. »Lisa ist wahrscheinlich hier irgendwo in Keitum.«

Der Mann macht mit Blick auf das Papier eine abwehrende Geste. »Das brauche ich nicht. So ein … wie soll ich sagen? So ein auffälliges Aussehen kann man sich merken.«

»Vielleicht nehmen Sie den Zettel trotzdem mit.«

»Übersehen kann man das Mädel wirklich nicht«, betont der Mann, und als er Frauchens enttäuschtes Gesicht sieht, fügt er hinzu, »aber gut, geben Sie den Wisch her. Ich muss jetzt weiter, meine Frau wartet mit dem Kaffee auf mich, hab nur eben Kuchen bei *Café Nielsen* geholt.«

Frauchen blickt dem Mann fassungslos nach, wie er zurück zu seinem Auto geht. »Haben Sie Kinder?«, ruft sie ihm nach.

»Nein, warum?«

»Das merkt man.« Mit einem Ruck wendet sich Frauchen ab, und im Weitergehen murmelt sie: »Was für ein gefühlloser Vollidiot!«

Mit der Wut kehrt jedoch ihre Kraft zurück, was sich in energischen Schritten ausdrückt. Wenn sie so einen Gang draufhat, dann weiß ich, alle Pinkelpausen sind gestrichen.

Gut, einverstanden, aber ich kann gar nicht so schnell laufen, wie ich rennen muss. Schnüffeln kann ich bei dem Tempo erst recht nicht.

»Riechst … du … was?«, frage ich Goldie hechelnd.

»Nein … leider … nicht. Ich kann mich aber auch nicht konzentrieren. Ich hab solchen Hunger. Nicht mal ein Leckerli hab ich bekommen.«

Typisch Goldie, denke ich innerlich seufzend. Ich bräuchte jetzt eher was zu saufen. Überhaupt würde ich bei so einer Hitze normalerweise irgendwo im Schatten liegen, vorzugsweise mit Goldie in meiner Hundehütte – oder noch besser auf den kühlen Fliesen in der Küche, zu Hause.

Hat Frauchen nicht vor dem Urlaub behauptet, auf der Insel sei es niemals so heiß wie bei uns in München?

Meine Pfoten fangen gleich an zu rauchen, und das bestimmt nicht nur wegen dem Tempo. Die schnellen Schritte sind eher der Grund, weshalb ich mir die Füße noch nicht auf dem Asphalt verbrannt habe.

Unvermittelt bleibt Goldie stocksteif stehen und hält ihre Nase in den nicht vorhandenen Wind. »Jetzt rieche ich was«, sagt sie.

Noch bevor ich nachfragen kann, ruft Frauchen: »Ansgar! Was machst du denn hier?«

Mit Lotti an der Leine tritt er aus dem Schatten eines schmalen, mit Bäumen und Büschen überwachsenen Fußwegs.

»Nach Lisa suchen natürlich! Gefühlt ist der ganze Campingplatz hier unterwegs, teilweise mit ihren Hunden, je nachdem, wie fit die sind. Christian hat in die Gruppe geschrieben, dass Lisa in Keitum gesehen wurde.«

»Das ist ja …« Frauchen verstummt. Ihre Augen füllen sich mit Tränen. Sie schluckt. »Das …«, hebt sie erneut an, aber sie bringt kein weiteres Wort heraus. Sie atmet tief durch und wischt sich hektisch über die Augen. »Puh! Das nimmt mich jetzt doch mit.«

»Aber warum denn?«, fragt Ansgar irritiert. Obwohl sein T-Shirt schwarz ist, sieht man, wie sehr er schwitzt, und die dunkle Farbe hilft auch nicht dabei, seinen Bauch zu kaschieren, weil die kurze helle Hose zu eng ist und ihn nach oben drückt. Da lobe ich mir doch mein dehnbares Fell.

»Das ist doch selbstverständlich«, sagt Ansgar und fährt sich mit dem Handrücken über die Stirn.

»Wie bitte? Selbstverständlich?«, knurrt Lotti an seiner Seite. »Klar, mir geht's wieder gut, aber mich hat er nicht gefragt, ob ich bei dieser Affenhitze einen Spaziergang machen will. Hätte ich das gewusst, dann hätte ich so wie Herr König den sterbenden Königspudel gemimt.« Voller Frust lässt sich Lotti auf ihr Hinterteil fallen, sichtlich bereit zu einem Sitzstreik.

»Aua!«, jault sie und springt augenblicklich wieder auf. »Ich hab mir mein Hinterteil verbrannt.«

»Karma«, entgegnet Goldie herablassend, und ich feiere meine Liebste dafür.

Lotti würde am liebsten Gift und Galle spucken, das sieht man ihr an, aber es kommt nichts raus.

»Tja, du hast wohl seit gestern genug gekotzt«, bemerke ich mit einem breiten Grinsen. Okay, ich kann wirklich nur von Glück reden, dass mein Magen nicht rebelliert hat, aber die Bemerkung musste jetzt sein. Ich mache ja auch keine Freudensprünge bei der Suche nach Lisa, aber so offenkundig wie Lotti muss man seine Unlust jetzt auch wieder nicht raushängen lassen.

Frauchen schnieft und ringt um Fassung.

O nein, bitte nicht, denke ich. Nicht weinen. Wie soll ich denn von hier aus an Frauchens Gesicht rankommen, um ihr die Tränen von den Wangen zu lecken? Ich hasse Salzwasser, aber wenn Frauchen weint, kann ich nicht anders.

Frauchen holt tief Luft. »Mag sein, aber für mich ist gerade gar nichts selbstverständlich. Ich bin ein bisschen durch den Wind. Gerade hatte ich einen Autounfall, und dann ist mir ein Mann begegnet, der überhaupt kein Mitgefühl hatte, als ich ihn … ihn nach Lisa gefragt habe. Der hat keine Ahnung, wie sehr … wie sehr das schmerzt, wenn man ein Kind vermisst!«

Frauchen bricht in Tränen aus.

Na toll, jetzt haben wir das Gemüse im Napf.

Pflichtbewusst springe ich an Frauchens Bein hoch. »Ich komme nicht an deine Tränen ran, du musst dich zu mir runterbeugen«, rufe ich.

Ansgar eilt zu Frauchen und nimmt sie in den Arm. Daraufhin legt sie den Kopf an seine Schulter und weint hemmungslos.

Na, das klappt ja super mit dem Trösten, denke ich, und jetzt muss ich mich auch noch mit Lotti herumärgern. Es ist immer dasselbe. Erst gibt es nur Zoff mit ihr, und sobald sich unser Abstand auf Dackellängendistanz verringert, verwandelt sie sich in die lüsterne Lotti.

»Du solltest an mir hochspringen«, raunt sie mir zu, damit Goldie es nicht hört, »wie sich das für einen echten Rüden gehört …«

Sage ich es nicht? O bitte, nicht wieder diese Nummer. »Ich muss mein Frauchen trösten, siehst du das nicht?« Gut, das ist nur ein Vorwand, aber wenn ich ihr wieder sage, dass ich nicht auf sie stehe und noch dazu meiner Goldie treu bin, dann ist sie sauer auf mich oder lacht mich aus. Oder beides.

»Ach, komm schon, Max. Einmal ist keinmal …«

»Einmal ist keinmal«, singen meine Hormone im Chor,

während ich immer noch auf den Hinterbeinen tanze, um an Frauchens Gesicht ranzukommen.

Frauchen löst sich aus Ansgars Arm, wischt sich über die Augen und beugt sich zu mir, damit ich nicht länger an ihr hochspringe. »Frachtenstegelk«, sagt sie nachdenklich.

Das war wohl doch alles ein bisschen zu viel, denke ich. Nun hat sie ihre Sprache verloren.

»Was?«, fragt auch Ansgar.

Frauchen deutet auf ein längliches Schild. »Da steht es: Frachtenstegelk, so heißt der Weg.«

»Ach ja. Eigentlich wollte ich den Kirchenweg lang, aber Lotti hat mich zu diesem schmalen Weg hingezogen, und ich dachte mir, kann ja nicht schaden, durch so einen versteckt gelegenen Weg zu gehen, falls Lisa sich dort im Schatten ausruht. Aber leider nichts, und Lotti wollte wohl selbst nur in den Schatten. Christian hat uns zwar ein T-Shirt von Lisa als Geruchsprobe gegeben, aber ich glaube, Lotti kann damit nicht so viel anfangen.«

»Weil ich bei dieser Affenhitze keinen Bock habe!«, bellt Lotti.

»Ich weiß, du gibst dir alle Mühe«, sagt Ansgar und beugt sich zu ihr runter, um Lotti hinter den Ohren zu kraulen.

»Wo sollen wir weitersuchen?«, fragt Frauchen.

»Wir haben uns aufgeteilt. Lotti und ich sollten weiter in Richtung Kirche gehen.« Ansgar holt sein Handy aus der Hosentasche. »Wir nehmen lieber das Navi. In diesem Keitum fühle ich mich immer verloren wie Hänsel und Gretel.«

»So geht es mir auch«, sagt Frauchen, und endlich sehe ich mal wieder die Spur eines Lächelns rund um ihre Mundwinkel. »Und es tut gut, dass du da bist – wenn ich das jetzt so sagen darf, ohne dass es Missverständnisse gibt.«

»Die gibt es nicht«, sagt Ansgar, während er sich auf sein

Handy konzentriert. »Ach ja, erst mal können wir hier lang und dann da vorn am Alten Kapitänshaus links und dann immer den Kirchenweg lang.«

Kaum dass wir den Weg erreicht haben, der etwas breiter ist als alle anderen Wege, die ich bislang in diesem Keitum gesehen haben, rieche ich etwas. Ich bleibe stocksteif auf dem Gehweg stehen. Kann das sein?

Aufgeregt schnüffle ich die Stelle ab und drehe mich im Kreis, um wirklich sicher zu sein. Goldie hat noch nicht reagiert, und ich will mich nicht vor ihr blanchieren.

»Goldie? Riechst du das?«, frage ich unsicher.

»Diese läufige Retriever-Hündin, die hier langgegangen ist?«, mischt sich Lotti ein. »Ja, die rieche ich auch. Aber du bist entweder dumm oder dreist, deiner Goldie das unter die Nase zu reiben – oder beides.«

»Du bist dumm und dreist, Lotti«, entgegnet Goldie lässig, »wenn du glaubst, dass ich auf dein Gerede reinfalle. Hier war weit und breit keine läufige Hündin unterwegs.«

»Pfff«, macht Lotti und guckt hoch erhobenen Dackelhauptes in Richtung Kirche. In die Richtung, in die Lisa meiner Meinung nach gegangen ist.

Goldie hat unterdessen den Bereich beschnüffelt, der mich in Aufregung versetzt hat.

Jetzt hebt sie den Kopf und guckt mich an. Worte braucht es keine zwischen uns.

»Los geht's!« rufe ich.

Ein Dackel ist kein Schlittenhund, aber zusammen mit Goldie bräuchte Frauchen doch Kufen unter den Füßen, dann hätten wir sie nicht von den Füßen geholt.

»Es tut mir leid, Frauchen«, sage ich, und Goldie stupst entschuldigend mit ihrer feuchten Nase gegen Frauchens Wangen und versucht, ihr ein Küsschen zu geben.

»Ist dir was passiert?«, fragt Ansgar, der schon zur Stelle ist, um Frauchen aufzuhelfen.

Nicht auszudenken, wenn sie sich jetzt auch noch so wie Christian verletzt hätte.

»Ich habe heute schon einen Autounfall überstanden, da haut mich so schnell nichts mehr aus der Kurve«, sagt Frauchen mit einem schiefen Lächeln. »Ich frage mich nur, was auf einmal in die Hunde gefahren ist.«

»Das können wir dir zeigen!«, rufe ich, kaum dass Frauchen wieder auf den Beinen ist, und an Goldie gewandt füge ich hinzu: »Wir sollten vielleicht etwas langsamer ...«

Weiter komme ich nicht, denn Goldie ist schon losgelaufen. Immerhin war Frauchen dieses Mal darauf gefasst, und ich muss nun zusehen, dass ich schnell hinterherkomme.

»Fehlstart!«, höre ich einen Hund hinter uns rufen. Das war doch die Stimme von ...

Ich drehe mich um. »Herr König!«

»Ich dachte, du liegst im Sterben?«, fragt Lotti.

»Habe es mir anders überlegt«, entgegnet Herr König und setzt sich in aller Königswürde vor uns hin. »Und warum veranstaltet ihr ein Wettrennen? Merkt ihr nicht, wie heiß es ist?«

Noch bevor wir eine Antwort geben können, sagt Ansgar aufgeregt zum Herrchen von Herrn König: »Hermann, es könnte sein, dass wir eine Spur von Lisa haben.«

Hermann macht hinter seiner runden Brille große Augen. »Wirklich? Das wäre ja fantastisch!« Er wischt sich über die Stirn, die fast bis in den Nacken reicht, wo er den Rest seiner dunklen, lockigen Haare zu einem Zopf gebunden trägt. »Mein Hund hat bislang noch nichts angezeigt, obwohl er eigentlich eine sehr gute Nase hat. Liegt aber wohl an der Hitze, ich musste ihn aus dem Vorzelt tragen, anders hätte ich ihn nicht ins Auto gekriegt.«

»Auf Händen getragen zu werden war ja wohl unter diesen Umständen das Mindeste …«, sagt Herr König, »aber das nächste Mal möchte ich doch bitte eine Sänfte.«

»Ruhe, Herr König!«, befiehlt Hermann und blickt streng über den Rand seiner runden Brille, die ihm fast von der Nase rutscht. Zumindest gehe ich davon aus, dass sein Blick streng wirken soll, denn selbst auf mich wirkt das Bild, das er abgibt, ziemlich lustig. Noch mehr amüsiert mich jedoch, dass Herr König ein so wütendes Gesicht macht, dass es mich nicht wundern würde, wenn aus seiner Nase gleich Rauch aufsteigt.

»Ein König gibt nicht auf Befehl Ruhe, sondern erst dann, wenn ein König Ruhe zu geben geruht«, bellt er.

»Und wo soll's langgehen?«, fragt Hermann in das Gekläffe seines Hundes hinein, und das ist der Startschuss für Goldie und mich, unseren Leinenhaltern im Eiltempo endlich den Weg zu weisen.

Bis zur Kirche scheint es nicht weit zu sein. Aber puh! Ich bin schon vollkommen aus der Puste. Goldie hat es wahnsinnig eilig, aber ich kann nicht schneller rennen, sonst haut es mich auf die Schnauze.

»Schneller!«, treibt mich Goldie prompt an.

»Geht nicht!«, keuche ich zurück. Außerdem sind wir doch gleich schon am Ziel.

»Goldie scheint … wirklich eine … heiße Spur … zu haben«, sagt Ansgar, der noch lauter keucht als ich. Das mag einerseits an seinem Hängebauch liegen, aber vor allem wohl daran, dass er Lotti tragen muss, weil die nirgendwo mehr hingegangen wäre, außer in einen Sitzstreik.

»Hoffentlich ist Lisa in der Kirche«, bemerkt Hermann.

»In die Kirche ist sie nur während dem Konfirmandenunterricht gegangen«, sagt Frauchen, »aber wer weiß … Ich habe jedenfalls trotzdem große Hoffnung.«

Ich auch, denke ich, vor allem, dass ich diesen Sprint unfallfrei überstehe.

Goldie hält vor einer Pforte an, wo sie die Nase aufgeregt zwischen die Streben steckt und jault. Mir ist eine kurze Atempause vergönnt, weil Frauchen kaum an Goldie vorbeikommt, um die Pforte zu öffnen, die uns den Weg auf einen Friedhof freigibt.

»Ich schreibe in die Gruppe, dass wir Lisa auf der Spur sind. Die sollen herkommen!«, sagt Ansgar.

»Schneller!«, ruft Goldie erneut. »Ich bin mir sicher, wir finden sie!«

»Ich kann nicht schneller!«, japse ich.

Habe ich es nicht geahnt? Ich bremse mit der Schnauze, meine Hinterbeine laufen trotzdem weiter, weil die Botschaft bei denen noch nicht angekommen ist. Ebenso wenig wie bei Frauchen, weil die hinten keine Augen hat. Ich mache einen halben Überschlag, rolle mich ab und verfange mich in der Leine. Ich strample wie ein Verrückter, mein Befreiungsversuch gelingt, ich stehe wieder auf meinen Pfoten und renne weiter.

Wenn Goldie das gesehen hätte!

»Nicht schlecht!«, bemerkt Lotti von Ansgars Arm aus.

Na, immerhin konnte ich sie beeindrucken, denke ich und rolle mit den Augen. Laut sage ich: »Du solltest nur dein Ohr wieder nach hinten klappen – das sieht nämlich ziemlich bescheuert aus.« Am liebsten würde ich ihr auch noch die Zunge rausstrecken, aber die hängt mir ohnehin schon aus dem Maul. Abgesehen davon bleibt mir keine Zeit, mich länger mit Lotti auseinanderzusetzen, weil Goldie es echt eilig hat.

Der Wind frischt auf, er rauscht durch die Bäume auf dem Friedhof, an dessen Rand wir an der Kirche vorbei auf dem schnurgeraden Weg zum Ausgang auf der anderen Seite eilen.

Ausgang? Och bitte, ich dachte, die Suche hätte hier ein Ende? Ich kann echt nicht mehr. Zwar bringt der Wind etwas Abkühlung, und jetzt schiebt sich auch eine Wolke vor die Sonne, was die Hitze erträglicher macht, aber das ändert nichts an meinen platten Pfoten, die mir von gestern noch wehtun.

Wider Erwarten bleibt Goldie kurz vor dem Ausgang stocksteif stehen und starrt nach links.

Hat sich Lisa im Gebüsch versteckt? Aber warum rennt Goldie dann nicht zu ihr hin?

»Ein Dämon!«, schreit Goldie und bellt sich in Rage.

»Ach, komm schon«, sage ich lachend und gucke ebenfalls nach links. Mir bleibt das Lachen im Hals stecken.

Also, nicht zuletzt seit diesem Urlaub bin ich von Menschen einiges gewöhnt, was die so an irgendwelchen Ecken aufstellen und toll finden, aber das ist ja mal wirklich gruselig. Eine gebeugte, massige Gestalt hockt da unter einem Umhang, statt einem Gesicht oder dem Körper blicke ich in die Dunkelheit, weil sie innen hohl ist.

»Weiter!«, keucht Goldie und zieht Frauchen zum Ausgang und um die Ecke zu einer Bushaltestelle.

Bushaltestelle, denke ich. Gar nicht gut.

Goldie schnüffelt dort aufgeregt herum, geht mal ein Stück in die eine, dann in die andere Richtung, während mir bereits dämmert, dass die Suche an dieser Stelle ein Ende hat.

»Das war's«, sagt nun auch Goldie. Sie setzt sich hin und lässt den Kopf hängen.

Auch unsere Leinenhalter werfen sich ratlose, enttäuschte und traurige Blicke zu, weil auch sie sich denken können, dass Lisa mit dem Bus weitergefahren ist.

Hermann geht zu einem Schild, das vor dem Wartehäuschen steht, und beugt sich trotz Brille ganz nah ran, um das Kleingedruckte zu studieren. Das ist eine gute Idee, denke ich, denn da stehen wichtige Sachen drin, und je kleiner das Kleingedruckte gedruckt ist, umso größer sind die Folgen, sagt Frauchen immer.

Hermann zieht die Augenbrauen hoch, sodass sie weit über den runden Brillenrand ragen. »Von hier aus fährt der Bus leider nicht nach Kampen, er nimmt die Strecke über den Munkmarscher Hafen und dann über Braderup und Wenningstedt zurück nach Westerland.«

»Aber in Wenningstedt …«, sagt Ansgar nachdenklich und schirmt mit der Hand die Augen gegen die Sonne ab, damit er Hermann ansehen kann, »… könnte Lisa umsteigen in Richtung Kampen, oder sie geht von Wenningstedt aus zu Fuß zum Campingplatz zurück.«

»Wenn ihr der Sinn danach steht …«, sagt Frauchen niedergeschlagen. Ihre Gesichtsfarbe ist zwar mittlerweile zurückgekehrt, ihre Wangen sind sogar hochrot, seitdem wir über den Friedhof gehetzt sind, aber ihr Blick wirkt leer. »Ich meine, die Frage ist doch, warum Lisa an der Keitumer Kirche war?«

»Und dann auch noch auf dem Friedhof …«, murmelt Hermann. »Das sind für mich Anzeichen, dass Lisa in höchster seelischer Not ist und nach Antworten sucht.«

Frauchen nickt, und in ihren Augen sammeln sich Tränen. Sie blinzelt und blickt zum Himmel hinauf. »Ich mache mir solche Sorgen. Ich …« Ihre Stimme bricht.

Ansgar wirft Hermann einen strafenden Blick zu. »Das kann auch Zufall gewesen sein, dass Lisa hier langgegangen ist, weil das der kürzeste Weg zur Bushaltestelle ist.«

Frauchen schüttelt den Kopf und wischt sich über die Augen. »Sie hätte auch den parallelen Weg nehmen können, der außerhalb vom Friedhof verläuft.«

»Den kann man übersehen«, beharrt Ansgar.

»Nein«, sagt Frauchen und zieht die Nase hoch. »Du willst mich nur beruhigen.« Frauchens Stimme klingt zornig, aber in ihren Augen funkeln Tränen. Sie wendet sich ab und sucht Zuflucht auf der Sitzbank in dem Haltestellenhäuschen, wo sie ihr Gesicht in den Händen verbirgt.

Ich bin sofort zur Stelle, springe an ihrem Bein hoch und versuche, ihre Wange zu erreichen. Aber ich komme nicht ran, und das bringt mich in Bedrängnis, weil ich meiner Pflicht nicht nachkommen kann.

»Es wird alles gut, Frauchen«, sage ich, auch wenn sie mich nicht versteht, aber vielleicht kann ich sie ja mit meiner Nähe trösten. Das ist mir ohnehin lieber als der Salzgeschmack auf meiner Zunge. Ganz abgesehen davon habe ich einen Durst, dass ich den ganzen Wenningstedter Dorfteich leer saufen könnte. Ach nein, lieber doch nicht, das ist ja das Entenklo.

Ein Donnergrollen lässt mich zusammenzucken.

Auch Frauchen hebt den Kopf und blickt mit verquollenen Augen erneut in den Himmel. »Das sieht nicht gut aus …«, sagt sie mit dünner Stimme.

»Und jetzt?«, fragt Hermann.

»Warten wir auf die anderen«, entgegnet Ansgar. »Die müssten bald bei uns sein, und dann besprechen wir, wie wir uns weiter aufteilen.« Er wirft einen Blick auf sein Handy. »Christian hat in die Gruppe geschrieben. Er fragt, ob wir Lisa bei der Kirche gefunden haben.«

»Ich antworte ihm«, sagt Frauchen tapfer, wischt sich erneut über die Augen, holt ihr Handy aus der Tasche und fängt an zu tippen. »Ich schreibe ihm, dass Lisa vielleicht zurück zum Campingplatz gefahren ist.«

»Der Polizei müssen wir unsere neue Spur auch noch mitteilen«, bemerkt Ansgar.

»Das mache ich auch gleich«, entgegnet Frauchen und konzentriert sich wieder auf ihr Handy. »Christian schreibt, dass Lisa noch nicht angekommen ist, aber er hat große Hoffnung.« Frauchen wischt und tippt erneut auf dem Display herum, hält sich dann das Handy ans Ohr und atmet tief durch. »Ich versuche, noch mal Lisa zu erreichen. Die Hoffnung stirbt …« Frauchen unterbricht sich selbst. »Es klingelt! Es klingelt!«, stößt sie hervor. Ihre Augen werden groß, und ihre Mundwinkel zucken unter einem erwartungsvollen und zugleich noch etwas ungläubigen Lächeln. »Schscht«, macht sie, obwohl keiner von uns einen Ton gesagt hat.

Wir wagen es nicht mal, uns zu bewegen.

Ich höre eine Stimme aus dem Telefon.

Kurz darauf schüttelt Frauchen den Kopf und lässt das Handy sinken. Ihr Arm wirkt dabei so kraftlos, als ob sie es gleich fallen lassen würde. »Mailbox«, sagt sie tonlos.

»Immerhin!«, entgegnet Ansgar freudig. »Es gab einen Rufton! Das heißt, Lisa hat ihr Handy geladen oder wieder eingeschaltet. Wie auch immer, jedenfalls ist das doch ein gutes Zeichen! Ich könnte mir vorstellen, dass Christian uns gleich anruft und sagt, dass sie wieder da ist.«

»Lisa ist wieder da?«, fragt eine weibliche Stimme hinter uns. Es ist Bobbis Frauchen, deren grauweißer Pony an ihrer schweißnassen Stirn klebt, aber immerhin nicht über die Augen reicht wie bei ihrem Hund.

»Leider nein, Beate«, entgegnet Frauchen. »Sie scheint hier in den Bus eingestiegen zu sein. Wir hoffen, dass sie in Richtung Campingplatz fährt.«

Das hat auch der Rest meines Rudels gehört, die mitsamt

ihren Leinenhaltern kurz hinter Bobbis Frauchen eingetroffen sind.

Nun stehen wir alle da. Bis auf Rotti, der hat sich in den Schatten der Bushaltestelle gelegt, kaum dass er uns mit seinem Herrchen erreicht hat.

Frauchen schnieft und weint. »Tausend Dank, dass ihr alle bei der Suche helft. Ich hoffe, dieser Albtraum hat bald ein Ende.«

Meine Güte, das sind ja wahre Sturzbäche, die da von Frauchen auf mich runterprasseln. So hat sie ja noch nie geweint. Erstaunt gucke ich nach oben.

Ach nee, es regnet ja. Und wie!

Ich hasse Regen!

Tja, und jetzt wird es eng in dem Wartehäuschen.

Aber wir schaffen es, uns alle da irgendwie reinzuquetschen. Dicht gedrängt stehen wir beieinander, aber Hauptsache, wir haben ein Dach über dem Kopf – und Lotti macht sich nicht an mich ran.

Das Dach über dem Kopf hilft nur leider nix, wenn der Regen mit dem Wind von vorn kommt.

»Es gibt kein schlechtes Wetter, nur falsche Kleidung«, sagt Hermann und lacht.

Haha, sehr lustig, denke ich. Und was ist, wenn man Fell hat? Da helfen keine schlauen Sprüche.

Innerhalb kürzester Zeit sind wir alle klatschnass, und Herr König guckt, wie ein begossener Pudel eben gucken muss. Bobbi ist auf einmal erstaunlich schlank, als ob er zehn Kilo abgenommen hätte.

»Meine Frisur!«, kreischt Hans-Gert in den höchsten Tönen. »Ich verlange auf der Stelle nach meinem mobilen Hundefriseur, vorher verlasse ich dieses Häuschen nicht.«

Wir lachen und schütteln unser nasses Fell aus, dass die

Tropfen nur so fliegen. Unsere Leinenhalter fluchen, wobei ich gar nicht verstehe, was die haben – die sind doch genauso nass wie wir. Aber wenn die schimpfen, dann dürfen wir das auch, und so bellen wir in allen Tonlagen und Stimmhöhen und beschweren uns über dieses Scheißwetter – anders kann man das ja nicht ausdrücken.

In den Tumult hinein ruft Frauchen: »Da klingelt was!«

Alle greifen nach ihren Handys – also, unsere Leinenhalter, wir natürlich nicht –, und dann sagt Frauchen: »Oh, das ist ja meins!« Sie starrt auf das Display. »Christian!«, ruft sie und nimmt eilig den Anruf an.

Gespannt blicken wir sie an und warten auf die erlösende Nachricht, dass Lisa zurück ist.

»Nein … o Gott … nein, ja, ich komme so schnell wie möglich.«

»Was ist los?«, fragt Ansgar, aber Frauchen starrt nur ins Leere.

Mir schießen tausend Möglichkeiten durch den Kopf, was passiert sein könnte.

»Lasse«, stößt Frauchen hervor.

»Lasse?«, fragt Ansgar und hebt die Augenbrauen.

»Ja, Lasse …«, bringt Frauchen hervor, die kreidebleich geworden ist. »Meine Beine … ich muss mich setzen«, sagt sie anstelle einer Erklärung, und Ansgar greift ihr sofort unter die Arme. Alle weichen zur Seite, damit er sie zur Sitzbank bringen kann.

»Was ist mit Lasse?«, hakt Ansgar nach und kniet sich vor Frauchen, um ihren Blick einzufangen.

Frauchen seufzt schwach, so als ob sie etwas sagen wolle, aber sie bringt keinen Ton heraus.

Ansgar rüttelt sanft an ihren Armen. »Nicht ohnmächtig werden! Hat jemand Wasser für Ronja?«

»Hier«, sagt Chiwas Frauchen, deren Stimme in etwa so hoch klingt wie die ihrer Hündin.

»Danke, Judy«, entgegnet Ansgar und öffnet die Flasche. Er muss Frauchen sogar beim Trinken helfen.

Erst nach zahlreichen Schlucken bedeutet sie ihm, dass sie genug hat. Ansgar betrachtet Frauchen besorgt und scheint zu überlegen, ob er nachhaken soll, was los ist, oder ob er Frauchen lieber noch ein bisschen Zeit gibt.

»Lasse ist weg«, bringt Frauchen unvermittelt hervor.

»Wie, weg?«, fragt Ansgar, weil er offenbar noch nicht an die große Tragweite der Nachricht glauben will.

»Weg«, wiederholt Frauchen schwach. »Spurlos verschwunden.«

Kapitel 9

»Das gibt's doch alles gar nicht«, sagt Frauchen, nachdem wir zurück auf dem Campingplatz sind.

Christian hat auf dem Campingstuhl vor dem Vorzelt auf uns gewartet und stützt sich nun auf seine Krücken, um aufzustehen. Er schüttelt immerzu den Kopf, sein Blick ist glasig. »Es ist ein Albtraum …«, bringt er hervor.

»Sind die anderen schon zurück?«, fragt Rottis Herrchen, während er Goldie und seinen Hund aus dem Wagen springen lässt. Dann hilft Reiner mir heraus, und ich verkrieche mich sofort in den Schatten unter dem Campingtisch, auf dem zahlreiche, teils nur halb geleerte Wassergläser stehen.

Christian nickt. »Kurz vor euch angekommen. Wir haben uns nur kurz besprochen, ich hab Wasser angeboten, alle haben sich schnell umgezogen und sind dann in alle Richtungen ausgeschwärmt, um rund um den Campingplatz zu suchen. Nur Ansgar ist noch nicht zurück.« Er beugt sich zu Goldie hinunter und krault ihr über den Kopf. »Ja, ich hab dich auch vermisst …«

Ach, und mich nicht, denke ich und reibe von meinem Schattenplatz aus meinen Kopf an seinem Bein. Am falschen Bein.

»Aua!«, ruft Christian und beugt sich zu mir runter. »Kannst ja nichts dafür, mein Kleiner. Natürlich bekommst du auch deine Streicheleinheiten. Bist so fleißig marschiert bei der Hitze.«

Und das nimmt kein Ende, denke ich, denn jetzt müssen wir auch noch Lasse suchen. Für mein Gefühl hat es eine halbe Ewigkeit gedauert, bis Rottis Herrchen uns mit seinem großen Auto an der Bushaltestelle eingesammelt hat, obwohl er mit den anderen Leinenhaltern im Laufschritt zum Parkplatz am Ortseingang geeilt ist.

»Ansgar kommt auch gleich«, sagt Frauchen. »Er wollte mich nicht allein lassen, weil es mir vom Kreislauf her nicht so gut ging. Erst als Reiner mit seinem Auto da war, ist er auch zum Parkplatz gegangen.«

»Du siehst auch jetzt noch sehr bleich aus«, bemerkt Christian mit hochgezogenen Augenbrauen, »setzt dich mal schnell da hin.«

Zu meiner Überraschung kommt Frauchen seiner Aufforderung ohne Widerspruch nach.

»Weit kann Lasse ja noch nicht gekommen sein …« murmelt sie und blickt sich erneut um, in der Hoffnung, ihn zu entdecken. »Hast du es denn gleich bemerkt, als Lasse weg war?«

»Ja, habe ich! Diesmal bin ich nicht eingeschlafen. Ich wollte auch sofort hinterher, aber so schnell geht das ja nicht. Und als ich draußen war, war er schon spurlos verschwunden.«

»Vielleicht hat er sich wieder unter einem Wohnwagen versteckt …«, denkt Frauchen laut nach und trinkt ihr Glas, das Christian ihr eingeschenkt hat, in einem Zug leer.

»Da habe ich natürlich als Erstes nachgesehen«, entgegnet Christian. »Frag nicht, wie ich das mit meinem Bein geschafft habe, aber in dem Moment war mir alles egal. Als Nächstes bin ich über den Campingplatz gehumpelt und hab nach ihm gerufen. Erst danach haben wir telefoniert. Campers Herrchen war keine zwanzig Minuten später zur Stelle und hat seinen Hund gleich auf Lasses Geruch angesetzt. Camper ist zielstrebig in Richtung Norden los. Trotzdem wird natürlich in alle Richtungen gesucht.«

Reife Leistung von Camper, denke ich. Ich bin vollkommen damit überfordert, aus der Vielzahl der Geruchsspuren die Richtung herauszulesen, in die Lasse gegangen sein könnte, hier riecht es einfach überall nach ihm, und ich hoffe, dass Camper die richtige Spur hat.

»Ich mache nur kurz Pause, dann suche ich auch«, sagt Frauchen mit ziemlich schwacher Stimme.

Sie ist so blass, dass es sicher eine gute Entscheidung von ihr war, sich erst mal hinzusetzen und etwas zu trinken – und ich muss zugeben, dass ich mich selbst auch gern etwas stärken würde, bevor die Suche weitergeht. Wobei nicht der Durst das Problem ist. Im Auto habe ich bereits Rottis Trinknapf leer gesoffen, und bis auch Goldie zufrieden war, musste Reiner zweimal nachfüllen.

»Ich kümmere mich mal um die Hunde, die sind sicher hungrig«, sagt Reiner, so als hätte er meine Gedanken gelesen. Tatsächlich musste er jedoch nur auf Goldie schauen, die ihr Herrchen unentwegt mit der Schauze anstupst, doch der krault sie nur gedankenverloren.

»Das ist sehr nett von dir.« Frauchen klingt erleichtert. »Das Futter findest du im Vorzelt in dem weißen Schränkchen. Für Goldie eine Dose und für Maxl eine hal…«

Ich belle aus Leibeskräften, um Frauchen zu übertönen. So genau muss Reiner das ja wohl nicht wissen.

»Boah, da kriegt man ja Ohrenschmerzen«, sagt Rotti, während er sich im Vorzelt-Eingang einen strategisch günstigen Platz sucht. Im Schatten. Damit Reiner im Hinausgehen garantiert über seinen Hund fällt, wenn ich ihn nicht rechtzeitig warne. Das Herrchen, nicht den Hund.

»Ja, Maxl, ist ja gut …«, sagt Frauchen. »Du kriegst ja gleich dein Fresschen.«

Fresschen. Genau da liegt das Problem.

»Sieht wohl schlecht für dich aus«, sagt Rotti, und seine Stimme klingt tatsächlich so, als ob er Mitleid mit mir hätte.

Wohl wahr, denke ich und setze mich missmutig vor den Eingang, um Reiners Tun genau zu beobachten – und das von Rotti ebenfalls. Sicher ist sicher.

Die erste Dose hat Reiner bereits geöffnet und füllt sie in Goldies Napf. Mit dem Löffel kratzt Reiner die Reste säuberlichst heraus.

Sehr nett von ihm, aber bei dem Geräusch hält mich nix mehr auf meinem Hinterteil. Ich renne an Rotti vorbei und springe an Reiners Bein hoch.

Goldie geht es genauso. Hechelnd setzt sie sich neben mich und guckt erwartungsvoll zu Reiner hoch – besser gesagt, sie himmelt ihn regelrecht an. Tja, so ist das. Beim Futter ist die Treue dahin.

Reiner öffnet die zweite Dose. Endlich, jetzt bin ich dran. »Warte, mein Kleiner …«, sagt er lächelnd. Der hat gut reden, denke ich, während meine Rute so schnell wedelt, dass ich mich kaum auf den Hinterbeinen halten kann.

Reiner löffelt die Hälfte der zweiten Dose ebenfalls in Goldies Napf.

Bitte? Was macht der denn da?

»Hast du das gesehen?«, fragt Goldie, wobei sie hocherfreut klingt. Keine Spur von Mitleid mit mir. Ich sag es ja …

»Was soll denn das?«, beschwere ich mich lautstark bei Reiner. Bisher fand ich Rottis Herrchen ja wirklich nett, aber …

Jetzt stellt er die halb gefüllte Dose – meine Portion – in den Kühlschrank. Ich dreh gleich durch!

Reiner nimmt den Napf und will ihn nach draußen tragen. Jetzt dämmert mir, was er vorhat. Ich soll mit Goldie aus einem Napf fressen. Der hat ja wohl nicht mehr alle Näpfe beisammen! Glaubt der wirklich, Goldie würde mit mir teilen? Sie inhaliert ihr Futter. Mit viel Glück bekomme ich vielleicht einen Minihappen ab.

Ich dackle ihm hinterher, klebe an seinen Fersen, und jetzt wäre es mir sogar lieb, wenn er über Rotti stolpert. Hauptsache, ich gelange an den Napf – noch vor Goldie und am besten, ohne als Vorspeise in Rottis Maul zu landen.

»Rottiiii?«, ertönt prompt Reiners mahnende Stimme. »Du hast zu oft *Dinner for One* geguckt. Ich heiße aber nicht James und falle auch nicht über dich drüber. Los, ab mit dir!«

Nachdem Rotti sich nach draußen getrollt hat, ruft Reiner meinem Frauchen zu: »Ich gebe den Hunden ihr Fressen besser hier drin!«

Das ist der größte Fehler, den du machen kannst, denke ich, und er stellt den Napf auch noch ausgerechnet direkt vor Goldie ab – tja, das war es dann für mich. So schnell konnte ich nicht mal mein Maul aufmachen. Vor lauter Fassungslosigkeit bleibt mir das Jaulen in der Kehle stecken.

»Vielen Dank«, sagt Frauchen, als Reiner zu ihr hinausgeht.

Ja, danke auch, denke ich voller Frust und gucke meiner Goldie zu, wie sie sich zufrieden das Maul schleckt. Wenn ich sie nicht so lieben würde …

»Hat Lasse denn irgendwas gesagt, was uns einen Anhaltspunkt geben könnte?«, fragt Frauchen.

»Nein«, entgegnet Christian mit erstickter Stimme. »Er hat nur den ganzen Vormittag keine Ruhe gegeben. Er hat behauptet, dass das ein großes Versteckspiel von Lisa ist, und alle dürfen mitmachen, bloß er nicht. Ich hab versucht, ihm das auszureden, aber ohne Erfolg. Nachdem der Film zu Ende war, hat er gesagt, dass er jetzt Lisa sucht, und weg war er.«

»Ohne Schuhe?«, fragt Frauchen. »Oder hat Lasse sich selbst so schnell welche angezogen?«

»Barfuß. Alle seine Schuhe stehen hier.«

»Na, dann kann er wirklich nicht weit gekommen sein«, bemerkt Reiner über die Schulter, während er zurück ins Vorzelt geht und Goldies leeren Napf nimmt. Was macht der denn jetzt?

»Hatte Lasse noch seine Sachen von heute Morgen an, oder musstest du ihn mal umziehen?«

»Nein, immer noch die blaue kurze Hose und das grüne Shirt mit dem Krümelmonster drauf.«

Reiner öffnet noch eine Dose und füllt sie um. Den gesamten Inhalt. In Goldies Fressnapf. Also, nun glaube ich wirklich, dass ich im falschen Film bin. Und Reiner will damit tatsächlich wieder zu Goldie gehen? Jetzt stelle ich ihm aber ein Bein. Also, das heißt, ich stelle mich quer. Ein Bein allein hilft ja nix.

Vor meinem geistigen Auge sehe ich, wie Reiner über mich stolpert und der Napf im hohen Bogen auf den Boden fliegt – und Goldie schneller zur Stelle ist als ich.

Wobei, Goldie hat sich neben Christian hingelegt. Ob sie etwa satt und zufrieden ist? Das käme ja einem Wunder gleich.

Reiner setzt seinen Schritt so nah an mich ran, dass ich sein Bein an meinem Körper spüre. Beim nächsten Schritt fällt er.

»Wage es bloß nicht!«, knurrt Rotti, der sich vor mir und damit auch vor seinem Herrchen aufbaut und ihn damit am Weitergehen hindert.

»Sag mal, Rotti, was ist denn mit dir los? Seit wann hast du Futterneid? Ab mit dir – geh raus zu Goldie. Das ist für Max.«

Meine Portion? Eine ganze Dose? Ich bin im Hundehimmel gelandet. Der Napf steht außer Sichtweite von Frauchen – und die halbe Dose als Aluminium, nein, als Aliment, also jedenfalls als vermeintlicher Beweis im Kühlschrank.

Reiner packt die zwei Dosen in eine Tüte. »Den Müll bringe ich gleich mal weg, der fängt ja bei den Temperaturen sonst so fürchterlich an zu stinken.«

Der ist wirklich clever, denke ich, und dann überkommt mich das schlechte Gewissen. Mit vollem Maul kauend sage ich zu Rotti: »Ich wollte deinem Herrchen kein Bein stellen …«

»Hungrige Dackel würden alles tun«, entgegnet Rotti kopfschüttelnd.

»Es tut mir leid«, entgegne ich geknickt. »Möchtest du was von meinem Futter abhaben?«

»Ich schätze deine Geste, weil du der Rudelführer bist, aber friss nur, mein Kleiner, damit du groß und stark wirst. Außerdem wäre es mir peinlich, aus einem rosafarbenen Napf zu fressen.«

Voller Wonne wollte ich gerade wieder in das Nassfutter beißen, schwebe jetzt allerdings mit offenem Maul über dem rosafarbenen Napf. Das ist wirklich peinlich.

Aber … ach, was soll's. Einem geschenkten Gaul schaut man nicht auf die Farbe des Gebisses – oder so ähnlich.

»Ach, da guck an«, höre ich Lotti sagen. »Jetzt wird mir einiges klar. Deshalb wolltest du nicht mit mir … und Goldie ist nur deine Alibi-Hündin.«

Aha, denke ich. Lotti und Ansgar sind also auch wieder zurück.

Ich tue so, als ob ich sie nicht gehört hätte. Denn wenn ich ihr nicht widerspreche, spart sie sich in Zukunft hoffentlich ihre Anmache.

»Aber das spornt mich erst recht an, dich rumzukriegen.«

Ich seufze und wende mich vom Napf ab, weil der nun ohnehin leer ist.

»Daff iff niff mein Freffnapf.« Ich weiß, man soll nicht mit vollem Mund essen, ich meine, reden, aber so viel muss ich ja wohl eilig klarstellen.

»Umso besser«, sagt Lotti und grinst. »Alles andere hätte ich dir ohnehin nicht abgenommen.«

»Keine Spur?«, fragt Ansgar ziemlich außer Atem. Er hat wohl bei seinem Wohnwagen geparkt und ist schnell zu uns gelaufen.

Christian erklärt ihm, wo überall gesucht wird, und Frauchen betont, dass Lasse nicht weit gekommen sein kann.

»Vielleicht sollten wir den Suchbereich doch etwas ausdehnen?«, gibt Ansgar zu bedenken.

»Die Polizei sucht schon weiträumig«, seufzt Christian. »Dieses Mal waren sie deutlich schneller zur Stelle – aber was ich mir von den Beamten anhören musste … ich kam mir vor wie ein Schwerverbrecher. Doch vielleicht bin ich das ja auch …«

»Christian, das hilft uns jetzt nicht weiter …«, sagt Frauchen eindringlich.

»Komm, Rotti!«, ruft Reiner. »Wir gehen jetzt los. Lasse *muss* doch irgendwo in der Nähe sein. Ein Vierjähriger. Barfuß. Wir gucken mal in jedes noch so kleine Versteck hier auf dem Campingplatz. Schließlich wollte er Verstecken spielen.«

»Ich gehe jetzt auch los«, sagt Frauchen entschlossen.

»Ja, vermutlich drei Schritte weit, bis dein Kreislauf dich wieder verlässt«, entgegnet Christian bitter. »Du bist immer noch kreidebleich.«

»Ich hatte einfach zu wenig getrunken, das war alles. Jetzt geht es mir schon besser …«

»Das glaubst du. Ich denke, dass du unter Schock stehst. Das ist ja auch alles ein bisschen viel. Erst der Autounfall …«

»Wie wäre es, Ronja, wenn wir uns mit dem Fahrrad auf den Weg machen?«, fragt Ansgar mit Blick auf die beiden Räder mit Anhänger, die seit Beginn des Urlaubs unbenutzt an der Seite stehen – zu meinem Glück. »Darf ich mir deins ausleihen, Christian? Ich habe keins dabei.«

»Ich kann ja sowieso nicht fahren«, antwortet Christian mit einem schiefen Lächeln. »Und Lotti kannst du in den Anhänger setzen, sie wird froh sein, dass sie nicht mehr laufen muss.«

»Lotti hasst Anhängerfahren«, entgegnet Ansgar.

Ach was, denke ich, da haben Lotti und ich ja tatsächlich mal was gemeinsam.

»Kann ich Lotti vielleicht bei euch lassen?«, fragt Ansgar.

»Na klar!«, sagt Frauchen. »Kein Problem. Das schaffst du doch, oder, Christian? Ich würde Max und Goldie dann auch nicht mitnehmen. Die sind platt.«

»Ja klar, mit denen komme ich schon klar«, antwortet Christian.

Na toll. Mich fragt mal wieder keiner. »Och nee, bitte nicht! Ich tue alles, ich fahre sogar Anhänger, aber bitte lass mich nicht mit Lotti hier!«, protestiere ich.

»Maxl freut sich schon«, fügt Frauchen hinzu.

Lotti zieht die Lefzen bis zu den Ohren hoch. »Ich freue mich auch.«

»Ronja, willst du wirklich fahren?«, fragt Christian, als Frauchen zum Fahrrad geht.

»Natürlich! Ich kann doch hier nicht untätig rumsitzen, es reicht schon, dass du dazu verdonnert bist. Mit dem Fahrrad ist das nicht so anstrengend, und Ansgar ist ja dabei.«

»Na gut«, entgegnet Christian seufzend. »Im Grunde hast du ja recht. Ich will mir nur nicht auch noch um dich Sorgen machen müssen, verstehst du? Ach, das darf doch alles gar nicht wahr sein.« Christian versinkt erneut in kopfschüttelnde Verzweiflung.

»Vielleicht taucht Lisa ja gleich hier auf«, wirft Ansgar ein, weil er irgendwas Tröstendes sagen will.

»Ach so, Christian, das weißt du ja noch gar nicht!«, ruft Frauchen. »Lisas Handy ist wieder an, aber ich …«

»Doch, das weiß ich«, unterbricht Christian mein Frauchen. »Ich habe es selbst immer wieder probiert, erst recht, nachdem du mir gesagt hast, dass sie auf dem Rückweg sein könnte. Es hat geklingelt, aber sie ist nicht drangegangen. Ich versuche es jetzt noch mal.«

Christian tippt auf seinem Handy herum, und Frauchen blickt ihn gespannt an, als er sich das Telefon ans Ohr hält.

»Es klingelt«, sagt Christian und kurz darauf: »Mailbox.« Er lässt das Handy sinken, und seine Miene verfinstert sich. »Und da habe ich ihr jetzt bestimmt schon zehnmal draufgesprochen. Verdammt, verdammt, verdammt! Warum kommt sie nicht zurück? Warum? Sie treibt es wirklich zu weit! Ich bin so sauer und gleichzeitig mache ich mir solche Sorgen! Beide Kinder weg!«

»Wäre es denn denkbar, dass Lisa und Lasse gemeinsam unterwegs sind?«, fragt Reiner nachdenklich, der sich mit Rotti eigentlich schon auf den Weg machen wollte.

»Wie bitte?«, entgegnet Frauchen. »Wie kommst du denn darauf?«

»Na ja, es könnte doch sein, dass Lisa und Lasse sich vorhin kurz gesehen haben. Zeitlich würde es passen … und ich meine, Lisa könnte das ja ausgenutzt haben.«

»Wie meinst du das?«, hakt Christian stirnrunzelnd nach. »Das verstehe ich nicht.«

»Es ist doch so … Lisa scheint euch eins auswischen zu wollen, weil sie sich ungerecht behandelt fühlt. Und anstatt mit Lasse zurückzugehen, hält sie sich mit ihm versteckt, damit ihr euch noch mehr Sorgen macht.«

»Nein, das würde Lisa nicht tun!«, protestiert Christian voller Überzeugung.

»Na ja, man weiß nie, was im Kopf einer Teenagerin so vor sich geht«, beharrt Reiner.

»Das mag sein«, entgegnet Christian nachdenklich. »Aber *das* traue ich Lisa nicht zu. Unser Streit ging ja genau darum, dass sie nicht gut genug auf Lasse aufgepasst hat. Lisa war da anderer Meinung, und ich weiß mittlerweile, dass ich ungerecht zu ihr war. Aber ich war so durch den Wind nach dem Krankenhaus und … Mein Handy!«, unterbricht sich Christian selbst. »Es ist Lisa …! Hallo?«

»Hallo …«, entgegnet Lisa zögerlich.

Merkwürdig, denke ich, warum kann ich sie so deutlich hören? Fast als ob sie hier wäre. Irgendwo hinterm Wohnwagen.

Christian scheint etwas Ähnliches zu denken, denn er blickt sich suchend um, und alle anderen tun es ihm nach.

Christian lässt das Handy sinken. »Lisa?«, fragt er laut.

»Hier bin ich«, entgegnet sie mit dünner Stimme.

»Wo?«, fragt Christian. Ihn hält nichts mehr auf seinem Stuhl. Vor lauter Aufregung vergisst er, nach seinen Krücken zu greifen.

Frauchen springt auf und hält sie ihm hin, aber das bemerkt Christian nicht mal.

Und dann entdecken wir sie.

Lisa!

Sie steht an der einen Ecke des Wohnwagens.

Plötzlich steht sie einfach wieder vor uns.

Als wäre sie nie weg gewesen.

Wir können es alle noch nicht fassen.

Sie hält den Blick gesenkt, wirkt erschöpft, äußerlich scheint sie jedoch unversehrt zu sein.

Jetzt kommt Bewegung in Christian. Er humpelt auf seine Tochter zu, doch Lisa ist schneller.

Mit ausgebreiteten Armen stürmt sie auf ihren Vater zu. Im letzten Moment bremst sie jedoch ab, lässt die Arme hängen und senkt erneut den Blick. »Es tut mir so leid …«

»Mir auch«, entgegnet Christian mit einem tiefen Seufzer. »Meine Kleine! Ich bin ja so froh, dass du wieder da bist. Komm her, lass dich umarmen.«

Na ja, klein ist Lisa ja nun wirklich nicht, denke ich, aber ich kann schon verstehen, warum Christian so redet und jetzt auch noch anfängt zu weinen. »Ich hab mir solche Sorgen gemacht!«, bringt er mit erstickter Stimme hervor und nimmt seine Tochter fest in den Arm.

Die Tränen laufen nun auch bei Lisa über die Wangen. »Es … tut mir … so leid«, wiederholt sie, wobei sie kaum zu verstehen ist.

Frauchen geht auf die beiden zu, auch in ihren Augen glitzern Tränen. Sie reicht Christian die Krücken und Lisa ein Taschentuch.

Wie auch immer sie das macht, aber Frauchen hat wirklich ständig das zur Hand, was man gerade so brauchen kann – außer vielleicht eine ordentliche Portion Futter und Rinderknochen.

»Meine Güte, Lisa!«, sagt Frauchen mit einem tiefen Seufzer und nimmt sie ebenfalls in die Arme. »Überall haben wir dich gesucht!«

Christian löst sich von seiner Tochter, um sie eindringlich anzusehen. »Wo warst du?«

»Sag jetzt nicht, dass du dich die ganze Zeit hinterm Wohnwagen versteckt hast«, mischt sich Rottis Herrchen ein.

Lisa schüttelt den Kopf. »Ich war überall und nirgends …« Dem Blick ihres Vaters kann sie nicht standhalten. »Ich weiß es wirklich nicht. Nachdem da kein Volleyballfeld war, wo du meintest, dass da eins sein sollte, bin ich einfach weitergelaufen und mit dem Bus gefahren, als ich nicht mehr konnte. Geschlafen hab ich in einem Strandkorb. War ja warm genug. Angst hatte ich trotzdem, nachts allein am Strand. Zurück hab ich mich aber auch nicht getraut. Erst wollte ich nicht, und dann dachte ich, dass ich jede Menge Ärger kriege. War blöd …«

»Das war wirklich eine Scheißaktion von dir, Lisa«, bricht es aus Reiner hervor. So wie Rotti nimmt er nie ein Blatt vor den Mund.

»Weiß ich doch …«, entgegnet Lisa, und erneut rollen Tränen über ihre Wangen.

»Schscht«, macht Frauchen und blickt dabei Reiner und Ansgar an. »Das bringt uns jetzt nicht weiter …«

»Ich helfe euch, Lasse zu suchen«, sagt Lisa und wischt sich dabei mehrfach über die Augen. »Welchen Bereich soll ich übernehmen?«

»Du kannst …« beginnt Christian, doch dann unterbricht er sich selbst. »Moment mal, woher weißt du …«

»Ich … ich hab doch gerade gesagt, dass ich mich erst nicht zurückgetraut habe. Also, nicht so richtig. Ich bin schon länger auf dem Campingplatz, so eine Stunde vielleicht …«

»Wie bitte?«, fragt Christian, und die anderen gucken ebenso fassungslos.

»Nicht schimpfen, bitte. Ich wollte eigentlich direkt zu dir, aber dann habe ich gesehen, wie du über den Campingplatz gehumpelt bist und nach Lasse gerufen hast. Als er nicht auftauchte, hab ich ein tierisch schlechtes Gewissen gekriegt, weil du jetzt noch mehr Sorgen hast, und ich hatte Angst, dass du mir die Schuld gibst und dass du mich nicht mehr lieb hast und … und … und drum hab ich mich erst mal hinterm Wohnwagen versteckt. Aber als du gerade über mich gesprochen hast, da hatte ich wieder Mut und …«

»Niemand gibt dir die Schuld …«, sagt Frauchen eindringlich und nimmt Lisa erneut in den Arm.

»Und ich liebe dich«, betont Christian, »daran wird sich nie etwas ändern, aber wir sollten jetzt …«

»Ich gehe los!«, unterbricht ihn Lisa. »Wohin …«

»Nicht so weit weg!«, entgegnet Christian sofort und macht dabei ein zerknirschtes Gesicht. »Bleib auf dem Campingplatz.«

»Am besten fahren wir beide wohl Richtung Norden, wenn die Spur da hinführt«, sagt Ansgar zu Frauchen. »Lotti, du bleibst schön brav hier.« Er steigt auf das Fahrrad. »Ich bin zwar noch nie mit so einem Elektroding gefahren, aber …«

»Wo ist eigentlich unser Auto?«, fragt Lisa. »Habt ihr das vor der Schranke geparkt?«

»Das ist eine andere Geschichte«, seufzt Frauchen, und ich sehe ihr deutlich an, dass sie nicht darüber reden will. »Am besten auf Eco stellen«, fügt sie an Ansgar gewandt hinzu und zeigt ihm die Bedienung. Danach richtet sie sich an Christian: »Richtung Norden ist gut, oder?«

»Ja«, antwortet Christian nachdenklich. »Wobei sich Campers Herrchen überhaupt nicht sicher war, ob sein Hund die richtige Fährte erschnüffelt hat. Jan meinte, Camper sei ziemlich erschöpft, aber er wollte es auch nicht unversucht lassen.«

»Wir lassen auch nichts unversucht«, entgegnet Frauchen. »Ich fahre nordöstlich, Richtung Kampen, und suche den ganzen Bereich ab, wobei ich immer noch der Meinung bin, dass Lasse irgendwo hier in der Nähe ist.«

»Das sagt mir mein Gefühl auch«, bestätigt Christian. »Lisa, du könntest über den Campingplatz gehen und nach Lasse rufen. Er wollte ja mit *dir* Verstecken spielen, und ich traue ihm zu, dass er so lange in seinem Versteck wartet, bis du ihn findest.«

»Das könnte sein …«, entgegnet Lisa gedankenverloren. »Und ich habe auch schon ein paar Ideen, wo er sich versteckt haben könnte.«

»Nimm mich mit!« Flehend hänge ich mich an Lisas Bein dran, nachdem Frauchen mit Ansgar losgefahren ist. »Bitte, nimm mich mit!«

»Huch, was ist denn mit Max los?«, fragt Lisa und guckt irritiert zu mir runter.

Was mit mir los ist? Die lüsterne Lotti hat es auf mich abgesehen! Lisa muss Lotti nur mal angucken, dieser Blick sagt doch alles, da muss auch Lisa begreifen, warum ich abhauen will.

»Ach, komm schon, Max …« Lotti nähert sich mir grinsend. »Nun mach doch nicht so ein Theater. Das ist *die* Gelegenheit! Guck mal, Goldie liegt im Vorzelt und schläft tief und fest. Die kriegt überhaupt nix davon mit, wenn wir mal kurz …«

Was gäbe ich darum, jetzt im Fahrradanhänger zu sitzen. Ganz egal, wie sehr das rumpelt und schaukelt, wie groß die Hitze da drin ist, ob ich seekrank werde oder den Hitzetod sterbe – Hauptsache weg von Lotti. »Lisa, bitte! Nimm mich mit!«, flehe ich erneut.

Lisa wendet sich ratlos an ihren Vater: »Was will Max denn von mir? Er hat doch gefressen?«

Fressen! Als ob es mir immer nur ums Fressen ginge! Das ist diskremitierend, nein, diskreditierend, also jedenfalls ist das nicht okay, wenn man als Hund immer nur auf dieses eine Bedürfnis reduziert wird. Also, zumindest in diesem Moment stimmt es ausnahmsweise mal wirklich nicht!

»Ob er Bauchweh hat, so wie er jault und winselt?«, denkt Christian laut nach.

Bauchweh! Hört sich das so an, als ob ich Bauchweh hätte? Gut, mag sein, dass ich mich in meiner Verzweiflung im Ton vergriffen und anstatt dem hohen C ein D getroffen habe, aber das ändert nichts an meiner Gesamtaussage! »Ich! Will! Mit!«

Wenn Christian Bauchweh hätte, würde er doch auch nicht am Bein von Lisa hochspringen. Ich meine, ganz abgesehen davon, dass er das ohnehin nicht tun würde, wäre er mit Bauchschmerzen dazu überhaupt nicht in der Lage. Na ja, gut, ohne Bauchschmerzen auch nicht, weil er viel größer ist als seine Tochter, aber … ach, was rede ich, mich versteht ja sowieso keiner!

»Das klingt wirklich so, als ob Max in größter Not wäre …«, sagt Lisa.

»Allerdings! Allerdings! Allerdings!«, rufe ich und springe bei jedem Wort an Lisa hoch. »Und wenn du jetzt nicht gleich reagierst …«

»Du siehst aus wie ein Känguru«, bemerkt Lotti lachend. »Ohne Beutel, dafür mit Hängebauch!«

»Wenn Max zum Tierarzt muss, dann haben wir ein Problem …«, sagt Lisa. »Ich kann nämlich nicht Auto fahren …«

»Ganz abgesehen davon, dass wir keins mehr haben«, fügt Christian hinzu und guckt mich besorgt an.

»Ich brauche keinen Tierarzt! Ich brauche einen Baum!«, rufe ich. »Aber hier ist keiner in der Nähe, auf den ich mich retten könnte, und wenn jetzt nicht gleich einer von euch reagiert, dann muss ich mich verbuddeln!« Nicht mal Goldie bemerkt meine Not, aber wenn die mal schläft, dann könnte auch ein Elefant trompeten und sie würde nicht davon aufwachen.

»Ich nehme ihn mit«, sagt Lisa entschieden.

Wen jetzt? Den Elefanten? Ach nein, sie meint ja tatsächlich mich.

»Hurra! Hurra! Hurra!«, rufe ich.

»Vielleicht hilft es, wenn er sich ein bisschen bewegt«, fügt Lisa hinzu.

»Ja, mach das«, sagt Christian. »Hoffen wir, dass er ein Häufchen setzt und es ihm danach besser geht.«

»Bitte nicht solche intimen Details verbreiten!«, schimpfe ich mit Christian. »Ich posaune es doch auch nicht quer über den Campingplatz, wenn du zur Toilette gehst – abgesehen davon muss ich gar nicht, und mir wird es anschließend auch nicht besser gehen, weil das eine abartige Hitze ist – aber meinetwegen laufe ich auch durch die Wüste ... Hauptsache ...«

Ich spüre einen Ruck an meinem Halsband. »Was ist, Max? Willst du nicht spazieren gehen und lieber bei Lotti im Schatten bleiben?«, fragt Lisa.

»Alles, bloß das nicht!«, rufe ich panisch und setze mich eilig in Bewegung.

»Blödmann!«, knurrt Lotti mir nach.

»Ich bin kein Blödmann!«, belle ich über die Schulter zurück. Aber neben dieser Beschwerde kann ich mir ein triumphales Grinsen nicht verkneifen. Geschafft. Dieser Kelch ging an mir vorüber.

»Dann eben ein Blöddackel!«, keift Lotti mir hinterher. »Aber ich mag dich trotzdem!«

»Sollen wir Lotti auch mitnehmen?«, ruft Lisa ihrem Vater zu. »Sie gibt ja keine Ruhe ...«

Wenn Christian jetzt die falsche Antwort gibt … Ach was, so lange warte ich gar nicht. Ich flüchte vorsorglich hinter den Nachbarwohnwagen, in dem Camper wohnt, und ziehe Lisa mit, die hinter mir herstolpert. Tja, wenn mein Seelenheil davon abhängt, dann kann ich zum Husky werden.

Ich entdecke eine Lücke bei dieser Plastikumrandung um den Wohnwagen, durch die ich passe. Perfekt!

»Ich glaube, Max muss mal ganz dringend!«, ruft Lisa. »Er ist unter den Wohnwagen gekrochen.«

»Vielleicht hat Lasse sich da versteckt?«, ruft Christian aufgeregt.

Lisa streckt den Kopf zu mir unter den Wohnwagen und leuchtet mir mit der Taschenlampe ihres Handys ins Gesicht.

Na, vielen Dank auch, jetzt sehe ich nix mehr.

»Keine Ahnung, was er da unten sucht!«, ruft Lisa. »Lasse ist jedenfalls nicht da, und gekackt hat Max auch nicht …«

»Schrei doch noch lauter!«, belle ich zurück. Im Hintergrund höre ich Lotti lachen.

»Dann weiß ich auch nicht!«, ruft Christian. »Ich muss mich um Lotti kümmern, die hat sich irgendwie verschluckt und japst nach Luft.«

»Kommst du klar mit ihr?«

»Natürlich! Geht ihr nur weiter und sucht!«

Schnell krabble ich unter dem Wohnwagen vor. Nix wie weg hier.

Lottis Husten begleitet mich. Die kriegt sich kaum mehr ein. »Arriba! Arriba! Ándale! Ándale«, höre ich sie rufen und lachen. »Die schnellste Maus von Mexiko!«

»Ha, ha, ha!«, rufe ich zurück, »sehr witzig!« Dennoch komme ich unweigerlich ins Grübeln. Diese Wüstenrennmaus, wie hieß die noch gleich? Die hab ich schon im Fernsehen gesehen. Und womöglich habe ich momentan tatsächlich eine gewisse Ähnlichkeit mit ihr, da hat Lotti schon recht. Wobei, war die Maus auch blind? Ich sehe jedenfalls nix mehr, seitdem mich Lisa geblendet hat.

Wumms.

Ups, gegen wen oder was bin ich denn da gekracht? Auf jeden Fall gegen etwas mit viel Fell.

»Heißt du Bobbi?«, fragt eine mir wohlbekannte Stimme. Ah, Camper ist wieder zurück.

»Nein, ich bin Speedy Gonzales«, gebe ich wie aus der Pistole geschossen zurück. Jetzt ist mir doch glatt wieder eingefallen, wie die Maus heißt.

»Speedy Gonzales auf Speed?«, fragt Camper. »Was ist denn mit dir los?«

»Die Maus heißt *nur* Speedy Gonzales«, korrigiere ich und blinzle. Endlich. Die weiße Wand vor meinen Augen erhält erste Farbtupfer, und langsam schälen sich Umrisse heraus. »Jetzt sehe ich dich auch wieder«, sage ich.

»Guck mich nicht so an«, sagt Camper. »Ich weiß, dass ich aussehe wie ein Straßenköter, den man auf der Müllhalde eingesammelt hat.«

Skeptisch betrachte ich die Souvenirs in Campers Fell. »Der Vergleich kommt hin.«

»Ich liebe deine direkte Art«, seufzt Camper und lässt sich mir zu Füßen fallen.

»Na ja, Straßenköter haben für gewöhnlich keine Rosenblätter im Fell«, entgegne ich mit hochgezogenen Augenbrauen und bemerke gleichzeitig, dass Campers Herrchen zu Christian gegangen ist und sich mit ihm unterhält. Sooft ich mit Camper unterwegs bin, so selten bekomme ich sein Herrchen zu Gesicht, weil er im Sommer so viel arbeiten muss. Und dennoch haben Camper und Jan eine starke Verbindung zueinander, und ich bin wiederum verblüfft, wie viel Ähnlichkeit Campers Fell mit den schulterlangen, gewellten Haaren seines Herrchens hat.

Lisa ist stehen geblieben, um zuzuhören.

Ich verstehe nichts, aber ich beobachte, wie Jan Lotti am Vorzelt anbindet, damit Christian die Hände frei hat für seine Krücken.

Camper stößt einen tiefen Seufzer aus. »Ich hab alles nach Lasse abgesucht. Wirklich alles. Ich bin in jedes Gebüsch rein und sogar in ein Abflussrohr gekrochen. Ich kann nicht mehr.«

»Abflussrohr? Ach, deshalb riechst du so übel. Aber warum bist du da reingekrochen? War da eine Spur von Lasse?«

»Ich weiß es nicht. Keine Ahnung! Ich weiß gar nichts mehr.« Camper lässt sich vor mir auf den Boden fallen. »Wahrscheinlich hab ich mir seinen Geruch nur eingebildet, weil ich den Jungen unbedingt finden wollte. Unbedingt! Ich hab alles und nichts gerochen, bin aber trotzdem weitergelaufen, in der Hoffnung, dass ich auf Lasse stoße, bis mein Herrchen die Suche abgebrochen hat. Ich hab ihn enttäuscht. Ich hab euch alle enttäuscht. Ich tauge nichts als Mantrailer. Ich …« Camper verstummt und legt seine Pfoten über die Augen.

Er tut mir wahnsinnig leid, und ich würde ihn so gern aufmuntern, aber mir ist klar, dass er sich völlig übernommen hat und für keines meiner tröstenden Worte zugänglich sein wird.

Dennoch will ich nichts unversucht lassen: »Du bist ein hervorragender Mantrailer, das hast du schon so oft unter Beweis gestellt. Weißt du noch letzten Sommer?«

Ich frage das, weil ich ihn zu einer Reaktion bewegen will, es würde mir ja schon reichen, wenn er ein wenig seine Pfote beiseiteschiebt und mich ansieht. Dann könnte ich weiter versuchen, ihn aufzumuntern. Aber er gibt nur so komische Geräusche von sich.

»Camper?«

Ich glaub's ja nicht. Der ist tatsächlich eingeschlafen. Liegt da und schnarcht. Mitten in der prallen Sonne.

Hilfe suchend blicke ich zu seinem Herrchen hin, der vor Christian auf und ab wandert und dabei immer wieder suchend über den Campingplatz blickt.

»Es kann nicht anders sein, als dass sich Lasse irgendwo in der Nähe versteckt hat«, sagt er und geht noch zwei Schritte, bevor er wieder umdreht.

»Du machst mich ganz nervös!«, schimpft Christian mit schwacher Stimme. »Ich bin durch mit den Nerven! Warum sagst du so was, wenn dein Hund doch eindeutig eine Spur nach Norden angezeigt hat?«

»Ich weiß …«, entgegnet Jan, »aber das war leider nicht so eindeutig, wie es am Anfang den Anschein hatte. Man möchte glauben, dass ein Hund immer den richtigen Riecher hat, im wahrsten Sinne des Wortes, aber leider ist das nicht der Fall. Camper ist wirklich ein sehr guter Mantrailer, aber selbst der beste Hund ist nicht immer und unbegrenzt einsetzbar. Normalerweise wird ein Hund nicht länger als zwei Stunden eingesetzt, dann braucht er eine Pause. Ein anderer Hund wird an seiner Stelle dann weiter auf die Fährte gesetzt, und so wechselt man sich mit weiteren Hunden ab, wenn eine Suche länger dauert. Meine Kollegen hab ich schon informiert. Die sprechen sich noch mit der Polizei ab. Flächensuchhunde sollen zusätzlich losgeschickt werden.«

»Polizei, Mantrailer, Flächensuchhunde … große Güte!«, bricht es aus Christian heraus. »Der ganze Campingplatz sucht nach Lasse, und keiner findet ihn! Das darf doch nicht wahr sein! Ich suche jetzt auch, ich halte das nicht mehr aus!«

»Du bleibst schön hier sitzen«, sagt Jan und drückt Christian zurück in den Campingstuhl. »Ich glaube, Lisa wird ihn finden«, setzt er hinzu, und sein Blick wandert zu uns.

»Das hoffe ich auch so sehr«, entgegnet Christian. »Ich kann mir gut vorstellen, dass Lasse sich wirklich nur verstecken wollte. Aber was, wenn ihm doch etwas passiert ist?«

»Oh!«, ruft Jan. »Ich muss mich um Camper kümmern, der muss in den Schatten.«

Kaum ausgesprochen, steht er schon bei uns und versucht, Camper zu wecken. Er kniet sich zu ihm hin und krault ihn am Hals durch das dichte weiße Fell.

»He, mein Großer, wach mal auf!« Als Camper nicht reagiert, nimmt Jan die eine Pfote und macht damit eine winkende Bewegung. »Hallo? Jemand zu Hause?«

Camper öffnet ein Auge, guckt sein Herrchen an, blinzelt – und schläft wieder ein.

»Oje«, sagt Jan, »dann trage ich den müden Krieger mal ins Vorzelt. Ich hoffe, er hat sich bald wieder erholt.« An Lisa gewandt fügt er hinzu: »Ich drücke dir alle Daumen, dass du Lasse findest.«

»Ich glaube fest daran«, entgegnet Lisa. Nur das Schwanken in ihrer Stimme verrät, dass sie sich dessen gar nicht so sicher ist. Aber der Blick aus ihren wasserblauen Augen wirkt entschlossen. »Wir finden ihn, nicht wahr, Max?«

Ähm, ja klar, denke ich mit Blick auf Camper, der schnarchend in den Armen seines Herrchens liegt.

Kapitel 10

Lasses Geruch hängt in der Luft, denke ich, das ist schon mal gut, also schauen wir hinter dem nächsten Wohnwagen nach. Da ist Lasse nicht, aber hier riecht es nach ihm, ich muss unter dem Wohnwagen nachschauen!

»Max, warte, so geht das nicht!«, höre ich Lisa rufen, und ein Ruck an der Leine hält mich zurück, weiter unter den Wohnwagen zu kriechen. Ich muss aber, weil auch der diese blöde Plastikumrandung hat und drunter alles dunkel ist. Ich kann Lasse riechen, aber nicht sehen.

»Komm her!«, ruft Lisa.

Ich stemme meine kurzen Beinchen in den Boden, um dem Leinenzug zu widerstehen. »Nein, ich kann jetzt nicht kommen! Lass die Leine los!«, kläffe ich zurück, aber es hilft nichts, auch nicht, dass ich meine Krallen in den Boden haue. Lisa zieht mich unweigerlich unter dem Wohnwagen vor. »Was soll das denn?«, keife ich sie an, und meine Stimme schnellt höher als die von Lotti. »Wie soll ich so meine Arbeit machen?«

»Hast du ihn gefunden?«, höre ich Rotti aufgeregt bellen, und da kommt er auch schon mit seinem Herrchen eilig näher. Wobei das bei Rotti trotz seines Alters immer so elegant wirkt. Wenn ich mich beeilen muss, dann klappt das nur mit hängender Zunge, umgeklappten Ohren und turbomäßig wackelndem Hinterteil.

»Nein, leider nicht – noch nicht!«, sage ich, und Lisa sagt dasselbe zu Reiner, nur dass sie nicht vor Aufregung hechelt.

»Und warum machst du dann so einen Alarm?«, fragt Rotti und zieht die Wülste über den Augen höher.

»Weil ich nicht richtig unter den Wohnwagen gucken konnte – da riecht es nach Lasse!«

»Ich glaube, Max will unbedingt unter den Wohnwagen gucken«, sagt Reiner.

Ach, denke ich, sieht man das doch so deutlich, wenn ich wie ein irre gewordener Dackel in der Leine hänge, dass ich Gefahr laufe, mich zu duellieren, nein, mich zu guillotinieren, nein auch nicht, also jedenfalls krieg ich gleich keine Luft mehr!

»Ich mache Max mal von der Leine ab«, sagt Lisa. »Du läufst doch nicht weg, oder?« Zweifelnd guckt sie mich an, während sie sich zu mir runterbeugt.

Ich glaub's ja nicht, denke ich, wer von uns beiden ist abgehauen und war einen ganzen Tag lang verschwunden?

So, jetzt stöbere ich Lasse auf und danach will ich meine Ruhe haben. Einfach nur noch im Körbchen liegen, mit Goldie kuscheln und Rinderknochen nagen. So stelle ich mir Urlaub vor!

Kaum dass Lisa mich von der Leine lässt, verkrieche ich mich in meinem Körbchen. Nein, natürlich nicht. Ich suche unterm Wohnwagen alles ab, renne in jede Ecke – und komme ohne Erfolgsmeldung wieder hervor. Das gibt's doch gar nicht! Ich war mir so sicher, dass Lasse unter dem Wohnwagen ist!

Huch, warum stehe ich denn auf einmal allein da?

Ich drehe mich mehrfach um meine eigene Achse. Wo sind die anderen?

»Warum rennst du im Kreis?«, höre ich Chiwa piepsen. Ich bleibe stehen und entdecke sie am offenen Wohnwagenfenster, wo sie ihren Kopf herausstreckt. »Ich halte hier schon die ganze Zeit nach Lasse Ausschau. Ich hab die Hoffnung, ihn zu entdecken, wenn er vielleicht sein Versteck wechselt.« Ihre Vorderpfoten hat sie am Fensterrahmen eingehängt und mit den Hinterbeinen steht sie vermutlich auf dem Tisch der Sitzgruppe. Da wäre was los, wenn ich mir das rausnehmen würde, ich kassiere ja schon einen mahnenden Blick von Frauchen, wenn ich mich nur *vor* einen Tisch setze.

»Hast du Lisa gesehen? Oder Rotti und Reiner?«, frage ich in stiller Bewunderung für ihren Mut.

»Sag bloß, die sind jetzt auch noch weg?«

»Ja!«, stoße ich hervor, und meine Verzweiflung ist deutlich hörbar.

»Warte, ich helfe dir suchen!«, ruft Chiwa aufgeregt.

»Nicht aus dem Fenster springen!«, schreie ich.

»Selbstverständlich gehe ich durch die Tür, deshalb sollst du ja auf mich warten.« Kaum dass sie ausgesprochen hat, ist sie auch schon vom Fenster verschwunden, und ich habe gerade einmal tief durchgeatmet, da steht sie auch schon vor mir.

»So, los geht's! Ich bin doch nicht lebensmüde, was denkst du denn von mir?«, fragt sie entrüstet.

»Entschuldige, ich bin ein bisschen mit den Nerven durch, so war das nicht gemeint. Und ich bin neidisch auf dich, weil du dich so frei bewegen kannst«, gebe ich unumwunden zu. »Wenn ich so über Tisch und Bänke springen würde …«

»Hättest du einen kaputten Rücken«, entgegnet Chiwa lachend. »Mein Frauchen schläft, sonst könnte ich das auch nicht machen. Und damit sie bei der Wärme überhaupt schlafen kann, hat sie alle Türen und Fenster aufgemacht. Sie ist so erschöpft von der Suche quer durch Keitum, aber ich bin nach einem Powernapping schon wieder fit.«

»Du bist ja auch ein kleines Energiebündel!«

»Ein großes Energiebündel«, protestiert Chiwa.

»Natürlich!«, entgegne ich versöhnlich und kann mir ein Grinsen nicht verkneifen. Sie sieht immer so süß aus, wenn sie sich aufregt, denn dann beben beim Kläffen die langen Haarsträhnen an ihren im Verhältnis zum Körper viel zu großen Ohren.

»Du lachst mich aus«, stellt Chiwa beleidigt fest. Sie mustert mich aus ihren großen dunklen Augen, und als ich nicht reagiere, baut sie sich hoch erhobenen Hauptes vor mir auf, so als ob sie ein Löwe wäre. Das wirkt noch putziger.

»Niemals«, entgegne ich und gebe mir alle Mühe, ernst zu bleiben. Denn natürlich liegt es mir fern, sie zu beleidigen, und ich könnte ihre Hilfe wirklich gut gebrauchen. »Lass uns weitersuchen und nicht streiten!«, bitte ich sie inständig.

»Na schön«, entgegnet sie. So schnell sie aufbraust, so schnell kann sie auch wieder versöhnlich sein, das schätze ich sehr an ihr. »Und in welche Richtung sollen wir gehen?«

»Das weiß ich nicht! Ich weiß nicht mal, wen ich jetzt zuerst suchen soll. Gerade eben standen Lisa, Reiner und Rotti noch hier.«

»Aber sie können sich doch nicht in Luft aufgelöst haben!«

»Wo sollen sie denn sonst sein? Als ich unter den Wohnwagen gekrochen bin, waren alle noch da, jetzt sind sie spurlos verschwunden. Ich drehe noch durch! Vielleicht bin ich auch schon durchgedreht. Gibt es auf dieser Insel einen Hundepsychologen?«, frage ich verzweifelt und setze mich erschöpft auf mein Hinterteil.

»Für Camper?«, fragt Rotti.

»Nein, für mich!«, rufe ich, und dann halte ich inne. »Moment mal …« Ich drehe mich um. »Rotti! Wo kommst du denn jetzt her? Du warst doch gerade noch weg. Bist du vom Himmel gefallen?«

»Nö. Ich stand auf der anderen Seite des Wohnwagens, dort wo du verschwunden bist. Und auf dein Gebell hin hab ich mal nachgeschaut, was du hier auf der anderen Seite machst. Brauchst du jetzt einen Psychologen oder nicht?«

»Nein, man reiche mir eine Pfanne«, seufze ich.

»Die kann ich organisieren!«, höre ich Bobbi unvermittelt sagen, der gegenüber aus dem Vorzelt guckt und sofort wieder verschwindet.

Ich will gerade das Maul aufmachen, um ihn davon abzuhalten, da kommt er auch schon angerannt, mit dem Stiel der Pfanne im Maul, die er hinter sich herschleift. Er legt sie vor Rotti ab, setzt sich mit stolzgeschwellter Brust vor ihn hin und wartet vermutlich auf ein großes Lob.

»Ähm, vielen Dank«, sagt Rotti höflich, »aber Max wollte die Pfanne haben.«

Bobbi pustet sich die Sicht frei. »Oh, 'tschuldigung.« Eilig korrigiert er sein Versehen und legt die Pfanne vor mir ab. »Bitte schön!«

»Ich! Brauche! Keine! Pfanne!«, brülle ich.

Bobbi guckt mich ratlos an. »Ähm, du hast doch gesagt, man reiche mir eine Pfanne?«

»Argh!«, rufe ich und bin kurz davor, in die Pfanne zu springen. Aber ich reiße mich zusammen und knabbere mir als Übersprungshandlung an der Pfote, bis es wehtut.

»Ich glaube, Max meinte das mehr symbolisch …«, höre ich Lotti sagen.

Das darf ja wohl nicht wahr sein! Da steht sie vor mir, ihre Leine im Schlepptau, und im Hintergrund kommt Christian auf Krücken angehumpelt.

»Ich brauche doch eine Pfanne!«, rufe ich aus.

»Was denn jetzt?«, entgegnet Bobbi genervt. »Erst wolltest du eine Pfanne, dann wieder nicht und jetzt doch. Da wird doch der Hund in der Pfanne verrückt!«

»Du hast es erfasst!«, entgegne ich und verschwinde eilig unter dem nächsten Wohnwagen.

»Du hast deine Pfanne vergessen!«, ruft Bobbi mir nach.

Ich atme erst mal tief durch. Wenn die Lage nicht so ernst wäre, würde ich lachen, doch Lotti ist gerade zu mir unter den Wohnwagen gekrochen.

»Perfekt, hier sind wir ungestört …«, raunt sie.

»Keinen Schritt näher«, knurre ich.

Lotti bleibt erstaunt stehen. »Wow, du bist ja schwieriger rumzukriegen als jede Hundedame.«

Ich schlucke die Beleidigung runter, denn im Grunde hat sie ja recht. »Exakt!«, knurre ich. »Weil du einfach nicht begreifen willst, dass ich nicht auf dich stehe und meiner Goldie treu bin.«

Lotti lässt ihre Rute hängen und senkt den Kopf. »Okay, das hat gesessen.« Sie guckt mich so traurig aus großen Dackelaugen an, dass ich unweigerlich Mitleid mit ihr bekomme.

»Ach, Lotti …«, beginne ich und überlege, was ich Tröstendes sagen könnte. »Ich mag dich, du bist echt eine coole Dackelhündin, nicht so wie alle anderen, du bist etwas Besonderes, aber … Es geht nun mal nicht. Ich liebe Goldie. Aber wir könnten doch auch einfach Freunde sein, oder?«

»Freunde?« Lotti jault auf. »Du kannst mich mal! Du hast mir solche Hoffnungen gemacht!«

»Hoffnungen? Wann habe ich dir denn jemals …« Ich stelle

meine Frage nicht zu Ende, denn Lotti ist weggerannt. Fassungslos gucke ich ihr nach. Was war das denn jetzt?

Ich fühle mich schuldig, obwohl ich tief in meinem Dackelherzen weiß, dass ich ihr wirklich nie Hoffnungen gemacht habe. Und was war denn so falsch daran, sie zu fragen, ob wir einfach Freunde sein können?

»Was ist denn mit Lotti los?«, piepst Chiwa, als sie zu mir unter den Wohnwagen kriecht.

»Das weiß ich auch nicht!«, entgegne ich aufgebracht. »Sie wird sich schon wieder einkriegen. Und ehrlich gesagt habe ich wegen Lasse gerade ganz andere Sorgen. Ich renne von Versteck zu Versteck, überall riecht es nach ihm, aber ich finde ihn nicht. Das macht mich fertig!«

Chiwa scheint in Gedanken noch bei Lotti zu sein, denn sie hat ihren Kopf in die Richtung gedreht, in die Lotti abgehauen ist. »Aber irgendwas musst du doch zu ihr gesagt haben? So traurig hab ich Lotti noch nie gesehen. Sie hat nicht auf uns reagiert und ist wortlos davongerannt. Mit ihrer Leine im Schlepptau. Hoffentlich bleibt sie nirgendwo hängen, wenn sie so blind durch die Gegend rennt …«

»Beschwör es nicht …«, flehe ich Chiwa an. »Wir haben gerade schon genug Probleme! Und ich weiß wirklich nicht, was ich falsch gemacht habe. Im Gegenteil! Ich habe ihr gesagt, dass ich sie mag, aber weil ich Goldie liebe, habe ich sie gefragt, ob wir nicht einfach Freunde sein können. Was ist denn daran verkehrt?«

»Oje …«, seufzt Chiwa.

»Was denn?«, fahre ich sie an.

»Also, das ist jetzt nicht so einfach zu erklären …«, hebt Chiwa an.

»Für komplizierte Dinge habe ich keine Zeit!«, unterbreche ich sie.

»Das stimmt … Vielleicht sollten wir Lotti auch besser noch ein bisschen Zeit geben, damit sie sich beruhigt. Dann kannst du mit ihr reden und dich bei ihr entschuldigen.«

»Wofür soll ich mich denn entschuldigen?« Ich gucke sie mit großen Dackelaugen an.

»Du hast sie gefragt, ob ihr Freunde sein wollt. Damit hast du sie verletzt …«

»Das verstehe ich nicht …«, seufze ich. »Ich hab das doch wirklich nett und ehrlich gemeint.«

»Das weiß ich«, entgegnet Chiwa. »Aber es ist ein bisschen kompliziert …«

»Den Eindruck habe ich auch«, entgegne ich seufzend.

»Ich gehe nachher mit dir zu Lotti, vielleicht kann ich zwischen euch vermitteln.«

»Danke …«, entgegne ich erleichtert. Sosehr mir Lotti manchmal auf die Nerven geht, so bestürzt bin ich jetzt darüber, dass ich sie so traurig gemacht habe. Das wollte ich wirklich nicht.

»Aber jetzt suchen wir erst mal Lasse weiter«, sagt Chiwa in meine Gedanken hinein. »Und das mit Lotti kriegen wir schon wieder hin …«

»Hoffentlich«, entgegne ich. »Also gut, dann würde ich sagen, wir teilen uns auf. Jeder nimmt sich einen Wohnwagen vor. So kommen wir schneller voran.«

»Perfekt!«, ruft Chiwa. »Aber wehe, er hat sich unter dem letzten in der Reihe versteckt …«

»Dann hätten wir ihn wenigstens gefunden«, antworte ich.

Als wir unter dem Wohnwagen vorkommen, warten Lisa, Reiner und Christian auf uns.

»Da sind die Hunde ja endlich wieder!«, ruft Lisa. »Ich dachte schon, die kommen da gar nicht mehr raus.«

Endlich wieder? Das waren keine fünf Minuten, denke ich.

Da hat sie deutlich länger auf sich warten lassen, und überhaupt: Wenn sie nicht weggelaufen wäre, hätten wir einen geruhsamen Urlaub und müssten uns nicht mit dieser ganzen Sucherei herumärgern.

Ja, ich gebe zu, ich bin schon etwas sauer auf sie – und auch auf Lasse, weil er unbedingt Verstecken spielen muss. Aber am meisten bin ich wütend auf mich selbst, weil ich ihn nicht finde.

»Laaaaaaasseeeee! Laaaaassseeeee! Wo bist duuuuu?«, ruft Lisa. »Komm zeig dich, du hast gewonnen! Das Spiel ist vorbei.«

Gespannt warten wir, ob sich irgendwo etwas regt.

Fehlanzeige.

Also suchen wir weiter. An allen möglichen und unmöglichen Stellen. Reiner betont währenddessen, dass er auf seiner ersten Runde bereits an jede Tür geklopft und gebeten hat, im Wohnwagen nach Lasse zu suchen, falls er irgendwo heimlich hineingeschlüpft sein sollte.

So gut kann Lasse sich doch gar nicht versteckt haben! Vielleicht hatte Camper doch den richtigen Riecher, und wir sollten in Kampen weitersuchen.

»Du bist der Sieger, Lasse!«, ruft Lisa. »Komm raus!«

Aber auch das hilft nichts.

Wir sind fast wieder vor unserem Wohnwagen angekommen, es fehlt noch die letzte Kurve, da fällt mein Blick auf einen kleinen Wohnwagen, der vor dem riesigen Luxusding steht, in dem Hans-Gert mit seinem Hundehalter Hans Urlaub macht. Letztes Jahr hat er zumindest da drin gewohnt, aber der hat ja jetzt seinen eigenen kleinen Wohnwagen! Das erkenne ich daran, dass seine rote Hundedecke aus der offenen Tür halb heraushängt. Eine Tür, die von der Höhe her auch ein niedriges Fenster sein könnte, sein Trinknapf steht da, und soweit ich Einblick habe, liegt drinnen alles voller Hundespielzeug.

Das ist doch das perfekte Versteck für Lasse!

»Ich glaube, ich weiß, wo Lasse ist.«

Ich hüpfe auf den Hinterbeinen und hänge mich mit den Vorderpfoten an den Türrahmen, weil der Einstieg für mich zu hoch ist. Aber Lasse könnte das geschafft haben.

Doch weder Lasse noch Hans-Gert haben es sich dort gemütlich gemacht, stattdessen finde ich Herrn König auf der Matratze vor, die den gesamten Wohnwagen ausfüllt.

Herr König schreckt von seiner Zeitung auf. »Was machst du denn hier?«

»Das muss ich dich fragen!«, entgegne ich. »Ich suche immer noch nach Lasse.«

»Und ich ruhe mich von der anstrengenden Tour durch Keitum aus. Ebenso wie mein Herrchen, aber der schnarcht derart, dass ich mich nicht aufs Lesen konzentrieren kann. Deshalb hab ich Hans-Gert gefragt, ob ich seine Hundehütte benutzen darf.«

»Also, als Hundehütte würde ich dieses Urlaubsdomizil ja nicht bezeichnen …«, bemerke ich.

»Na, willst du dir meine bescheidene Behausung auch mal ansehen?«, höre ich Hans-Gert sagen. Er schreitet elegant die Trittstufen des riesigen Wohnwagens hinunter, der mehr einem Bus gleicht, und kommt näher. »Den hat mein Leinenhalter mir für diesen Urlaub gekauft. Das ist ein Caretta 1500. Schickes Teil, oder?«

»Nobel geht die Welt zugrunde …«, murmle ich. »Der gibt ja ganz schön viel Geld für dich aus. Eine einfache Hundehütte hätte es doch auch getan.«

»Och, er hat's ja. Hat aber auch sein Leben lang dafür geschuftet. Er hat eine ganze Kette von diesen teuren Hundeboutiquen in Deutschland aufgebaut, und letztlich blieb ihm auch nichts anderes übrig, als das Ding zu kaufen.«

»Na ja …«, sagt Herr König, der erneut von der Zeitung aufsieht, »eine Holzhütte mit orthopädischem Hundebett hätte es auch getan. Aber schon ein cooles Teil, echt bequem, das könnte ich mir als standesgemäßen Altersruhesitz durchaus vorstellen.«

So ein Wohnwagen wäre auch was für meine Goldie und mich, denke ich, und da würde es mich durchaus interessieren, was dieses Luxusteil gekostet hat, aber der Preis liegt wohl ohnehin nicht im Geldbeutel meines Frauchens. Außer, sie hat irgendwo noch so eine Portokasse versteckt. Jedenfalls spricht sie immer davon, dass andere Leute solche teuren Sachen daraus bezahlen. Wie auch immer, es wäre jedenfalls interessant zu erfahren, wie Hans-Gert sein Herrchen überzeugt hat.

»Und bitte, warum blieb deinem Herrchen nichts anderes übrig, als dir dieses Luxusteil zu kaufen?«, hake ich nach.

»Ja nun …«, beginnt Hans-Gert, und die Umstände scheinen ihm sichtlich peinlich zu sein. »Sagen wir mal so … Er musste ihn kaufen, weil ich unter nächtlichen Flatulenzen leide, und mit dem Odeur wollte er sich in diesem Urlaub nicht noch einmal umgeben.« Die gequälte Miene von Hans-Gert hellt sich wieder auf. »Tja, und wenn er etwas für mich kauft, dann eben immer nur das Beste vom Besten.«

»Unter *was* leidest du?«, frage ich besorgt. Weiter konnte ich ihm ohnehin nicht folgen.

Hans-Gert räuspert sich und verzieht eine Lefze. »Nun, wie soll ich mich anders ausdrücken …?«

Herr König seufzt: »Hans-Gert muss nachts immer furzen, und sein Herrchen konnte den Gestank nicht mehr ertragen.«

Hans-Gert hebt die Augenbrauen und schüttelt wenig begeistert den Kopf. »So hätte ich das jetzt nicht formuliert.«

Noch ehe ich etwas entgegnen kann, höre ich Lotti im Hintergrund bellen. Na, wenigstens ist sie nicht auch noch verschwunden, das erleichtert mich tatsächlich, und so aufgeregt, wie sie bellt, könnte es sein, dass …

»Hast du Lasse gefunden?«, fragt sie atemlos, nachdem sie mich erreicht hat.

»Ich? Nein, wie kommst du darauf? Ich dachte, du?«

»Ich? Nein. Ist Lasse nicht da drin? Du hängst seit ner Weile so an der Tür, und ich dachte, du versuchst, ihn zu überzeugen, da rauszukommen.«

»Nein, ich habe mich mit Hans-Gert und Herrn König unterhalten.«

»Ach, worüber denn?«

Diese Frage musste ja von Lotti kommen, so neugierig, wie sie ist. Wobei ich zugeben muss, dass ich in dieser Hinsicht nicht unbedingt besser bin als sie. Und außerdem ist meine Erleichterung, dass sie sich wieder eingekriegt hat, so groß, da will ich sie nicht gleich wieder verprellen.

»Ähm ja, wenn du so direkt fragst …«, hebe ich an, aber noch bevor ich weiterreden kann, fällt mir Hans-Gert ins Wort.

»Wir haben uns darüber unterhalten, dass ich diesen Wohnwagen nur nachts nutze und tagsüber gern an alle Hunde vermiete, die mal ihre Ruhe haben wollen. So wie Herr König zum Beispiel.«

»Max! Das ist aber eine tolle Idee von dir!«, ruft Lotti. »Was für ein schönes Versöhnungsgeschenk! Eine Spielwiese nur für uns beide!«

»Was höre ich da?« ruft Goldie.

Erschrocken fahre ich herum. Dafür musste ich jedoch meinen Halt am Türrahmen aufgeben, was dazu führt, dass ich keinen Halt mehr habe, und das ist schlecht, weil meine Hinterbeine mich nicht tragen – und so falle ich rückwärts um wie eine Eiche.

Na gut, sagen wir mehr wie ein schmaler Baumstamm. Es könnte auch sein, dass ich am meisten Ähnlichkeit mit so einem dünnen Brett hatte, aus denen meine Hundehütte zusammengenagelt ist, jedenfalls kann ich mich gerade noch im Umfallen drehen, damit ich nicht auf dem Rücken lande. Dafür schlage ich schmerzhaft mit der Schnauze auf. Direkt vor Goldies Vorderpfoten.

Sie guckt ziemlich sauer auf mich runter.

»Du? Hier?«, stammle ich, weil mir nix Besseres einfällt.

»Ich hab ausgeschlafen, ja. Und da musste ich doch mal nachsehen, wo ihr alle abgeblieben seid – und was *dich* anbelangt, komme ich ja gerade recht, wie ich sehe.«

»Es ist alles ganz anders, als du denkst …«, entfährt es mir spontan.

»Ach, und wie?«, fragt Goldie mit hochgezogenen Augenbrauen.

Wenn sie angefressen ist, dann sieht sie so süß aus, weil sie gar nicht richtig böse gucken kann. Aber wenn ich ihr das jetzt sage, dann brennt die Hundehütte.

»Ich … das hast du in den falschen Flaschenhals gekriegt, ich hab mich nur mit Hans-Gert und Herrn König unterhalten.«

»Ach? Und worüber? Lass dir doch nicht alles aus der Nase ziehen!«

So schnell, wie sich Lotti einmischt, bekomme ich nicht mal mein Maul auf. »Max hat sich mit Hans-Gert über dieses Separee hier unterhalten. Hans-Gert nutzt es nämlich nur nachts, und tagsüber vermietet er es. Stimmt's, Hans-Gert?«

Zu allem Überfluss nickt Hans-Gert auch noch, selbstverständlich voller Stolz, und ergänzt: »Ich wollte Max gerade ein Angebot machen.«

»Ach, das ist ja interessant«, sagt Goldie, und ihre Stimme schnellt nach oben. »Und ich dachte immer, du wärst anders als andere Rüden …« Sie seufzt voller Enttäuschung und schüttelt den Kopf.

Na super, jetzt habe ich das Gemüse im Futternapf. Wenn ich ihr sage, dass das alles so nicht stimmt, dann glaubt sie mir sowieso kein Wort. Also muss ich wohl die Flucht nach vorn antreten, um mich aus der Affäre zu ziehen. Dabei hab ich doch gar keine Affäre!

»Doch nicht für Lotti und mich!«, rufe ich. »Für uns!«

Goldie blickt auf. In ihren Augen schimmert ein feuchter Glanz. »Ist das wahr?«

»Natürlich ist das wahr!«, bekräftige ich und wende mich dann an Hans-Gert: »Was verlangst du denn dafür? Am besten entrichte ich das wohl gleich in bar«, füge ich lässig hinzu, denn schließlich soll niemand aus meinem Rudel, der die brenzlige Situation gespannt verfolgt, glauben, dass ich ein armer Schlucker sei, der nur selten einen Rinderknochen abbekommt – auch wenn das leider die traurige Wahrheit ist. Aber nein, sie sollen glauben, dass ich meine Schätze überall vergraben habe und sie nur ausbuddeln muss, wenn ich sie brauche. Zu Hause liegt rund um meine Hundehütte tatsächlich ein kleines Vermögen, allerdings nützt mir das hier nichts. Was soll's, ich bluffe einfach, schließlich will ich sein Luxusappartement ohnehin nicht mieten – aber erhobenen Hauptes aus der Sache rauskommen will ich schon, und das möglichst schnell. »Was darf's denn sein?«, frage ich Hans-Gert. »Ein gut abgehangenes Stück Salami vom Frühstückstisch, ein Wiener Würstchen oder vielleicht sogar ein leckerer Hähnchenschenkel, paniert mit bester feuchter Gartenerde und nach wochenlanger Reifung im Erdboden herrlich morbide im Geschmack?«

Hans-Gert runzelt die Stirn. »Wochenlang? So lange bist du doch noch gar nicht hier. Aber sei's drum, ich steh nicht so auf diesen Alltagsfraß, und ganz abgesehen davon ist die Nutzung meines exklusiven Domizils schon mehr wert.«

»Wie viel denn?«, hake ich nach und überlege währenddessen fieberhaft, wie ich meinen Kopf elegant aus der Schlinge ziehen könnte.

»Also, normalerweise kostet das pro Stunde einen Kalbsknochen …«

»So viel?«, entfährt es mir.

»Ist dir das deine Goldie etwa nicht wert?«, stichelt Lotti von der Seite.

»Doch, natürlich!«, entgegne ich schnell, »aber deshalb muss ich doch nicht auf solche Wucherpreise einsteigen! Erst recht nicht als Rudelführer! Da hätte ich schon gern ein besseres Angebot, Hans-Gert.« Ich gucke ihn entrüstet an, aber so entrüstet, wie er zurückguckt, wird er den Preis nicht ändern, da bin ich mir sicher.

Hans-Gert wirft seine rotblonde Mähne mit einer schwungvollen Kopfbewegung zurück. »Also bitte! Ich muss auch von was leben!« Er atmet tief durch. »Aber gut, weil du es bist, sagen wir, einen Rinderknochen pro Stunde. Ich will ja eurer jungen Liebe nicht im Weg stehen.« Er streckt mir seine Pfote entgegen. »Einverstanden?«

Im Augenwinkel sehe ich Goldie, wie sie mich mit geneigtem Kopf und einer hochgezogenen Augenbraue beäugt.

»Geht klar«, höre ich mich sagen.

»Tja, jetzt hast du den Salat«, höre ich Lotti voller Schadenfreude sagen.

Ich brauche aber keinen Salat, sondern mindestens einen Rinderknochen, denke ich verzweifelt. Mein Blick fällt auf

Bobbi. Könnte der nicht losrennen und mir einen bringen? Bei der Pfanne hat das doch auch funktioniert.

Er pustet sich zwar die Sicht frei, macht aber leider keine Anstalten, sich zu rühren. Stattdessen starrt er nur mit offenem Maul auf das Luxusdomizil von Hans-Gert und murmelt schließlich: »Selbst wenn ich mir das jemals in meinem Leben leisten könnte, fehlt mir immer noch die passende Bobtail-Dame.«

»Du wirst schon die richtige Hündin für dich finden«, sage ich und lächle ihn aufmunternd an.

Bobbi zuckt mit dem Fell. »Ich weiß nicht, manchmal sehe ich ja eine, die mir gefallen würde, aber die laufen irgendwie immer blind an mir vorbei.«

»Und wie nennt man das, wenn man nix mehr riecht?«

Ich drehe mich um. Camper ist auferstanden und hat es sogar geschafft, sich zu uns zu schleppen.

»Das nennt sich Anosmie«, antworte ich, ohne nachzudenken.

»Woher weißt *du* denn so was?«, fragt Herr König bass erstaunt.

»Weil ich das auch mal hatte, also jedenfalls hat die Tierärztin damals gesagt, dass es bei den Menschen so heißt und bei Tieren aus verschiedenen Gründen auch mal vorkommen kann. Aber warum fragst du, Camper?«

»Weil ich nix mehr rieche!«

»Das vergeht wieder«, tröste ich ihn, wobei ich die Befürchtung hege, dass es mit seiner Mantrailing-Karriere vorbei sein könnte, aber das spreche ich nicht laut aus. Stattdessen sage ich: »Bei mir war's der Börnaut. Ich wollte nix mehr riechen, das war mir zu anstrengend. Wozu hat man Augen und Ohren?«

»Ich will aber wieder was riechen!«, stößt Camper hervor

und klingt dabei sehr verzweifelt. »Und ich will Lasse finden! Und da ich wenigstens wieder laufen kann, gehen wir los. Vielleicht kommt unterwegs mein Geruchssinn wieder.«

»Und wenn nicht?«, frage ich zweifelnd. »Dann irren wir nur umher.«

»Aber dann haben wir es wenigstens versucht!«

»Camper hat recht«, sagt Goldie entschieden. »Wir sollten nichts unversucht lassen – und schließlich haben wir auch Nasen im Gesicht. Wir müssen uns einfach mehr anstrengen, dann finden wir Lasse.«

»Hier auf dem Platz ist er jedenfalls nicht …«, sage ich, »wir haben wirklich alles abgesucht. Ich begreife nur nicht, warum ich ihn überall gerochen habe.«

»Ich würde vorschlagen«, sagt Camper, »wir gehen nach Kampen rein, in die Richtung, in die ich vorhin mit meinem Herrchen unterwegs war, bis er die Suche abgebrochen hat. Vielleicht habe ich mich doch nicht getäuscht.«

»Wie du meinst«, sage ich. »Wir lassen nichts unversucht. Geh du voraus. Du bist jetzt der Chef.«

Wirklich luxuriös, dieses Kampen. Wohin man sieht, riesige Reetdachhäuser, die auf noch größeren Grundstücken stehen, Steinwälle mit üppig blühenden Heckenrosen, idyllische Dorfstraßen. Nur weit und breit nirgendwo auch nur eine Spur von Lisa.

»Keinen Schritt weiter!«

Erschrocken zucke ich zusammen.

In meinem Augenwinkel bewegt sich ein schwarzer Schatten. Der springt in meine Richtung.

Was zum …

Mit eingezogenem Genick gehe ich in Deckung. Stocksteif warte ich darauf, dass sich irgendwer auf mich stürzt.

Der erwartete Aufprall bleibt jedoch aus, und deshalb öffne ich vorsichtig ein Auge.

Mein schwarzes Gegenüber guckt mich ebenfalls mit einem Auge an – mit einem gelben Auge.

»Ha, ick glob, ick spinne! Wat treibt ihr euch denn schon wieder in meinem Revier rum? Sucht ihr etwa immer noch nach diesem Mädchen?«

Ich muss erst mal tief durchatmen, um meinen Herzschlag zu beruhigen, bevor ich antworten kann. Wenn ich eines Tages vorzeitig sterben sollte, dann nur, weil mir ein räudiger Kater einen Herzinfarkt beschert hat.

Da läuft man suchend, aber nichts ahnend durch das beschauliche Örtchen – und auf einmal springt aus so einer Hecke dieser Kater.

Also, falls ich diesen Urlaub überleben sollte, werde ich garantiert mal steinalt. So schnell kann mich von nun an nix mehr erschüttern. Dass mir der Kater einen ganz schönen Schrecken eingejagt hat, werde ich ihm aber bestimmt nicht auf den Bauch binden. Eine Antwort auf seine Frage kann dieses Flohtaxi trotzdem haben: »Nein, Lisa ist mittlerweile wieder aufgetaucht. Jetzt suchen wir nach ihrem kleinen halben Bruder Lasse.«

»Na, das klingt ja nach Abenteuerurlaub«, sagt der Kater und zeigt sein zahnloses Grinsen.

»Klar erkannt«, gebe ich genervt zurück. »Ich hab jetzt auch keine Zeit, mich länger mit dir zu unterhalten, wir müssen weiter suchen …« Ganz abgesehen davon hab ich echt keine Lust, dass seine zahlreichen Mitbewohner doch zu mir ins Fell übersiedeln.

»Willst du mich denn gar nicht fragen, ob ich den kleinen

Jungen vielleicht gesehen habe?« Der Kater neigt den Kopf und guckt mich mit seinem verbliebenen Auge auffordernd an.

»Dich?«, frage ich, und meine Stimme schnellt nach oben. »Du hast uns in die Irre geführt, als wir dich nach Lisa gefragt haben.«

»So? Habe ich?«, fragt der zahnlose Tiger unschuldig.

»Hast du! Und deshalb frag ich nicht noch mal!«

»Gut, dann eben nicht.« Der Kater macht kehrt und springt leichtfüßig zurück auf den Steinwall.

»Warum fragst du ihn nicht wenigstens?«, raunt Goldie mir zu.

»Wozu? Der verarscht uns doch sowieso nur wieder.«

»Verarschen? Ick glob, ick hör nicht richtig.« Der Kater hält inne und funkelt mich vom Steinwall herunter an. »Warum sollte ick dich verarschen? Und überhaupt – seit wann redest du wie'n Straßenkater?« Er kratzt sich hinterm Ohr und betrachtet dann seine Hinterpfote. »Jungs, was sagt ihr dazu?«

Mit wem redet der plötzlich, frage ich mich, aber dann kommt mir ein Verdacht.

Hans-Gert, der mit deutlichem Abstand hinter mir stehen geblieben ist, scheint den gleichen Gedanken zu haben. »Der ist total durchgeknallt. Der spricht sogar mit seinen Flöhen!«

»Der hat ja sonst niemanden«, flüstert Herr König. »Und uns muss er jetzt einen Bären aufbinden.«

»Einen Bären?«, ruft Bobbi erschrocken und pustet sich die Sicht frei. »Wo ist ein Bär?«

Mein Rudel kichert.

»Reißt euch zusammen!«, mahne ich streng. »Die Lage ist ernst! Und das sage ich auch zu dir, du einäugiger Bandit!«, füge ich an den Kater gewandt hinzu. »Keine Zeit für Spielchen! Hier steht alles auf Schneiders Messer!«

»Was für ein Messer?«, fragt der Kater verständnislos.

»Das Messer vom Schneider!«, wiederhole ich nachdrücklich. »Das bedeutet, die Lage steht Knopf auf Spitz! Jetzt verstanden? Wir haben keine Zeit!«

»Wie du meinst«, entgegnet der Kater gelassen und setzt sich in die Nische zwischen den Heckenrosen, wo er gelauert haben muss. »Dann sage ich dir eben nicht, dass ich einen kleinen Jungen gesehen habe.«

Unwillkürlich halte ich den Atem an und bin für einen Augenblick geneigt, auf seine Anspielung einzusteigen, aber dann siegt doch die Vernunft.

»Ach ja? Einen kleinen Jungen? Was für ein Zufall«, höhne ich. »Davon laufen hier viele rum.«

»Tatsächlich?« Er reckt den Hals und hält Ausschau wie ein Matrose im Ausguck. Zum Piraten fehlt ihm rein äußerlich sowieso nicht viel – wenn man von den vier Pfoten und dem Fell mal absieht. »Keine Menschenseele in Sicht. Aber den Jungen, den hab ick jesehen.«

Dieser Ort ist wirklich verlassen. Weder Mensch noch Auto kommen einem entgegen, obwohl die schnurgeraden Wege so breit angelegt sind, als ob das Gegenteil der Fall sein müsste.

Ich seufze. »Na schön, dann sag mir doch mal, was hat der Junge angehabt?«

»Dat hab ick nich so jenau jesehen …«

»Aha«, sage ich triumphierend. »Da haben wir es!«

»Wat haben wir?«, fragt der Kater und guckt mich schräg an. »Ick hab doch noch jar nicht ausjeredet? Der Junge war so schnell wieder wech, aber ick hab jesehen, dass er ein grünblaues T-Shirt anhat. Na, wat sachste jetzt?«

Das könnte hinkommen, denke ich. Ist aber auch nicht so schwer zu raten. »Und wie alt war der Junge?«

Der Kater leckt sich über die Nase und hält sie anschließend in den Wind. »So schätzungsweise vier, würde ich sagen.«

Damit liegt er genau richtig, denke ich aufgeregt, gebe mich nach außen hin aber gelassen. So leicht falle ich nicht auf ihn rein.

Doch noch bevor ich ihn weiter befragen kann, ruft Camper: »Das passt! Das ist Lasse! Wo hast du ihn gesehen? Wo ist er lang …?«

»An mir vorbei und dann da hinten umme Ecke«, sagt der Kater und zeigt mit der Pfote in die Richtung, aus der wir gekommen sind. »Ist keine fünf Minuten her.«

»Und damit rückst du erst jetzt raus?«, schreit Camper außer sich.

So wütend habe ich ihn noch nie erlebt. Ich glaube, es fehlt nicht mehr viel, dass er auf den Kater losgeht. Sicherheitshalber stelle ich mich quer vor ihn, um ihn an einer kurzen Schlusshandlung zu hindern. Die würde er anschließend nur bereuen.

»Cool bleiben«, raune ich ihm zu und komme mir dabei selbst ziemlich cool vor.

Vor allem Goldie wird von mir beeindruckt sein, wie ich die Situation regle, und so ganz traue ich ihm immer noch nicht über den Weg.

»Ja nee, is klar«, sage ich zum Kater. »Wir sind zu neunt unterwegs und haben alle Lasse übersehen. Das kann auf diesen verschlungenen Pfaden angesichts der vielen Menschen, die hier rumlaufen, schon mal passieren«, füge ich ironisch hinzu.

Der Kater begutachtet seine Vorderpfote. »Habt ihr jehört, Jungs? Der Typ globt mir nich. Na ja, selber schuld. Dann müssen wir ihm ja auch nicht erzählen, wat wir noch jesehen haben, oder?«

»Nein, mit einem Straßenkater, der mit seinen Flöhen spricht, muss ich mich wirklich nicht länger abgeben«, sage ich und wende mich mit einem Kopfschütteln von ihm ab. Ich hätte mich gar nicht erst in ein Gespräch verwickeln lassen dürfen. Dieses durchgeknallte Flohmonster hat uns schon viel zu viel Zeit gekostet.

»Wie du meinst«, sagt der Kater, während er auf der Stelle tritt. Dann dreht er sich in einem beeindruckend engen Wendekreis, den ich mit meiner Wirbelsäule nie hinkriegen würde, dreimal herum und lässt sich nieder.

»Ja, ich meine«, entgegne ich angesäuert, und an mein Rudel gewandt füge ich hinzu: »Wir suchen weiter, und zwar in *unserer* Richtung«, betone ich und werfe dabei einen vielsagenden Blick auf den Kater. »Wir gehen *nicht* wieder zurück.«

»Dann eben nicht«, sagt er und legt den Kopf auf den Pfoten ab.

»Genau, dann eben nicht«, sage ich und will mich in Bewegung setzen.

»Warte mal«, sagt Camper und beäugt den Kater mit kritischem Blick. Wobei Camper nicht wirklich kritisch gucken kann. »Ich glaube, der Kerl hat noch wichtige Infos auf Lager.«

»Ach was!«, widerspreche ich und will erneut losgehen, da mischt sich Goldie ein: »Mein Bauchgefühl sagt mir auch, dass wir dem Kater zuhören sollten. Also, was genau hast du beobachtet?«, fragt sie und fordert ihn zum Reden auf.

Ich gucke Goldie verdutzt an. Da hat sie doch glatt die Gesprächsführung übernommen. Aber selbst wenn ich wollte, ich kann ihr nicht böse sein. Nur ärgerlich bin ich, dass wir noch mehr Zeit verlieren. Wobei ich zugegebenermaßen auch etwas schwanke, ob der Kater uns nicht doch noch etwas Wichtiges mitzuteilen hat.

»Also«, seufze ich. »Rück raus mit der Sprache.«

Der Kater wechselt zurück in die Sitzposition. »Okay, aber erst, wenn du bitte sagst.«

»Bitte …«, seufze ich, wobei ich mir anschließend ein leises Knurren nicht verkneifen kann.

»Nö, jetzt haben wir keine Lust mehr …«, sagt der Kater und hebt seine Vorderpfote an die Ohren. »Oder, Jungs?« Er lauscht einen Moment. »Tja, die sagen auch Nö. Tut mir leid.«

Ich gucke ihn an wie eine Kuh, wenn's blitzt, nein, wie ein Rindvieh, wenn's donnert. Ach, egal, eines steht fest: »Du bist ja nicht mehr ganz dicht!«

Der Kater guckt an sich runter. »Also, mir fehlt zwar ein Auje, und ick hab nich mehr alle Zähne, aber untenrum bin ick noch dicht.«

Bei so viel Frechheit ist ja wohl ein deutliches Knurren fällig. »Hau ab, du blöder Kater! Verzieh dich, sonst mache ich dir Beine!«

»Du willst mir Beine machen?« Der Kater grinst mich erneut an. »Nee danke, ick behalte meene. So kurze Beine wie *du* will ick nich haben.«

Ich hole tief Luft, um ihm meine Wut entgegenzubellen, da wirft sich Goldie vor mir in Pose und macht dem Kerl schöne Augen. Sie klimpert mit ihren langen Wimpern, himmelt ihn sogar regelrecht an.

»Deine langen Beine stehen dir wirklich sehr gut. Besonders das Schwarz sieht sehr elegant aus. Solche Beine hätte ich auch gern. Wie heißt du eigentlich?«

Täusche ich mich, oder sehe ich da Herzchen in den sonst eher schmalen Pupillen des Katers? Goldie ist so überzeugend, dass ich fast schon eifersüchtig werde. Jedenfalls fällt der Kater mit Anlauf auf ihre Taktik rein. Im wahrsten Sinne des Wortes.

Er springt vom Friesenwall, aber weil er so auf Goldie fokussiert ist, denkt er nicht daran, sein Landefahrwerk richtig auszufahren und wird zum Bruchpiloten und damit zum lebenden Beispiel dafür, dass Katzen doch nicht immer auf den Pfoten landen, besonders, wenn sie aus so niedriger Höhe fallen.

Der Kater schüttelt sich, um sein Fell wieder in Ordnung zu bringen, und wir gehen alle in Deckung.

»Ich heiße Ronny«, sagt er schnurrend. »Und du findest mich wirklich attraktiv?« Er macht einen Katzenbuckel, dann dehnt er seine Wirbelsäule in ein beeindruckendes Hohlkreuz, und schließlich umkreist er Goldie mit eleganten Schritten – jedenfalls so elegant, wie das einem Straßenkater möglich ist.

»Ich ähm …« Goldie droht aufgrund seiner Nähe – oder besser gesagt, aufgrund der Nähe seiner Flöhe, aus ihrer Rolle zu fallen.

Nervös sucht sie nach einem Fluchtweg, aber dann scheint ihr eine andere Lösung einzufallen. »Ronny, es wäre ganz toll, wenn du vorausgehen und uns zeigen könntest, wo genau du Lasse gesehen hast. Dann kann ich auch noch weiter deine Beine bewundern.«

Ronny bleibt stehen, mustert Goldie und springt zurück auf den Steinwall. »Du bist 'ne schlechte Schauspielerin. Aber ick jebe zu, erst wollt ick dir globen. Ick bekomm nämlich nich jeden Tag ein Kompliment, jenau jenommen redet nie jemand mit mir. Na, wat soll's, is och nich wichtich.« Er legt sich zurück auf seinen Platz auf dem Steinwall, rollt sich eng zusammen und vergräbt das Gesicht unter der Pfote.

Wir gucken uns an, und keiner weiß so recht, was er sagen soll – ich erst recht nicht.

Ich spüre die erwartungsvollen Blicke meines Rudels auf

mir. Aber wie bringe ich das am besten rüber? Wie soll ich ihm erklären, dass er bestimmt nicht in erster Linie wegen seines Aussehens oder seiner frechen Schnauze, sondern ganz allein wegen dieser ekligen Flöhe gemieden wird, ohne ihn noch mehr vor den Kopf zu stoßen? Schließlich scheinen diese Viecher seine einzigen Freunde zu sein.

»Ich ... ähm«, sage ich und breche meinen hilflosen Versuch ab, als Lotti plötzlich aus dem Hintergrund in mein Blickfeld gerät. Sie geht an mir vorbei, setzt sich vor den Steinwall und sieht zum Kater hoch.

Leise sagt sie: »Ich kenne das Gefühl. Ist nicht schön, wenn man immer nur abgelehnt wird.«

Erstaunt hebt Ronny den Kopf, und die beiden blicken sich an. Wie von einem unsichtbaren Faden gezogen, setzt er sich langsam auf. Da passiert etwas zwischen den beiden, ohne dass ein einziges Wort fällt.

Nach einer Weile sieht Ronny uns der Reihe nach an. Dabei verändert sich etwas in seinem Blick, hin zu einer tiefen Traurigkeit.

»Was glotzt ihr so? Ja, wer hätte das jedacht, aber ick hab och Jefühle. Davon sojar ne janze Menge. Aber alle machen nen Bojen um mich. Nen janz großen Bojen. Ick weeß, det liegt an meinem Aussehen und an meener frechen Schnauze. Schon klar. Drum find ick keenen Anschluss, dabei wünsch ick mir so sehr, mal ein paar Freunde zu haben – oder vielleicht sogar jeliebt zu werden. Na ja ... et soll nich sein. So is det Leben ... Verjesst, wat ick jesacht hab.«

Ich gebe zu, seine Offenheit verschlägt mir die Sprache. Bislang war er für mich ein ungehobelter Straßenkater, aber nun sehe ich ihn mit anderen Augen.

Reglos, fast schon ehrfürchtig beobachten wir, wie Lotti und Ronny sich ansehen. Da liegt definitiv etwas in der Luft.

Nach geraumer Zeit sagt Ronny abrupt in die Stille hinein: »Es ist besser, wenn ihr jetzt geht.«

»Aber …« hebt Lotti an, dann bleibt ihr das Maul offen stehen, und sie guckt Ronny mit großen Dackelaugen an.

Er hingegen weicht ihrem Blick aus und widmet sich stattdessen seiner Pfote, die er ausgiebig ableckt. »Wir bleiben lieber unter uns, nich wahr?«

»Warum reagierst du so?«, fragt Lotti hilflos. »Wir könnten doch vielleicht Freunde werden.«

Ronny schüttelt den Kopf. »Freunde? Det is en juter Witz! Hunde und Katzen können keene Freunde sein. Niemals! Det hat die Natur so vorjesehen.«

»Das stimmt doch gar nicht!«, braust Lotti auf. »Das ist ein Vorurteil, weißt du das nicht?«

»Wat Vorurteile sind, weeß ick sehr jut«, entgegnet Ronny barsch. »Und jetzt lass mich in Ruhe …«

»Aber Ronny …«

»Det meen ick ernst«, sagt Ronny. »Ick bin immer jut allein klarjekommen, hab jut jelernt, mich auf der Straße zu behaupten, nachdem ick hier im Urlaub ausjesetzt wurde, weil der kleene Junge sein Weihnachtsjeschenk doch nich mehr haben wollte, nachdem ick durch ne doofe Entzündung mein Auje verloren hab. Dat war ne reiche Familie, ick hab in Berlin in nem richtijen Palast jewohnt, und ick warte jeden Sommer hier vor dem Haus, ob sie nich vielleicht wiederkommen und mich doch wieder mitnehmen.«

»Das ist aber traurig …«, entgegnet Lotti mit kehliger Stimme.

»So is det Leben …«, entgegnet Ronny und rollt sich erneut zusammen. Dieses Mal kehrt er uns den Rücken zu.

»Nein, so ist das Leben nicht!«, entgegnet Lotti wütend. »Damit muss man sich nicht abfinden. Und diese Familie hat dich gar nicht verdient! Warum wartest du immer noch auf die?«

»Lass mich in Ruhe!«, faucht Ronny, ohne den Kopf zu heben. »Det is alleen meine Sache. Und jetzt hau ab!« Ronny setzt noch ein Fauchen nach, was unmissverständlich klarmacht, dass er gleich seine Krallen ausfährt.

Lotti lässt den Kopf hängen und wendet sich wie ein geschlagener Hund mit einem leisen Jaulen und gesenkter Rute ab.

Ihr Anblick geht mir sehr ans Herz, sodass ich nichts unversucht lassen will, mit Ronny die Wogen zu glätten. Ich beschließe, ihm ein Angebot zu machen.

»Ronny, wir sind hier noch ein paar Tage im Urlaub. Du findest uns auf dem Kampener Campingplatz, falls du doch mal Gesellschaft haben möchtest – und vielleicht … vielleicht auch ein Mittel gegen deine Flöhe. Das wäre wichtig. Da hat mein Frauchen was auf Lager, und das würde dir das Leben auf jeden Fall erleichtern.«

»Meine Flöhe sind allet, wat ick hab!«, faucht Ronny, »die lass ick mir nich och noch wechnehmen. Und jetzt haut ab – alle miteinander!«

Ich wende mich Lotti zu, und mit einem Kopfschütteln bedeutet sie mir, dass ich es nicht länger versuchen soll.

»Er will sich nicht helfen lassen …«, sagt sie mit niedergeschlagenem Blick. »Muss ich wohl akzeptieren, auch wenn es schwerfällt. Aber danke, dass du ihm Hilfe angeboten hast.«

»Am Ende kann er sich nur selbst helfen«, entgegne ich ebenfalls niedergeschlagen. Ich hätte nicht gedacht, dass dieser Kater mal ein anderes Gefühl als Abneigung in mir hervorrufen könnte, aber mit seiner Geschichte hat er tatsächlich mein Herz berührt. Dennoch, mehr als unsere Hilfe können wir ihm nicht anbieten. »Wir müssen jetzt wirklich dringend unsere Suche fortsetzen.«

»An eurer Stelle würde ich im Avenarius-Park nachsehen.« Ronny hat sich unvermittelt noch einmal zu Wort gemeldet, allerdings hält er sich weiterhin von uns abgewandt.

»Avenarius-Park?«, frage ich und wende mich Camper zu, von dem ich jedoch auch nur einen ratlosen Blick ernte, obwohl er sich in der Gegend eigentlich auskennen müsste.

»Liegt ziemlich versteckt«, lässt sich Ronny noch einmal vernehmen, »aber da gibt's mehrere Eingänge, und an einem seid ihr vorhin vorbeigelaufen.«

»Also doch zurück«, beschließe ich, wobei ein letzter Zweifel bleibt, ob das die richtige Entscheidung ist, so sauer, wie Ronny auf uns ist.

»Also, ich weiß nicht …«, murmelt Herr König, nachdem wir uns in Bewegung gesetzt haben. »Ich trau dem Kerl immer noch nicht über den Weg. Der hat es doch faustdick hinter den Ohren.«

»Der hat vor allen Dingen Flöhe hinter den Ohren«, jammert Hans-Gert und setzt angstvoll hinzu: »Hoffentlich habe ich mir keinen davon eingefangen.«

»Wenn es dazu führt, dass wir Lasse finden, dann nehme ich sogar Flöhe in Kauf«, sagt Camper und senkt seine Schnauze. »O wow, ich rieche wieder was!«

»Lasse?«, fragen wir alle zugleich.

»Nein, ihn nicht, aber ich rieche überhaupt wieder was – das ist doch schon mal ein Anfang, juhu!«

Wir teilen Campers Begeisterung, auch wenn das nur ein kleiner Fortschritt ist, aber es ist ein Fortschritt!

Allein Hans-Gert kann sich nicht mit uns freuen.

»Mein Herrchen bringt mich um, wenn ich mit Flöhen nach Hause komme«, jammert er.

»Hör auf rumzujaulen«, knurrt Rotti. »Camper muss sich konzentrieren.«

Wortlos gehen wir die breite Dorfstraße zurück, die wir gekommen sind, man hört nur unsere tapsenden Schritte und manch kratzendes Geräusch von unseren Krallen auf dem Asphalt. Hier und da raschelt es in der Hecke, weil ein Vogel vor uns Reißaus genommen hat, und von einem der Reetdachhäuser beäugen uns ein paar Möwen, aber selbst die bleiben stumm.

Eine gespenstische Ruhe liegt über uns, die mir überhaupt nicht behagt. Immerhin ist die Mittagshitze vorbei, die Sonne strahlt uns von der Seite an, und unsere Schatten sind länger geworden.

Einmal werfe ich einen Blick zurück, um nachzusehen, ob Ronny uns folgt, aber das ist nicht der Fall.

»Ich hab seine Spur!«, ruft Camper so unvermittelt aus, dass mir fast das Herz stehen bleibt.

»Ronny?«, frage ich.

»Nein, Lasse natürlich!«

Na, so natürlich ist das nicht. Endlich! Das grenzt ja an ein Wunder! »Bist du sicher?«

»Eindeutig, das ist er! Eine ganz frische Spur!«

Mein Herz rast, und ich habe das Gefühl, dass mir die Luft wegbleibt.

Camper hebt den Kopf und guckt sich verwundert um. »Hier war ich doch schon mal.«

»Na klar, hier sind wir vorhin lang«, mischt sich Bobbi ein. »Der Kater hat uns doch zurückgeschickt. Das hab sogar *ich* mitbekommen.«

»Nein, ich meine, hier in diesem Park. Seht ihr, da ist ein versteckter Eingang zwischen den hohen Hecken! In dem Park war ich mit meinem Herrchen unterwegs, bevor er die Suche abgebrochen hat.«

»Wo ist der Eingang?«, fragt Bobbi, aber auch ich hatte Mühe, den zu entdecken, weil er von der Straße aus kaum zu erkennen ist.

»Dann ist das dieser Avenarius-Park, von dem Ronny gesprochen hat!«, rufe ich, und mit einem Schlag bin ich mir ganz sicher, dass wir Lasse gleich finden werden. »Dann warst du ja fast am Ziel!«

»Purer Zufall!«, sagt Camper aufgeregt. »Ich schwöre euch, ich hab mir Lasses Geruch nur eingebildet. Man hätte mir auch eine Karotte vorsetzen können, und ich hätte behauptet, die riecht nach Lasse. Aber jetzt rieche ich ihn wirklich!« Camper rennt uns voraus in den Park.

»Oder er hat den siebten Sinn gehabt ...«, murmle ich, und dann spurte ich ihm nach, mein Rudel mir hinterher.

»Es gibt nur fünf Sinne!«, ruft Herr König keuchend aus dem Hintergrund. »Also hat Camper den sechsten Sinn gehabt!«

»Wie kann er sechs Sinne haben, wenn es nur fünf gibt?«, fragt Hans-Gert, der im Gegensatz zu uns noch kein bisschen außer Atem ist.

Wobei meine Atemlosigkeit mich weniger beschäftigt als die Frage, wo meine Bratpfanne abgeblieben ist. Die könnte ich jetzt gut brauchen. »Es wird nicht diskutiert!«, brülle ich.

»Sehr richtig«, schnauft Herr König dicht hinter mir. »Und es ist jetzt auch nicht die Zeit für nähere Erklärungen!«

»Ich möchte diese Frage aber geklärt haben!«, echauffiert sich Hans-Gert. »Ich glaube nämlich, dass Herr König unrecht hat, er will es nur nicht zugeben.«

»Halt dein Maul, Hans-Gert«, knurrt Rotti aus dem Hintergrund »Sonst kneife ich dir in deine zarten Beinchen.«

Die Drohung wirkt.

Dafür kläfft Chiwa mit hoher Stimme von weit hinten. »Wartet!«

Rotti haut sofort die Vorderpfotenbremse rein und macht auf den Ballen kehrt. »Ich hole dich!«

Als er mit Chiwa auf dem Rücken wieder bei uns ist, ruft er Bobbi zu: »Bei Fuß! Sicher ist sicher bei der Geschwindigkeit!«

Endlich erreichen wir Camper in dem weitläufigen Park. Im Vorbeirennen habe ich zahlreiche Versteckmöglichkeiten gesehen, hinter Hecken, die den Park unterteilen, hinter Bäumen oder in dieser Senke, die mit einer Treppe ausgebaut wurde.

Camper schnüffelt aufgeregt im Schatten eines Baumes herum, um dessen Stamm eine Sitzbank gebaut wurde.

Der Baum macht durch seine Größe seinem Namen alle Ehre, was eine Seltenheit auf dieser Insel ist, den muss ich gleich mal markieren.

In dem Moment ertönt ein sattes Krachen und Poltern. Reflexartig gehe ich in Deckung, wobei das zu spät ist, wenn der Baum umfällt. Hilfe, so aggressiv kann mein Pipi doch nicht sein, dass ein Baum davon in die Knie geht. Aber wenn nicht der Baum fällt, dann ist jemand vom Baum gefallen. Große Güte, wenn das Lasse war?

Ich reiße die Augen auf, aber Lasse liegt nicht am Boden – zum Glück! Nur woher kam dann dieses Geräusch?

»Bobbi!«, ruft Camper, und jetzt entdecke ich ihn auch.

Er ist gegen einen hohen Steinsockel gerannt, auf dem ein dicker, halb nackter Mensch im Schneidersitz thront.

Bobbi rappelt sich auf, schüttelt sich, setzt sich verdattert hin und guckt nach oben. »Oh, Verzeihung. Ich wollte Sie nicht anrempeln. Lassen Sie sich bei Ihrer Sitzung nicht stören.«

Ich kann mir ein Lachen nicht verkneifen. Noch dazu, weil Bobbi von »anrempeln« gesprochen hat, nachdem er gegen einen Steinsockel geknallt ist. Den kann so leicht auch nichts mehr erschüttern, im wahrsten Sinne des Wortes.

»Warum sitzt dieser dicke Riese da?«, fragt Chiwa ehrfürchtig von Rottis Rücken aus. »Kann der uns was tun?«

»Das ist ein Buddha«, sagt Herr König. »An den glauben manche Menschen.«

»Und warum sitzt der dann hier im Park und nicht in einer Kirche?«, fragt Hans-Gert.

»Keine Ahnung«, entgegnet Herr König rundheraus. »Ich weiß doch auch nicht alles!«

»Ha! Sag ich doch!«, ruft Hans-Gert und wirft triumphierend die Mähne nach hinten. »Aber das mit den Sinnen …«

Ich bin gleich wie von Sinnen, denke ich und atme tief durch. Ich muss abschalten, mich auf das Wesentliche konzentrieren, versuchen, ob ich ebenfalls Lasses Geruch aufnehmen kann.

Ich senke meine Nase in einigem Abstand zu Camper, aber vielleicht setzt sich ja hier Lasses Spur fort.

Das gibt's ja nicht! Tatsächlich! Unverkennbar! »Ich rieche Lasse!«, stoße ich aus.

»Bin ich erleichtert!«, ruft Camper. »Ich hatte schon Angst, dass ich mir das wieder nur einbilde.«

»Er ist in die Richtung, soweit ich das rieche …« Mit einer Kopfbewegung deute ich entlang eines Wiesenpfades, der an einem Teich vorbeiführt.

»Ganz deiner Meinung!«, ruft Camper aufgeregt.

»Mitkommen!«, rufe ich meinem Rudel zu. Sofort stehen alle parat, auch Bobbi ist wieder auf den Beinen, und selbst

Hans-Gert hat seine Diskussion mit Herrn König schlagartig beendet, weil er nun endlich den Ernst der Lage erkannt hat – den Teich.

Mich beschleicht ein mulmiges Gefühl, als wir der Spur folgen. Was ist, wenn sie uns direkt dorthin führt?

Mein Rudel hält sich dicht hinter Camper und mir, und ich wünschte, ich müsste nicht vorausgehen oder ich hätte wenigstens so einen dichten Pony wie Bobbi vor Augen.

Ich will keine gruselige Entdeckung machen …

»Der Teich ist eingezäunt«, stellt Camper fest, weil er natürlich den gleichen Gedanken hatte wie ich.

Puh, was für ein Glück! Auf den ersten Blick war das stabile Zaungeflecht, das sich farblich kaum von seiner Umgebung abhebt, nicht zu erkennen.

Zu meiner Erleichterung stelle ich zudem fest, dass der Zaun so hoch ist, dass da nicht mal Rotti in seinen jungen Jahren hätte drüberspringen können.

»Enten!«, ruft Lotti voller Begeisterung, und einige aus meinem Rudel stimmen in ihr Gebell mit ein. Hans-Gert springt aufgeregt hin und her und leckt sich über das Maul, so als ob die Ente bereits in seinem Napf liegen würde.

Immer dieser Jagdtrieb! Den kenne ich auch nur zu gut. Aber die Angst vor dem Wasser drängt bei mir alle anderen Instinkte in den Hintergrund, und der Zaun trennt ja zum Glück die Enten von meinem Rudel.

Als wir schon fast am Teich vorbei sind, sagt Bobbi: »Da ist eine Tür im Zaun und … die ist offen.«

Verwundert drehe ich mich zum Zaun um. Seit wann sieht Bobbi denn etwas? Noch dazu was, das uns gar nicht aufgefallen ist? Aber er hat recht. Da ist ein offenes Gatter, das man erst bemerkt, wenn man schon am Teich vorbei ist und sich umdreht.

Zu meiner größten Verwunderung gibt jedoch keiner aus meinem Rudel seinem Jagdtrieb nach, alle stehen wie versteinert da und scheinen dasselbe zu denken, und keiner will sich als Erster nähern und ins Wasser blicken.

Neben der offenen Zauntür lehnt eine große Schaufel, daneben steht eine Schubkarre mit einem Berg Pflanzen und Erde drin.

»Da macht wohl jemand gerade den Teich sauber«, stellt Goldie fest.

»Oder jemand hat was vergraben«, ergänzt Rotti einen Gedanken, bei dem es mir heiß und kalt den Rücken runterläuft.

»Sag so was nicht!«, knurre ich ihn an. »So weit wollen wir nicht mal denken!«

»Jedenfalls ist kein Mensch in der Nähe, der macht wohl gerade Pause …«, sagt Goldie, während sie nervös von einer Pfote auf die andere tritt.

Camper zieht eine Augenbraue hoch. »So spät am Nachmittag? Derjenige hat wohl schon Feierabend gemacht und nicht nur sein Zeug hiergelassen, sondern auch noch vergessen, die Tür zuzumachen.«

»Und Lasse liebt es, Enten zu füttern«, ergänzt Goldie. Danach schweigt sie.

Sie legt sich ins Gras, den Kopf zwischen die Pfoten, und guckt mit großen dunklen Augen traurig in Richtung Teich.

»Ich kann da nicht hingehen«, murmelt sie. »Siehst du bitte nach?«

Ihr bittender Blick trifft mich – und geht mir durch Mark und Bein. Zu gern würde ich ihr diesen Wunsch erfüllen, aber es geht nicht.

Ich weiß, ich müsste das für sie tun, sie stand diesem kleinen Kerl viel näher als ich – und trotzdem habe auch ich diesen Duracell-Hasen ins Herz geschlossen. Jetzt tut es mir leid, dass ich am Anfang so von ihm genervt war, und ich würde mich gern dafür bei ihm entschuldigen.

Also nicht mit Worten, das würde ja nichts bringen, aber wenn ich meinen Kopf auf seinen Schoß lege, würde er mich schon verstehen. Aber das wird wohl nicht mehr möglich sein … oder doch?

Wir brauchen Gewissheit. Es führt kein Weg dran vorbei.

Ich wende mich mit einem Hilfe suchenden Blick an Camper, doch der schüttelt bedauernd den Kopf und legt sich ebenfalls hin – den Kopf vom Teich abgewandt.

»Da ist ja mein Herrchen!«, ruft Lotti unvermittelt, und dann rennt sie auch schon los, quer über die Wiese, wo Ansgar sein Fahrrad in unser Blickfeld geschoben hat. Sein rotes T-Shirt, vielleicht ist es auch grün, ist am Rücken total durchgeschwitzt.

Frauchen ist an seiner Seite, wobei sie mehr Mühe hat, ihr Fahrrad mit dem Anhänger zu schieben, und auch sie sieht sehr, sehr erschöpft aus.

Jetzt gibt es auch für mich kein Halten mehr.

»Die Hunde!«, ruft Ansgar, »da sind sie! Und so wie die angerannt kommen, alle heil und unversehrt.«

»Gott sei Dank, wir haben sie gefunden – oder sie uns!«

Aha, denke ich, wir sind also von den beiden auch schon gesucht worden – das heißt, unser Verschwinden hat sich herumgesprochen.

»Und alle sind beisammen, was für ein Glück, die scheinen ein Rudel gebildet zu haben«, sagt Ansgar, während er in seiner kurzen Hose in die Knie geht, um Lotti voller Freude in Empfang zu nehmen.

Ich bremse vor Frauchen ab, weil sie es nicht leiden kann, wenn ich sie anremple, und schmiege mich an ihr Bein. Ob sie mir böse ist? Sie hat sich noch gar nicht zu mir runtergebeugt, geschweige denn, mich gestreichelt. Stattdessen hat sie ihr Handy aus der Tasche geholt.

Sie wird doch nicht beim Tierheim anrufen?

Vorsichtshalber setze ich den herzerweichendsten Dackelblick auf, den ich in meiner Repetition, nein, in meiner Reparation, ach egal, jedenfalls den besten, den ich in meiner Dackelblicksammlung auf die Schnelle finden kann – und zudem habe ich ein Argument parat, das sie stolz machen wird. »Ich bin der Rudelführer – hast du das gesehen?«

Frauchen streicht sich eine verschwitzte Haarsträhne zurück und hält ihr Handy ans Ohr – und jetzt endlich, endlich beugt sie sich zu mir runter und krault mich unterm Kinn. »Du Schlawiner!«, schimpft sie und lächelt dabei. »Wenn du noch *einmal* abhaust …«

Dann werde ich wieder so in Empfang genommen und gekrault, denke ich selig.

»Ich rufe Christian an!«, sagt Frauchen zu Ansgar.

Wie jetzt? Soll Goldie ins Tierheim? Das lasse ich nicht zu! Ich setze zu einem lautstarken Protest an.

»Maxl, Ruhe! Christian? Die Hunde sind hier! Alle! Ja, gesund und munter!«

»Wo seid ihr?«, höre ich ihn durchs Telefon rufen.

»Im Avenarius-Park. Wir haben dort hinter jeder Hecke, überall nach Lasse gesucht, weil Camper hier zuletzt …«

»Wo?«

»In jedem möglichen Versteck eben …«

Wohl nicht überall, denke ich beklommen.

»Wo ihr seid, will ich wissen!«, ruft Christian.

»Im Avenarius-Park. Sag Reiner, er soll den Wattweg ins Navi eingeben.«

Reiner? Ich runzle die Stirn. Das heißt, Christian ist mit Rottis Herrchen unterwegs, vermutlich im Auto.

»Reiner weiß, wo der Park ist«, entgegnet Christian aufgeregt. »Zwei Minuten, sagt er. Lisa sagt zehn Minuten wegen meiner Krücken. Von wegen! Fünf Minuten, in fünf Minuten sind wir bei euch. Bis gleich!«

»Bis gleich!«, sagt Frauchen, aber da hat Christian offenbar schon aufgelegt.

Nach der ersten Wiedersehensfreude wird mir schlagartig bewusst, dass uns ein schwerer Gang bevorsteht. Wir müssen Frauchen und Ansgar zum Teich lotsen, und das am besten noch, bevor Christian eintrifft, damit ihm der Anblick seines Sohnes erspart bleibt – aber ich hoffe ja auch immer noch, dass ich mit meiner Vermutung, was passiert sein könnte, verkehrt liege.

»Ähm, du Frauchen?« Ich stupse sie an. »Wir müssten da mal zum Teich und …«

»Huch, wen haben wir denn da?«, sagt Frauchen liebevoll säuselnd, aber damit meint sie nicht mich, denn sie guckt an mir vorbei.

Ich drehe mich fragend um, wen aus meinem Rudel sie wohl angesprochen hat.

Den Kater!

Ronny hat sich auf leisen Pfoten angeschlichen und sich mit vier Dackellängen Abstand vor uns hingesetzt – und diesen Abstand will ich ihm auch geraten haben.

»Denk an deine Flöhe«, knurre ich, unfreundlicher als beabsichtigt.

»Ist ja schon gut! Knurr mich nicht so an!«, miaut Ronny kläglich. »Ich wollte nur mal gucken, ob ihr den Jungen gefunden habt.«

»Vielleicht«, knurre ich. »Und vielleicht ist es zu spät, weil du nicht gleich mit der Sprache herausgerückt und stattdessen den Diwan gespielt hast! Grrr.«

Frauchen kniet sich zu mir runter und hält mich an meinem roten Halsband fest »Schscht«, macht sie. »Maxl! Anständig sein!«, setzt sie mahnend nach. »Das ist nur eine Katze, die hat dir nichts getan.«

Wenn Frauchen eine Ahnung hätte, denke ich und stemme mich ins Halsband.

»Maxl! Schluss! Nimm dir ein Beispiel an Lotti, wie lieb und vorsichtig sie sich der Katze nähert.«

»Lotti, zurück – hierher!«, ruft Ansgar in dem Moment.

Ich weiß schon, warum ich diesen Mann mag.

Lotti folgt seinem Befehl nur widerwillig, aber sie wagt es auch nicht, sich ihrem Herrchen zu widersetzen. Allerdings geht sie nicht zu Ansgar zurück, stattdessen lässt sie sich in gebührendem Abstand zu Ronny nieder und … ja, man kann es nicht anders sagen, sie himmelt ihn an.

Ronny wiederum weicht ihrem Blick aus, geht stattdessen zu Ansgar und streicht ihm um die Beine.

»So eine süße Katze!«, ruft Frauchen entzückt. »Aber der fehlt ja ein Auge! Armes kleines Ding.«

»Das ist ein Kater«, stellt Ansgar mit fachmännischem Blick auf Ronnys Hinterteil fest. »Ein Straßenkater, wie man unschwer erkennen kann. Der hat mit Sicherheit Flöhe und was weiß ich noch was. So wie der aussieht, scheint er auch schon länger auf der Straße zu leben. Gesund ist er jedenfalls nicht.«

»Jetzt weiß ich, wo ich den armen Kerl schon mal gesehen hab!«, ruft Frauchen aus. »Im letzten Urlaub, bei der Uwe-Düne. Der arme süße Fratz scheint wirklich kein Zuhause zu haben …«

»Der braucht dringend eine Wurmkur und ein Spot-on gegen die Flöhe«, bemerkt Ansgar sachlich.

»Das habe ich in der Reiseapotheke dabei!«, ruft Frauchen.

»Gut, dann würde ich sagen, wir packen den Kater in den Anhänger und nehmen ihn mit auf den Campingplatz, dort versorgen wir ihn, stellen ihn unter Quarantäne, und dann sehen wir weiter.«

»Ja, das ist eine tolle Idee!«, ruft Lotti. »Und anschließend nehmen wir Ronny mit nach Hause. Dann hab ich immer jemanden zum Spielen, und es könnte sein … dass ich mich sogar ein bisschen in ihn verliebt habe …«, setzt sie so leise hinzu, dass nur ich es hören kann.

Ja, denke ich, Lotti hatte schon immer einen speziellen Geschmack – aber bitte, dann hätte ich ein Problem weniger.

»Wir können ihn ja nicht wieder laufen lassen«, sagt Frauchen. »Und Lotti scheint sich ja sehr gut mit ihm zu verstehen …«

»Das wird leider nichts«, sagt Ansgar. »Ich habe eine Katzenhaarallergie. Die ist von der Ausprägung her zwar nicht so schlimm, also kann ich mich kurzzeitig um das Tier kümmern, aber in meiner Wohnung kann der Kater nicht leben.«

»Nein …«, jault Lotti.

Ich gebe zu, sie tut mir tatsächlich leid.

»Da sind wir!«, ruft Christian schon von Weitem. »Reiner hat den Transporter gleich da vorn an der Straße geparkt.«

Lisa ist am schnellsten von den dreien bei uns und beugt sich sofort zu Goldie runter, um sie zu kraulen. »Zum Glück ist dir nichts passiert.« Sie guckt in unsere Runde. »Warum seid ihr denn auf einmal abgehauen?«

Tja, warum wohl, denke ich geknickt.

»Und von Lasse keine Spur?«, fragt Christian, nachdem er uns erreicht hat. Er stützt sich mit vollem Gewicht auf seine Krücken ab und atmet mehrmals tief durch.

»Leider nicht«, entgegnet Frauchen.

Noch nicht, denke ich.

»Wir hatten so große Hoffnung, weil Camper hier zuletzt die Spur hatte …«, fügt Ansgar hinzu.

»Ich könnte durchdrehen!«, ruft Camper unvermittelt. »Ich rieche Lasse immer noch – und zwar noch deutlicher als je zuvor. Ich *bin* durchgedreht. Meine Nase taugt nichts mehr. Ich gebe auf!« Er lässt sich an Ort und Stelle auf die Wiese fallen.

Ich halte die Nase in den Wind, und mir geht es nicht anders als Camper. »Ich werde wohl auch irre«, seufze ich.

»Das gibt's doch nicht, dass wir meinen kleinen Bruder nicht finden«, murmelt Lisa mit erstickter Stimme, während sie am Boden sitzt und Goldie und den Rest des Rudels, der sich um sie geschart hat, mit Streicheleinheiten verwöhnt.

»Wir werden ihn schon finden«, sagt Christian. Seine Stimme klingt tröstend, aber die Sorge in seinem Blick macht deutlich, dass er sich selbst kein Wort glaubt.

»Und wer ist *das* überhaupt?«, fragt Reiner mit Blick auf den Kater.

»Der ist uns gerade eben zugelaufen. Er stand einfach plötzlich da, kurz nachdem die Hunde bei uns waren. Maxl! Wirst du wohl aufhören zu knurren?«

Ich gucke sie irritiert an. Ich hab doch gar nicht geknurrt – das war der Anhänger. Nein, der Reißverschluss vom Anhänger an Frauchens Fahrrad.

Da drin hat sich was bewegt.

»Gewonnen!«

Noch ehe ich mich versehe, hüpft Lasse auch schon aus dem Anhänger und stellt sich freudestrahlend vor Lisa.

»Das glaub ich jetzt nicht!« Lisa starrt ihren Halbbruder an, als ob sie ein Gespenst erblickt hätte. Ein Gespenst mit einem Krümelmonster-T-Shirt, verschwitztem Gesicht und hochroten Wangen.

»Doch, ich hab gewonnen!«, wiederholt er. »Dafür musst du mir alle deine Mamellos abgeben!«

»Du bist wieder da!«, ruft Christian voller Erleichterung. »Komm her!«

Ob die Aufforderung so eine gute Idee war, denke ich noch, aber da ist es schon passiert. Die Wiedersehensfreude von Lasse war umwerfend – im wahrsten Sinne des Wortes.

»Christian!«, ruft Frauchen erschrocken.

»Alles gut, alles gut«, sagt er schnell, und dann blickt er seinen Sohn, der auf ihm sitzt wie auf einem Reitpferd, tränenüberströmt an. Er streichelt Lasse über das verschwitzte Gesicht, so als könne er es immer noch nicht fassen, dass sein Sohn wieder da ist. Dann nimmt er die kleinen Hände in seine, umschließt sie fest und seufzt. »Ja, jetzt ist alles wieder gut.«

»Sag mal, wo warst du denn?«, ruft Lisa voller Entrüstung und Freude zugleich.

»Na, da drin!«, sagt Lasse und zeigt auf den Anhänger.

»Schon klar!«, entgegnet Lisa. »Aber wie bist du da reingekommen?«

Lasse zuckt mit den Schultern. »Einfach rein, so wie immer. Nur ein bisschen schneller als sonst.«

Lisa runzelt die Stirn. »Schneller?«

»Ja, ich hab schnell gemacht, weil ich dich gesehen hab. Wir wollten doch Verstecken spielen.«

»Moment mal …«, mischt sich Christian ein. »Wann hast du Lisa gesehen?«

»Das muss gewesen sein, als ich auf den Campingplatz zurückgekommen bin«, antwortet Lisa an Lasses Stelle.

»Genau!«, ruft er. »Und damit Lisa mich nicht gleich findet, bin ich schnell da rein. Hab die Decke über mich drübergemacht. Das war ein sehr gutes Versteck, oder?« Lasse strahlt übers ganze Gesicht.

»Allerdings«, seufzt Frauchen, die bislang stumm, aber mit ebenso großer Freude das Wiedersehen verfolgt hat. »Und nun bin ich *die ganze Zeit* mit dir im Anhänger durch die Gegend gefahren, während ich dich gesucht habe?«

»Ja, das war lustig!«, ruft Lasse und grinst.

»Nein, Lasse, das war nicht lustig«, sagt Lisa ernst. »Überhaupt nicht lustig.«

»Stimmt«, gibt Lasse zu. »Das war nämlich auch heiß da drin, und ich hab Durst. Aber ich wollte ja, dass du mich suchst, und gewinnen!«

»Ich spiele nie wieder Verstecken mit dir«, seufzt Lisa und steht auf, um ihren Bruder in den Arm zu nehmen.

»Das musst du auch nicht!«, erklärt Lasse zu meiner Überraschung. »Ich bin nämlich jetzt der Meister!«

»Dann ist ja gut!«, sagt Lisa, als sie ihren Bruder umarmt, der immer noch auf seinem Vater sitzt. »Mir tut das alles so leid, Papa!«

»Es ist ja noch mal gut ausgegangen«, entgegnet Christian und wirkt dabei ziemlich mitgenommen. »Hat jemand was zu trinken für uns?«

»Natürlich!«, ruft Ansgar und macht sich am Fahrradanhänger zu schaffen.

»Und ich hab mich gewundert, warum mein Anhänger so schwer ist, als ich mein Fahrrad geschoben habe – aber ich dachte einfach, dass mir die Kraft fehlt. Das wäre nach den letzten Tagen ja auch kein Wunder …«

»Ich will auch was trinken!«, ruft Lasse, klettert von seinem Vater runter und setzt sich erwartungsvoll neben ihn auf die Wiese.

Da gibt's gleich was zu trinken, denke ich, zu dem Kleinen muss ich hin. Und ich will noch aus einem anderen Grund zu ihm.

Ich lege mich neben ihn und meinen Kopf auf seinem Bein ab. »Tut mir leid, Kleiner, dass ich dich anfangs nicht gemocht habe.«

Lasse lacht und tatscht mir auf dem Kopf herum, in der besten Absicht, mich zu streicheln.

Ommmm, denke ich, denn ich habe mir schließlich etwas vorgenommen.

Christian richtet sich auf und schaut zum Kater, der unverändert dasitzt und uns beobachtet. »Der arme kleine Kerl hat bestimmt auch Durst.«

Ach, denke ich, und was ist mit uns? Ein Kater braucht doch kaum was zu saufen!

Gierig hängen alle unsere Blicke an der Flasche, die Ansgar hervorgekramt hat. Aber da ist ja kaum noch was drin …

»Ich komme schon!«, höre ich Reiner rufen. Ich hab gar nicht bemerkt, dass der weg war, aber offenkundig ist er zu seinem Auto gegangen, denn er kommt mit einem Napf und einer großen Wasserflasche zurück.

Das ist unser Mann!

»Komm mal her, mein Kleiner«, höre ich Christian sagen, während ich mich mit meinem Rudel um den vollen Trinknapf dränge, den Reiner uns bereitgestellt hat.

Ich hab jetzt keine Zeit, denke ich, aber ich werfe einen Seitenblick auf Christian, denn es könnte ja sein, dass es ein Leckerli gibt – Hunger hätte ich nämlich auch.

Christian streckt dem Kater die Hand entgegen, in die er

ein bisschen Wasser gegossen hat. Ronny geht vorsichtig näher, behält mich dabei immer im Blick, trinkt ein bisschen und reibt dann den Kopf an Christians Hand.

Na, wenigstens macht er das nicht bei Frauchen, denke ich und widme mich wieder dem Trinknapf, in den Reiner ständig Wasser aus der Flasche nachgießt.

»Der ist so süß«, höre ich Lisa sagen. »Wollen wir ihn nicht vielleicht mitnehmen?«

»Darüber denke ich tatsächlich gerade nach«, murmelt Christian. »Er wäre ein toller Spielgefährte für Goldie und auch für euch, Kinder.«

Goldies Kopf schnellt ruckartig nach oben. Schlagartig hat sie keinen Durst mehr. »Bist du verrückt geworden?«, kläfft sie ihr Herrchen an. So entrüstet habe ich sie lange nicht erlebt.

»Das klingt nach kräftiger Zustimmung«, sagt Christian erfreut.

Goldie fällt vor Überraschung alles aus dem Gesicht, und sie starrt ihr Herrchen ausdruckslos an. Dann kommt Bewegung in sie. »Wenn du das wahrmachst, dann ziehe ich aus – und zwar … und zwar zu Max!«

»Ja, ja, ja!«, rufe ich. »Das ist eine tolle Idee!«

Frauchen guckt mich liebevoll an. »Max scheint den Kater mittlerweile auch ins Herz geschlossen zu haben. Mir hat es dieser süße Kater ja auch angetan. Zu uns würde er gut passen. Dann wäre Max nicht immer so allein, wenn ich arbeiten muss.«

Schlagartig habe auch ich keinen Durst mehr. »Nein, nein, nein!«, rufe ich. »Wenn du *das* wahr machst, dann … dann ziehe ich in meine Hundehütte, jawohl! Mit Goldie!«

Ich glaub, ich trau meinen Augen nicht! Ronny wagt es doch tatsächlich, sich trotz meines Protests meinem Frauchen zu nähern.

»Ach, seht mal!«, ruft Frauchen entzückt, »wie er sich an mein Bein schmiegt, als ob er verstanden hat, was ich gesagt habe.«

»Der spürt, dass wir es gut mit ihm meinen«, bemerkt Christian. »Wirklich süß, der kleine Kerl. Wer weiß, was der schon alles durchgemacht hat. Aber bald wird ja alles besser für ihn. Tja, bleibt nur die Frage, bei wem von uns beiden er einzieht.«

»Warum ist das eine Frage?«, mischt sich Lisa ein.

»Ähm, wieso nicht?«, fragt Christian und steht mithilfe seiner Krücken auf.

»Na, weil ihr doch zusammenzieht, dachte ich? Oder wollt ihr nach dem Urlaub nicht mehr?«

»Also, ich schon!«, entgegnet Christian mit Blick auf Frauchen zögerlich. »Aber ich weiß ja nicht … Außerdem ist meine Wohnung eigentlich zu klein und …«

»Meine Wohnung ist groß genug …«, murmelt Frauchen. »Aber ich weiß ja nicht …«

»Was wisst ihr nicht?«, fragt Lisa mit hochgezogenen Augenbrauen. »Oder fragen wir mal umgekehrt – was wisst ihr denn?«

Frauchen und Christian werfen sich erstaunte Blicke zu, und dann antworten sie beide wie aus einem Mund: »Dass wir uns lieben!«

»Heiraten!«, kräht Lasse.

Lisa grinst zufrieden. »Na also, damit wäre das geklärt. Ihr zieht zusammen.«

Christian und Frauchen gucken sich sprachlos an, dann fangen beide an zu lachen.

»Ja, das wäre dann geklärt«, sagt Frauchen, und Christian setzt hinzu: »Und der arme Kater fährt mit uns nach Hause. Ja, mein Süßer, du kommst mit uns.«

Ergeben seufzend wende ich mich an Goldie. »Möchtest du rechts oder links in meiner Hundehütte schlafen?«

»An dich gekuschelt«, entgegnet Goldie. »Das ist die Hauptsache.«

»Fragt sich nur noch, wie wir nach Hause kommen …« Frauchen macht ein zerknirschtes Gesicht.

»Das hab ich schon geregelt«, sagt Christian. »Wir nehmen uns einen Mietwagen, und ich schätze, du fährst.« Christian lächelt. »Nur bitte nicht mehr so schnell in den Kreisverkehr …«

»Bestimmt nicht!«, ruft Frauchen.

»Und wenn ich euch beiden einen Rat geben darf«, mischt sich Lisa ein und setzt eine altkluge Miene auf, »wenn es Probleme gibt, dann redet miteinander. Das Leben ist schon kompliziert genug. Lasst euch das von einer Teenagerin gesagt …« Lisa hält inne, weil ein Handy klingelt.

»Das ist meins!«, ruft Christian, und nach einem Blick auf das Display sieht er seine Tochter an. »Deine Mutter …«

»O Mist, ja, sie hat es schon ein paarmal bei mir versucht, aber ich wollte nicht drangehen … Ja, ich weiß, was ich gerade zu euch gesagt habe.«

»Willst du jetzt?«

»Nein, mach du bitte«, sagt Lisa und senkt den Blick. »Ich trau mich nicht.«

»Ja, hallo? Ach, du bist es! … Ja, bei uns ist alles in Ordnung … Nein, Lisa hat ihr Handy nicht verloren, sie hat es im Urlaub nur nicht immer bei sich oder auch mal ausgeschaltet. Was? … Ja, das finde ich auch super … Ja, uns geht es gut, und wir haben einen tollen, entspannten Urlaub und viel Spaß miteinander … Was sagst du? … Der Empfang ist so schlecht. Ja, das wünsche ich dir auch noch. Ciao!«

Nachdem Christian aufgelegt hat, guckt Lisa ihren Vater mit offenem Mund an. »Du kannst ja lügen wie gedruckt!«

Christian macht ein unschuldiges Gesicht. »Ich? Ich habe nicht gelogen! Der Empfang war wirklich schlecht.« Ein verschmitztes Grinsen zuckt um seine Mundwinkel und wandert rund um seine Augen, als er erklärend hinzufügt: »Deine Mutter hat mich nur gefragt, wie es uns geht – nicht, wie der Urlaub bislang gelaufen ist. Wer fragt, bekommt Antwort, und ansonsten bin ich der Meinung, dass sie nicht alles wissen muss, oder?«

»Danke, Papa!« Erleichtert fällt Lisa ihrem Vater um den Hals.

»Vorsicht!«, ruft Christian. »Wir wollen ja nicht, dass das Ganze noch mal von vorn losgeht, oder?«

Lisa schüttelt den Kopf und umarmt ihren Vater ganz vorsichtig. »Weißt du, was? Du bist der beste Papa auf der ganzen Welt!«

Christian schmunzelt. »Na, hoffentlich kannst du dich morgen auch noch dran erinnern.«

»Safe!«, ruft Lisa und setzt hinzu. »Ganz sicher, wollte ich sagen.«

»Und ich weiß safe«, ergänzt Christian, »dass ich die beste Tochter auf der ganzen Welt habe.«

Lisa grinst. »Safe. Du hast ja auch nur eine.«

Kapitel 11

So, jetzt sind wir safe«, sagt Ansgar, als er den Kopf zum offenen Vorzelt reinstreckt. »Vierundzwanzig Stunden Quarantäne im Personalraum von Reiners Büro sind um.«

Was faselt der da? Träge blicke ich aus meinem Körbchen auf, wo ich mich zu einem Nachmittagsschlaf eingerollt habe. Genauer gesagt habe ich mich seit dem gestrigen nervenaufreibenden Tag nur zu den allernotwendigsten Hunderunden aufraffen können. Selbst meine Pflichten als Rudelführer musste ich schleifen lassen, aber ein plattes Rudel braucht auch keine Führung.

»Störe ich?«, fragt Ansgar mit Blick auf den Tisch, an dem Frauchen mit Christian und den Kindern bei Keksen und Kuchen sitzen. Wobei Lasse ausschließlich Mamellos auf seinen Teller geladen hat. Meinetwegen, solange die nicht wieder auf mir landen.

»Quatsch, natürlich nicht«, entgegnet Frauchen schnell. »Für dich ist auch ein Stück Kuchen da …«

»Gleich … erst wollen wir den Kater mal in sein neues Leben entlassen …« Ansgar kommt rein und stellt eine Transportbox mitten ins Vorzelt.

Mist, ich hatte geträumt, dass dieser Korb an mir vorübergehen würde.

»Hallo, mein süßer Kater!«, ruft Frauchen, während sie aufsteht.

Ansgar kniet sich vor die Box und macht sich an dem Türchen zu schaffen.

»Meinst du nicht, dass er weglaufen wird?« Frauchen kniet sich mit zweifelndem Blick neben Ansgar.

Das wäre natürlich auch noch eine Möglichkeit, wie sich mein Problem von selbst lösen könnte.

»Er ist und bleibt ein Freigänger, aber ich vermute, er wird schnell merken, wie gut er es bei euch hat. So, mein Kleiner, dann komm mal raus ...«

»Wow, sein Fell sieht ja schon viel besser aus. Hallo, du, erkennst du mich wieder?« Frauchen hält ihm ihre Hand zum Beschnuppern hin.

Wie der sich bewegt! Wie er Frauchen umgarnt, sich an sie schmiegt, und jetzt krault sie ihn auch noch unterm Kinn, da wo es am schönsten ist, und er schnurrt in den tiefsten Tönen.

Ich knurre. Aber Frauchen reagiert nicht auf mich, die hat nur noch Augen für diesen Kater.

»Goldie? Siehst du das?«, frage ich und stupse sie in ihrem Körbchen an.

Noch langsamer als ein Faultier hebt sie den Kopf. »Ach ja, Ronny ist da ... schön«, murmelt sie und lässt ihren Kopf sinken. Die Augen hat sie längst wieder geschlossen.

»Schön?«, fahre ich auf und stupse sie noch einmal an. Dieses Mal nachdrücklicher. »Siehst du nicht, wie er sich bei meinem Frauchen einschleimt? Das geht gar nicht!«

Goldie zuckt mit dem Fell. »Daran wirst du dich gewöhnen müssen – und nicht nur daran. Der wird schneller der Chef im Haus sein, als dir lieb ist.«

»Niemals!«

Goldie gähnt herzhaft. »Das wirst du nicht verhindern können. Dein Frauchen wird schon bald nach seiner Pfeife tanzen. Katzen gelingt das immer.«

»Aber nur über meine Leiche!«

Goldie schüttelt den Kopf. »Nun krieg dich wieder ein. Du kannst die Welt nicht ändern. Katzen haben nun mal ihr Personal, so funktioniert das. Komm, kuschel dich an mich.«

»Gleich, aber erst muss ich noch die Welt retten!«

»Maaaaahaaaax«, mahnt Frauchen. »Es ist gut. Krieg dich wieder ein. Ich weiß, das ist alles neu und aufregend, aber du wirst dich schon an …« Frauchen unterbricht sich selbst. Fragend blickt sie in die Runde. »Wie nennen wir ihn überhaupt?«

»Moritz!«, ruft Lasse vom Tisch aus und schiebt sich ein Mamello in den Mund.

»Cooler Name!«, pflichtet Lisa ihm bei. »Den kannst sogar *du* fehlerfrei aussprechen.«

»Du bist doof!«

»Ich weiß.« Lisa grinst. »Aber doofe Schwestern haben auch doofe Brüder.«

»Du bist aber nur meine Halbschwester!«

»Na, da hast du ja Glück gehabt.«

»Geht das schon wieder los?«, seufzt Christian.

»Was denn?«, fragt Lisa, »wir verstehen uns doch super, nicht wahr, Lasse?«

»Na klar! Lisa hat mir ja sogar eine ganze Packung Mamellos gekauft!«

»Die Dinger heißen Marshmallows«, verbessert Lisa.

»Mamellos hört sich aber besser an, und dafür …« Lasse überlegt kurz, »kann ich sogar Kröte sagen. Kröte, Kröte, Kröte!«

»Wann hast du das denn gelernt?«

»Keine Ahnung, aber ich bin eben ein Meister.«

»Das bist du!«, sagt Lisa und lächelt ihn stolz an.

»Moritz ist wirklich ein sehr passender Name für einen schwarzen Kater«, sagt Christian. Ihm ist sichtlich daran gelegen, wieder Ruhe ins Gespräch zu bringen. »Das ist ein toller Vorschlag von dir, und das passt auch super zu Max.«

»Max und Moritz!«, ruft Frauchen erfreut. »Sehr gut, damit haben wir einen Namen.« Sie wendet sich an den Kater und krault ihn liebevoll zwischen den Ohren. »Herzlich willkommen in unserer Familie, kleiner Moritz.«

Ja, herzlich willkommen, denke ich. Wo ist meine Reisetasche?

»Ist Maxl bei euch?«, ruft Frauchen, während sie ihren Kopf zum Vorzelt rausstreckt. Den unteren Teil hält sie so zu, dass der Kater nicht entwischen kann. Ihm hat sie jede Ecke des Wohnwagens gezeigt, das war echt nicht zum Aushalten, noch schlimmer als bei diesen Videos, die sich Lisa immer anguckt, wo irgendwelche stark geschminkten Frauchen ihr Haus von oben bis unten filmen und mit dem Reden gar nicht aufhören.

»Ja, der liegt hier mit Goldie bei uns unterm Tisch!«, ruft Lisa.

Nein, da liegen wir nicht mehr, denke ich. Aber wir hören und sehen euch, so als neue Nachbarn von schräg gegenüber.

»Warte, Lasse, ich hatte eine Sechs, ich darf noch mal!«, ruft Lisa.

»Du hast geschummelt!«

»Ich hab nicht geschummelt! Aber du kannst noch keinen Würfel lesen!«

»Kann ich wohl!«

»Nicht streiten!«, mahnt Christian.

»Wir streiten nicht!«, rufen Lasse und Lisa wie aus einem Mund.

»Na schön«, seufzt Christian. »Trotzdem bin ich nach Lisa dran. Und Lisa, du hattest tatsächlich nur eine Fünf. Wenn man bei euch beiden nicht aufpasst wie ein Luchs!«

Tja, denke ich, da hätte er mal besser auf uns aufpassen sollen. Aber alle drei waren so auf das Spiel konzentriert, dass sie unser Verschwinden gar nicht bemerkt haben.

»Wo unterm Tisch?«, fragt Frauchen.

»Na, hier!« Christian bückt sich. »Die Hunde sind ja wohl nicht zu überse… Wo sind sie denn?«

»Weg?«, fragt Frauchen tonlos.

»Bitte nicht!«, stöhnt Lisa und lässt den Würfel aufs Brett fallen.

»Goldie! Max! Hierher!«, ruft Christian voller Hoffnung.

Goldie zuckt auf den Ruf ihres Herrchens hin. Schnell lege ich meine Pfote auf ihre. »Nicht reagieren! Wir haben eine Verabredung!«

»Du meinst eine Abmachung?«

»Beides! Und jetzt sei leise, bitte!«, flehe ich sie an, und zum Glück hört sie auf mich.

»Moritz!«, kreischt Frauchen. »Mist, jetzt ist Moritz auch noch abgehauen.«

»Nicht schon wieder suchen!«, seufzt Christian inbrünstig und schnappt sich seine Krücken.

»Max! Moritz!«

»Goldie!«

»Lotti!«, ertönt unvermittelt Ansgars Stimme.

»Wie, Lotti ist auch weg?«, flüstere ich.

»Nicht, dass die hierherkommt«, entgegnet Goldie mit aufgerissenen Augen. »Das sähe Lotti nämlich ähnlich! Warte, ich gucke mal nach …«

»Schscht«, raune ich. »Leise! Und nicht bewegen!«

»Ruhe da oben!«, faucht Ronny, der jetzt Moritz heißt.

Goldie guckt mich mit noch größeren Augen an. »Was macht *der* denn hier?«

»Keine Ahnung! Aber ich schätze, wir werden es gleich erfahren.«

»Wahrscheinlich ist er eifersüchtig, weil ich ihm schöne Augen gemacht habe – aber …«

»Ruhe jetzt!«, faucht der Kater. »Sie kommen!«

»Ach, da liegt ja unser Moritz!«, ruft Frauchen. »Was für ein Glück! Komm mal raus da unterm Wohnwagen. Kooooooommmmm. Miez, miez, miez!«

Peinlich berührt verdrehe ich die Augen. Also, wenn er sich von so einem blödsinnigen Ruf anlocken lässt – dann hätten wir wieder unsere Ruhe.

»Moritz reagiert nicht«, stellt Frauchen fest. »Ansgar, kannst du mir helfen, ihn da vorzuholen?«

»Ich versuche es … Mal sehen … huch, ich glaub's ja nicht, hinter Moritz liegt meine Lotti! So als ob die beiden kuscheln würden. Das gibt's doch nicht!«

»Tja, wo die Liebe hinfällt …« entgegnet Frauchen hörbar amüsiert.

»Da kuscheln noch zwei«, sagt Christian, als er erstaunt zu uns reinguckt.

»Tja, das war's dann wohl mit unserer ungestörten Kuschelzeit«, seufze ich. »Das Räumkommando ist da.«

»Setz deinen Dackelblick auf! Schnell!«, raunt Goldie.

»Aber der hilft doch nichts bei deinem Herrchen!«

»Probier es!«

»Ist das niedlich!«, ruft Christian. »Guck mal, Ronja.«

»Ach herrje, wie süß die beiden da liegen! Wow, das ist ja ein richtiges Hundeparadies!«

»Sind eure Hunde da drin?«, höre ich Hans fragen, während er näher kommt. »Ach, kuck mal einer an. Das ist ja nett von meinem Hans-Gert, dass er seinen Platz geräumt hat – aber den nutzt er ohnehin nur nachts. Dann *muss* er in dem kleinen Wohnwagen schlafen, weil er so schrecklich furzt, ganz gleich, welches Futter ich ihm gebe.«

»Schon mal was von Datenschutz gehört?«, beschwert sich Hans-Gert mit einem lautstarken Bellen bei seinem Herrchen, das man wirklich selten bei ihm hört. »Ich erzähle doch auch nicht herum, dass du mit der Prostata Probleme hast und darum ständig nachts rausmusst! Frag mal, warum ich immer so unruhig geschlafen habe! Aber jetzt hab ich endlich wieder meinen ungestörten Nachtschlaf – und kann so viel furzen, wie ich will. So ist das nämlich! Haben das jetzt alle gehört?«

»Ja!«, ruft mein Rudel aus allen Ecken des Campingplatzes.

»Aber ich hätte da noch eine Frage!«

Das war Bobbi.

»Keine Details!«, ruft Hans-Gert angesäuert in Bobbis Richtung.

»Ich meine ja auch nicht dich, sondern Goldie und Max!«

Im ersten Moment wäre ich über Bobbis Frage nach einer Frage aus reiner Gewohnheit fast hinweggegangen, aber dann will ich doch nicht so sein. Wahrscheinlich möchte er wissen, wann Goldie und ich endlich heiraten, oder so was in der Art.

»Dann frag!«

»Ja also, es ist so, ich bräuchte mal eure Beratung. In den Wohnwagen nebenan ist nämlich vorhin eine Bobtail-Dame eingezogen, stellt euch das mal vor! Das allein ist ja schon ein

Ding, aber als sie mit ihren Leinenhaltern zum Spaziergang los ist, hab ich mir die Sicht frei gepustet, und sie hat mich angeguckt. Ehrlich! Sie hat mir richtig in die Augen geguckt, und sie trägt ihren Pony mit einem Haargummi hochgebunden. Sie ist so hübsch … und … und jetzt weiß ich nicht, was ich machen soll, wenn sie zurückkommt.«

»Sprich sie an!«, empfehle ich ihm das Naheliegendste.

»Aber was soll ich denn sagen? Bestimmt bekomme ich das Maul nicht auf oder stottere nur Blödsinn.«

»Ich helfe dir!«, rufen alle aus meinem Rudel gleichzeitig.

Na, das kann ja heiter werden, denke ich, aber noch bevor ich meine Zweifel äußern kann, mischt sich Rotti ein.

»Gemach, gemach. Erst mal müssen wir herausfinden, ob die Dame überhaupt nett ist. Du hast nämlich nur eine nette Hündin verdient. Also werde ich sie in meiner Eigenschaft als Platzwart erst einmal willkommen heißen, und wenn sie sympathisch ist, dann kann Max als Rudelführer bei ihr vorbeigehen und den Vermittler zwischen euch spielen.«

»Moment mal!«, rufe ich. »Ich … ähm …« Ich werfe Goldie einen Hilfe suchenden Blick zu und senke meine Stimme: »Ich weiß doch auch nicht, wie man eine erwachsene Hündin am besten anspricht, bei uns war das damals alles ein bisschen einfacher, als wir noch jung waren. Rede du doch mal von Hündin zu Hündin mit ihr.«

Lächelnd schüttelt Goldie den Kopf. »Ich mische mich da nicht ein. Bobbi schafft das schon, da bin ich mir sicher. Alles andere wäre sowieso geschummelt. Und sie soll sich ja in den Bobbi verlieben, der er wirklich ist, oder?«

»Das stimmt«, entgegne ich gedankenverloren und voller Hoffnung auf ein Happy End für Bobbi, denn das hätte er verdient. Und wenn aus den beiden ein Paar werden würde, dann hätte Bobbi zudem immer eine Hündin an seiner Seite, die ihm sagt, wo's langgeht – was in seinem Fall definitiv von Vorteil wäre. »Dann hoffen wir mal …«

»Genau«, entgegnet Goldie, »und falls es dir aufgefallen ist, wir sind immer noch nicht rausgeschmissen worden.«

Tatsächlich. Erst jetzt habe ich wieder einen Blick für Christian und Frauchen, die uns die ganz Zeit über versonnen betrachtet haben. Das sieht ganz danach aus, als ob sie uns erst mal in Ruhe lassen.

»Da seid ihr ja!«, ruft Lisa, die mit Lasse an der Hand näher kommt. »Aus allen Richtungen bellen Hunde, da wussten wir nicht wohin. Habt ihr sie gefunden?«

»Ja, alle da, die wir gesucht haben«, sagt Ansgar. »Auch meine Lotti.«

»Puh, dann ist ja gut«, entgegnet Lisa.

»Ich würde vorschlagen«, sagt Frauchen, »wir stören die traute Zweisamkeit nicht länger …«

»Du meinst die doppelte traute Zweisamkeit?«, sagt Ansgar, und ich kann sein Schmunzeln regelrecht hören. »Ich glaube, meine Lotti werde ich nicht von dem Kater trennen können. Aber meinetwegen, dann sollen sie hier liegen. Wenn einer von beiden Hunger hat, werden sie schon kommen.«

»Na, hoffentlich fällt denen kein Blödsinn ein …«, sagt Christian.

»Dieses war der erste Streich, und der zweite folgt sogleich!«, kräht Lasse im Hintergrund.

Alle fahren erschrocken herum.

»Ich hab nix gemacht! Gar nix! Das waren Max und Moritz!«

»Safe!«, sagt Lisa und lacht. »Lasse hat jetzt immer jemanden, dem er die Schuld zuschieben kann.«

Na, das kann ja heiter werden, denke ich und lege eine Pfote über die Augen.

Aber gut, einen Vorteil hat es ja, dass wir nun Max und Moritz sind. Frauchen wird mich nie wieder Maxl nennen können. Man muss immer das Positive sehen. Und wer weiß, vielleicht macht es sogar Spaß, mit Moritz zu spielen, und wenn wir dabei die Bude auf den Kopf stellen, dann ist das sein Problem. Ich hab schließlich meinen Dackelblick.

Aber jetzt brauche ich wirklich erst mal dringend Ruhe und Erholung. Den restlichen Urlaub werde ich nichts anderes tun, als in diesem Luxuswohnwagen liegen und mit Goldie kuscheln.

Wie ich mir den überhaupt leisten kann? Tja, Goldie hat Hans-Gert daran erinnert, dass wir seit letztem Sommer noch kein Verlobungsgeschenk von ihm bekommen haben – und mich bei der Gelegenheit darauf hingewiesen, dass wir immer noch nicht verheiratet sind.

Dass Frauen es damit aber auch immer so eilig haben müssen. Wir können uns doch ruhig noch ein bisschen Zeit lassen. Außerdem muss ich mir vorher unbedingt noch irgendeine Art von Schuhen organisieren, denn Goldie wünscht sich eine Hochzeit am Strand. Die soll sie auch bekommen, und ich werde ihr jeden Wunsch von den Lefzen ablesen, alles für sie tun – aber Sand zwischen den Pfoten, das geht zu weit.

Hans-Gert meinte, ich könnte in so einem edlen … wie hat er den Laden genannt? So ein Kinderboudoir in Kampen, hat er gesagt, da könnte ich fündig werden, da gäbe es gerade einen Konditionswechsel oder so, und da ich ja zwei Paar bräuchte, könnte ich sogar irgendwelche Blumenrabatten aushandeln. Blöd nur, dass ich keine Kohle habe, und Frauchen wird mir ganz sicher keine Schuhe kaufen.

Na ja, vielleicht tun es auch zwei Paar Socken, die ich mir von Lasse klaue, ich meine, ausleihe. Bis zum nächsten Urlaub wird sich eine Lösung finden.

Und der nächste Urlaub auf Sylt kommt bestimmt – diesmal sicher zusammen mit dem Familienzuwachs, also, ich meine mit dem Kater, Lasse und Lisa. Und mein Rudel muss bei unserer Hochzeit selbstverständlich auch mit dabei sein. Nicht, dass mir am Ende noch das Chaos fehlt.

Den Federn, die Flügel verleihen …

Ich danke:

Andrea Müller, Programmleiterin, und Regine Schmitt, stellvertretende Programmleiterin beim Piper Verlag, denn sie haben Dackel Max sehr ins Herz geschlossen. Auch meine Lektorin Ronja Keil hat sich direkt in ihn verliebt, und Lisa Wolf hat ihm bei der Redaktion mit strengem Blick auf die Pfoten geschaut, aber Dackel Max hat sich gut benommen – das Problem befindet sich ja im Zweifelsfall immer am anderen Ende der Leine, aber ich habe brav meine Fehler korrigiert. Die Zusammenarbeit war ein sehr angenehmer Spaziergang, der nach einer Wiederholung ruft.

Anna Mechler, meiner Literaturagentin, weil ich immer auf sie zählen kann. Mit großem Engagement sorgt sie dafür, dass meine Ideen eine Verlagsheimat finden, und sie hat zu jeder Tages- und Nachtzeit ein offenes Ohr für mich – okay, ich habe sie noch nie nachts angerufen, aber ich bin mir ziemlich sicher, dass sie selbst dann zur Stelle wäre.

Dr. Marco Fiorini-Hamilton, meinem besten Freund, der das Manuskript wie immer in der Erstfassung zu lesen bekam. Auf ihn kann ich mich verlassen – auch darauf, dass er mir im Zweifelsfall die Seiten um die Ohren hauen würde. Wobei ich zum Glück nicht in Deckung gehen musste, denn er war der Meinung, dass mich Dackel Max ganz gut im Griff hätte und somit alles in bester Ordnung sei.

Harald Müller, Dagmar Straetener, Joachim Wilms und Dominique Stauber, den Trainern vom Mantrailer-Sylt Rettungshunde e.V., die meinem Hund und vor allen Dingen mir als Leinenhalterin sehr sachkundig alles über das Mantrailing beibringen, während manche Begebenheit im Roman natürlich mit einem Augenzwinkern zu lesen ist. Da die Suche nach vermissten Personen mit geprüften Hunden ehrenamtlich erfolgt, ist der Verein für Spenden sehr dankbar. Weitere Informationen unter www.mantrailer-sylt.org

Yvonne vom Schmiedestollen und ihrem Mann Maik, denen ich als Chebo-Züchter unseren wundervollen Hund zu verdanken habe, der im Roman als Camper zum besten Freund von Dackel Max wurde. Auch dieses Manuskript hat Yvonne mit Hundekennerblick geprüft und den Vierbeinern liebevoll die Pfoten gestreichelt, während sie mir auf die Finger geklopft hat. Wer sich für Chebos interessiert, findet hier weitere Informationen: www.schmiedestollen.de

Thommy & Sarah, weil ich sie schon seit gefühlt hundert Jahren zu meinen Freunden zählen darf, und was gibt es Wertvolleres als Freunde, die einem auch mal Fehler vor Augen halten? Ihr unvergessener Hund Jackie war ein mindestens ebenso verrückter Kerl wie Max, deshalb hatten sie auch ihr Vergnügen mit dem Dackel und wertvolle Anmerkungen für mich.

Meiner Mutter, die kam, sah – und korrigierte. Vor ihr ist kein Wegstabenverbuchsler sicher, und sie darf mich gern korrigieren – nur Dackel Max ist da ziemlich beratungsresistent. Und hier nutze ich die Gelegenheit, mich ungestraft zu wiederholen: danke, danke, danke! Zudem ist und bleibt sie die beste Mutter auf der ganzen Welt. Daran gibt's nichts zu korrigieren. Ihr habe ich auch meine Dackelliebe zu verdanken, denn mit unserem Derry bin ich aufgewachsen. Er stand Max im Übrigen in nichts nach.

Knud, der mein Fels in der Brandung ist. Mehr Worte braucht es dafür nicht. Doch. Eine Frage muss ich noch stellen: Habe ich dir heute schon gesagt, dass die Hundespaziergänge mit dir am schönsten sind und dass ich dich liebe?

Meinen Lesern, die mir seit vielen Jahren die Treue halten, quer durch alle Genres, und allen, die mich durch Dackel Max neu entdeckt haben und dem kleinen verrückten Kerl bis hierhin gefolgt sind. Es sei denn, Sie haben die Angewohnheit, das Ende zuerst zu lesen – dann heiße ich Sie an dieser Stelle traditionell herzlich willkommen.

Ich freue mich sehr, dass weitere Abenteuer von Dackel Max fest geplant sind und ich mit ihm – nein, er mit mir, auch in Zukunft auf Sylt spazieren geht, und noch mehr, wenn Sie uns dann wieder begleiten.

Das Glück hat ein weiches Fell ...

Katharina Gerwens

Auf Samtpfoten zum Glück

Roman

Piper Taschenbuch, 304 Seiten
ISBN 978-3-492-31659-0

Stella braucht dringend einen Tapetenwechsel, um über ihren Ex hinwegzukommen. Doch obwohl sie ihr neues Zuhause liebevoll einrichtet, fühlt sie sich einsam. Auch mit ihrer Nachbarin Vicky wird sie nicht richtig warm. Einzig Kater Boris, der ein paar Häuser weiter das Treiben auf der Straße beobachtet, zaubert Stella gelegentlich ein Lächeln auf die Lippen. Noch ahnt sie nicht, dass genau dieser Kater ihrer aller Leben auf den Kopf stellen wird und sich am Ende als Glücksbringer erweist.

Eine unvergessliche Reise nach Sylt

Jule Henning

Und vor uns das Meer

Roman

Piper Taschenbuch, 320 Seiten
ISBN 978-3-492-06506-1

Als Mette erfährt, dass ihre Schulfreundin Josefa verstorben ist, trifft deren Tod sie, obwohl sie schon lange keinen Kontakt mehr hatten. Ausgerechnet Ole, ein gemeinsamer Freund, überbringt ihr die Nachricht und berichtet ihr von Josefas letztem Wunsch: Gemeinsam sollen sie deren Asche auf Sylt verstreuen. Auf der Insel angekommen, wird Mette von ihren Erlebnissen als Verschickungskind eingeholt. Nur die Gespräche mit Ole lenken sie ab. Dabei wird ihre Verbindung zueinander immer stärker …